KB197077

톨스토이
단편 걸작선

톨스토이
단편 걸작선

개정판 1쇄 발행 | 2025년 04월 10일

지은이 | 레프 톨스토이
옮긴이 | 엄인정

발행인 | 김선희 · 대 표 | 김종대
펴낸곳 | 도서출판 매월당
책임편집 | 박옥훈 · 디자인 | 윤정선 · 마케터 | 양진철 · 김용준

등록번호 | 388-2006-000018호
등록일 | 2005년 4월 7일
주소 | 경기도 부천시 소사구 중동로 71번길 39, 109동 1601호
　　　(송내동, 뉴서울아파트)
전화 | 032-666-1130 · 팩스 | 032-215-1130

ISBN 979-11-7029-257-9 (03890)

· 잘못된 책은 바꿔드립니다.
· 책값은 뒤표지에 있습니다.

이 도서의 국립중앙도서관 출판시도서목록(CIP)은 서지정보유통지원시스템 홈페이지
(http://seoji.nl.go.kr)와 국가자료공동목록시스템(http://www.nl.go.kr/kolisnet)에서
이용하실 수 있습니다.(CIP제어번호 : CIP2015004198)

월드클래식 시리즈 06

톨스토이
단편 걸작선

레프 톨스토이 지음 / 엄인정 옮김

매월당

Contents

Lev Nikolaevich Tolstoi

사람은
무엇으로 사는가

1

세몬이라는 한 구두 수선공이 아내와 자식들을 데리고 어느 농가에 세 들어 살고 있었다. 그는 집도 땅도 없었기에 오로지 구두를 수선해서 받은 품삯으로만 가족들을 부양하고 있었다. 빵은 비싸고 품삯은 쌌기 때문에 버는 것은 모두 식료품비로 쓰기 바빴다.

그리고 그에게는 아내와 번갈아 가며 입는 단 한 벌의 외투가 있었는데 그마저 낡아버려 더 이상 입을 수 없게 되었다. 그래서 그는 2년 전부터 새 외투를 만들기 위해 양가죽을 사야겠다고 마음먹고 있었다.

가을로 접어들자 세몬에게도 약간의 돈이 모아졌다. 아내의 작은 트렁크 속에는 3루블이 소중하게 보관되어 있었고, 또 마을 사람들에게 받아야 할 돈이 5루블 20코페이카 정도 되었기 때문이다.

그래서 구두 수선공은 양가죽을 사기 위해 아침부터 서둘러 준비를 했다. 그는 아침 식사를 하고서, 셔츠 위에 솜이 든 이내의 재킷을 입고, 또 그 위에 긴 외투를 입었다. 그러고 나서 그는 3루블을 주머니에 챙기고, 나뭇가지 하나를 지팡이 삼아 길을 나섰다. 그는 속으로 이렇게 생각했다.

'마을 사람들에게 받아야 할 5루블에다 내 주머니에 있는 3루블을 보태면 양가죽을 살 수 있을 거야.'

이윽고 그는 마을에 이르렀고 어느 농부의 집을 찾아갔다. 그런데 주인은 집에 없었다. 농부의 아내는 빌린 돈은 일주일 내로 갚겠다며, 주인 편에 돈을 보내겠다고 약속했다. 어쩔 수 없이 세몬은 다른 농부를 찾아갔다. 하지만 그도 마찬가지였다. 농부는 갚을 돈이 없다며, 단지 장화 수선비로 20코페이카를 줄 뿐이었다. 세몬은 하는 수 없이 외상으로 양가죽을 사려고 했다. 그러나 가죽 장수는 절대 외상으로 줄 수 없다며 거절했다.

"돈을 갖고 와요. 원하는 가죽을 줄 테니. 외상값을 받는 게 얼마나 힘든 일인데요."

결국 세몬은 구두 수선비로 20코페이카를 받았으며, 어떤 농부의 낡은 장화에 가죽을 덧대는 일거리를 얻었을 뿐이었다.

속이 상한 그는 받은 돈 20코페이카 전부를 보드카 마시는데 써버리고는 양가죽도 사지 못한 채 집으로 돌아가게 되었다. 아침에 집을 나설 때는 좀 추운 듯했으나 취기가 올라서 그런지 외투를 벗어도 될 만큼 몸에 열이 올랐다. 세몬은 지팡이를 쥔 한 손으로는 언 땅을 두드렸고, 다른 한 손으로는 털 장화를 흔들며 혼잣말로 중얼거렸다.

"양가죽 외투 따위 안 입어도 따뜻하기만 하네. 고작 보드카 한 잔을 마셨을 뿐인데 온몸이 후끈거리잖아. 가죽 외투 따윈 필요 없어. 그럼, 끄떡도 없다고. 가죽 외투 없이도 잘 살 수 있다고! 그런 건 평생 필요치 않아. 하지만 아내가 잠자코 있지 않을 텐데 걱정이군. 나는 항상 최선을 다해 열심히 일하는데도 언제나 나를 무시한단 말이야. 그래, 어디 두고 보자, 이번에도 돈을 안 갚으면 그놈들의 모자라도 벗겨올 테다. 그런데 이게 대체 무슨 일이람? 20코페이카밖에 안 주다니 말이야! 20코페이카로 뭘 할 수 있겠어? 술이나 마실 수밖에. 네놈들은 힘들다고 말하지만, 나는 뭐 안 힘든 줄 알아? 너희들은 집도 있고 소랑 말도 있지만 난 아무것도 가진 게 없다고. 너희들은 너희가 만든 빵을 먹지만 나는 사서 먹어야 돼. 아끼고 아껴도 일주일에 빵값으로만 3루블을 써야 된다고. 집에 가면 빵도 없을 테니 1루블 반은 빵 사는데 써야 될 테고. 그러니 너희들이 내 돈을 갚아줘야겠어."

그러면서 구두 수선공은 길모퉁이의 교회 부근까지 왔다. 그때 교회 뒤편에서 무언가 하얀 물체가 보였다. 하지만 날이 이미 어두워져 그것이 무엇인지 분간하기 어려웠다.

'저기에 돌 같은 건 없을 텐데, 그럼 소인가? 가축 같아 보이지도 않는데. 머리는 사람 같아 보이는데 너무 새하얗단 말이야. 하긴 사람이 이런 곳에 있을 리가 없지.'

구두 수선공은 좀 더 가까이 다가갔다. 그러자 물체가 선명히 보였다. 그 물체는 다름 아닌 사람이었다. 그는 알몸으로 교회 벽에 기대앉아 있었는데 움직이지 않았기에 살았는지 죽었는지 분간이 되지 않았다. 구두 수선공은 갑자기 무서워졌다.

'누군가가 이 남자를 죽이고 옷을 벗겨 이곳에 데려다 놓았나보군. 너무 가까이 갔다가는 나중에 나도 무슨 봉변을 당할지도 모르겠어.'

이런 생각을 하며 그는 그 남자를 모른 척 지나쳤다. 교회 모퉁이를 돌아서니 그 남자의 모습은 더 이상 보이지 않았다. 구두 수선공은 교회를 지나서 한참을 가다가 남자가 있는 쪽을 뒤돌아보니, 그 남자가 벽에서 몸을 일으켜 자기 쪽을 보고 있는 것 같았다. 구두 수선공은 더욱 두려워졌다.

'다시 가까이 가 볼까, 아니면 그냥 갈까? 가까이 갔다가 무슨 일이라도 생기면 어떡하지. 저 사람이 누군지도 모르는데. 어쨌든 착한 일을 하다가 이곳에 버려진 건 아닐 거야. 어쩌면 내가 가까이 다가오기를 기다렸다가 내가 다가가면 갑자기 달려들어 내 목을 조를지도 모르지. 그럼 난 그 자리에서 죽게 되겠지. 혹, 목을 조르지 않더라도 안 좋은 일을 당할 게 분명해. 저 벌거숭이 남자

를 어떻게 하지? 내 옷을 벗어줄 수도 없고. 에잇, 모르겠다. 그냥 가자!'

이런 생각을 하며 구두 수선공은 빠르게 걷기 시작했다. 그러나 교회를 벗어나게 되자 그는 양심의 가책을 느껴 가던 길을 멈추고 길 한가운데에 서서 혼자 중얼거렸다.

"넌 대체 뭘 망설이는 거야, 세몬. 사람이 당장 죽어가고 있는데 슬그머니 도망이나 치고 있다니. 네가 무슨 부자여서 가진 걸 빼앗길까 봐 두려운 것이냐? 그러면 안 돼, 세몬!"

결국 세몬은 발길을 돌려 그 남자가 있는 곳으로 갔다.

2

세몬이 그 남자에게 다가가서 자세히 살펴보니 그는 젊고 건강해 보였으며, 누군가에게 맞은 흔적은 없었다. 다만 추위 때문에 온몸이 얼어붙어 움직일 수 없는 듯했다. 그는 벽에 기대앉아 있을 뿐 세몬을 쳐다보려고도 하지 않았다. 너무 지친 나머지 고개를 들 힘조차 없는 듯했다.

세몬이 더욱 가까이 다가가자 남자는 그제야 고개를 들고 세몬을 바라보았다. 남자와 눈빛이 마주친 세몬은 이제까지의 두려움이 사라지고 그에 대한 동정심이 솟아났다. 그래서 세몬은 손에 들었던 털 장화를 바닥에 내려놓고 허리띠를 풀어 장화 위에 놓고는 외투를 벗으며 말했다.

"여기서 이러고 있으면 어떻게 되는지 알기나 해요? 어서 옷을 입어요!"

세몬은 남자를 부축해서 일으켜 세웠다. 그러고 나서 자세히 보니 훤칠한 키에 몸도 깨끗했고, 팔과 다리에도 상처 하나 없었으며 얼굴도 잘생긴 귀공자였다. 세몬이 그의 어깨에 긴 외투를 걸쳐주었으나 팔이 소매에 잘 끼워지지 않아 애를 먹었다. 세몬은 그에게 두 팔을 끼워주고 옷깃을 잘 여며주었으며 허리띠도 매어주었다. 세몬은 모자마저 벗어서 그에게 씌워주려다가, 자신은 민머리이며 남자는 덥수룩한 고수머리라는 사실을 깨닫고는 다시 모자를 썼다.

"그보다 신발을 신겨줘야겠어."

세몬은 남자를 앉혀놓고 털 장화를 신겨주며 말했다.

"다 됐군. 그럼 이제 좀 움직여서 몸을 좀 녹이자고. 모든 일이 다 잘 될 거야. 이봐, 걸을 수 있겠나?"

멍하니 서 있던 남자는 감격한 듯 세몬을 바라보았으나 아무 말도 하지 않았다.

"왜 아무 말도 없나? 여기서 겨울을 보낼 셈인가? 집에 가야지. 자, 여기 내 지팡이가 있으니 이거라도 짚고 걸어요. 자, 어서!"

그러자 남자는 걷기 시작했다. 그는 성큼성큼 잘 걸었다. 길을 걸으며 세몬이 말을 걸었다.

"자네는 어디서 왔나?"

"이 고장 사람은 아닙니다."

"이곳 사람이면 내가 다 알지. 헌데 어쩌다 이곳 교회까지 오게 된 건가?"

"말씀드릴 수 없습니다."

"분명 누군가가 자네에게 나쁜 짓을 했겠지?"

"아닙니다. 하느님의 벌을 받았을 뿐입니다."

"그래, 모든 일은 하늘의 뜻이지. 어디 가서 좀 쉬어야 할 것 같은데, 갈 곳은 있나?"

"갈 곳은 없습니다. 저는 어디든 상관없습니다."

세몬은 내심 놀랐다. 남자는 나쁜 사람 같지도 않았고 말투도 공손한데 자신의 신상에 대해 밝히기를 꺼렸기 때문이다. 세몬은 생각했다.

'물론 말 못할 사정이 있을 수 있지.'

세몬은 남자에게 말했다.

"그럼 우리 집으로 가세. 거기 가면 몸을 녹일 수 있을 테니."

세몬은 남자와 함께 자신의 집을 향해 걸어갔다. 남자도 뒤처지지 않고 세몬과 나란히 걸었다. 찬바람이 옷 속으로 파고들자 세몬은 점점 술이 깨면서 뼛속까지 추위가 느껴졌다. 그는 코를 훌쩍거리며 부인의 재킷을 단단히 여몄다.

'이게 대체 무슨 일이란 말인가. 양가죽을 사러갔다가 외투도 없이 돌아가다니. 게다가 벌거숭이 남자까지 데리고 가게 됐으니 마트료나가 가만있지 않을 텐데.'

세몬은 아내를 생각하자 갑자기 우울해졌다. 그러나 옆에 있는 남자를 쳐다보고, 교회 뒤편에서 자신을 바라보던 남자의 눈빛을 떠올리니 기분이 좋아졌다.

3

세몬의 아내 마트료나는 그날 일찌감치 집안일을 마쳤다. 장작을 패고, 물을 긷고, 아이들과 함께 저녁 식사를 마친 후 그녀는 잠시 생각에 잠겼다.

'빵을 오늘 구울까 아니면 내일 구울까? 아직 큰 조각 하나가 남아 있긴 한데. 세몬이 점심을 먹고 오면 저녁은 많이 먹지 않을 테니, 이 빵이면 내일까지 충분히 먹을 수 있겠지?'

마트료나는 빵 조각을 만지작거리며 생각했다.

'오늘은 빵을 굽지 말아야겠어. 밀가루도 얼마 없으니 이걸로 금요일까지 버텨야지.'

마트료나는 빵을 치우고 테이블 옆에 앉아 세몬의 해진 셔츠를 꿰맸다. 그녀는 바느질을 하면서 남편이 사올 양가죽을 생각했다.

'양가죽 장수에게 속은 건 아니겠지? 사람이 너무 순진해서 탈이라니까. 세몬은 아마 어린아이한테도 속아 넘어갈 거야. 8루블 정도면 큰돈이니 좋은 가죽 외투를 만들 수 있겠지. 제일 좋은 건 아니더라도 어쨌든 괜찮은 가죽을 살 수 있을 테니. 가죽 외투가 없어서 작년 겨울에 고생한 생각을 하면! 강에도 못 가고 산에도 못 가고 아무 데도 갈 수가 없었잖아. 오늘도 세몬이 있는 옷을 죄다 입고 나가는 바람에 난 입을 것도 없잖아. 그런데 왜 이렇게 늦는 걸까? 올 시간이 지났는데, 혹시 어디서 술이나 마시고 있는 건 아니겠지?'

마트료나가 이런 생각에 잠겨 있을 때, 현관 계단이 삐거덕거리는 소리가 들리며 누군가가 들어오는 소리가 났다. 마트료나가 바늘꽂이에 바늘을 꽂아두고 현관으로 가 살펴보니 남자 둘이 함께 들어오고 있었다. 세몬과 함께 있는 낯선 남자는 맨발에 털 장화를 신고 있었고 모자도 쓰지 않은 채 서 있었다. 순간 마트료나는 세몬이 술에 취했다는 것을 알 수 있었다.

'혹시나 했더니 역시 술을 마셨군.'

남편은 외투도 걸치지 않은 채 재킷만 입고 있었으며, 또한 손에는 아무것도 들려 있지 않았다. 그걸 본 마트료나는 화가 머리 끝까지 치솟았다.

'분명 그 돈을 죄다 술 마시는 데 쓴 거야. 모르는 작자와 술을 퍼마시고 집에까지 끌고 오다니.'

마트료나는 두 남자를 먼저 들여보내고 뒤를 따랐다. 순간 마트료나는 낯선 남자가 입은 외투가 바로 남편이 입고 나간 옷이라는 걸 알았다. 그는 외투 속에 셔츠도 입지 않았고 모자도 쓰지 않았다. 젊은 남자는 그렇게 집 안으로 들어오긴 했으나 자리에서 꼼짝도 하지 않았고, 시선을 움직이지도 않았다. 그래서 마트료나는 남자가 무슨 잘못을 했기 때문에 겁을 먹고 있다고 생각했다.

마트료나는 인상을 찌푸린 채 난로 옆으로 가서 두 사람을 주시했다. 세몬은 모자를 벗고 태연하게 의자에 앉았다.

"마트료나, 저녁 식사 준비 좀 해줘."

마트료나는 아무 대꾸도 하지 않은 채 난로 옆에 서서 두 사람을 번갈아 살피고 있었다. 세몬은 아내가 왜 화가 났는지를 알았지만 어쩔 도리가 없었다. 그는 남자의 손을 잡으며 말했다.

"자, 앉게나. 저녁 식사나 하자고."

그러자 남자가 의자에 앉았다.

"먹을 게 아무것도 없어?"

세몬의 재촉에 화가 난 마트료나가 드디어 분통을 터뜨렸다.

"없긴 왜 없어요. 하지만 당신 몫은 없어요. 이제 보니 당신은 염치도 없군요. 양가죽을 사러 간다더니 가죽은커녕 입고 있던 옷까지 빼앗기고 낯선 벌거숭이까지 데려오다니. 주정뱅이들한테 줄 저녁은 없다고요."

"마트료나, 이유도 모르면서 함부로 얘기하지 말아요. 먼저 무슨 일인지 물어봐야 되는 것 아니오?"

"그런 건 아무래도 상관없어요. 그런데 돈은 어디 있어요? 말해
봐요, 어서."

세몬은 긴 외투 주머니를 뒤져 돈을 꺼냈다.

"여기 있소. 근데 도리포노프한테서는 못 받았어. 내일은 꼭 주
겠다더군."

마트료나는 몹시 화를 내며 말했다.

"가죽도 못 사고, 하나 있는 외투마저 낯선 벌거숭이 남자한테
입혀 데려오다니!"

마트료나는 테이블 위에서 돈을 집어넣으며 말했다.

"저녁은 없어요. 벌거숭이와 주정뱅이를 다 챙길 수는 없으니."

"말 좀 가려서 해요. 글쎄, 내 얘기 좀 들어보라니까."

"난 주정뱅이한테서 들을 말이 없어요. 처음부터 난 당신 같은
주정뱅이와 결혼할 생각이 없었다고요. 어머니가 주신 옷감도 당
신 술값으로 다 써버렸죠. 그리고 이번엔 가죽 살 돈으로 술을 마
시고 오다니."

세몬은 아내에게 자신은 겨우 20코페이카만큼의 술을 마셨을
뿐이고, 남자를 왜 집으로 데려왔는지 말하려 했으나 아내는 아무
말도 들으려고 하지 않았다. 세몬이 말할 틈도 없이 마트료나는
한 번에 두 마디씩 잔소리를 퍼부어댔다.

심지어 그녀는 십 년이 훌쩍 지난 과거 일까지도 들먹이며 계속

퍼부어댔을 뿐만 아니라 세몬에게 덤벼들어 그의 옷소매를 붙잡고 사정없이 흔들어대며 말했다.

"내 옷 당장 내놔요. 하나뿐인 이 옷마저 빼앗아 입고 뻔뻔하기도 하지. 빨리 벗으라고요. 이 못난 인간아!"

세몬은 재킷을 벗었다. 그러다 소매가 뒤집어졌고, 그때 아내가 소매를 잡아당겨 솔기가 찢어지고 말았다. 그렇게 마트료나는 재킷을 빼앗아 입고 현관 쪽으로 달려가 밖으로 나가려 했다. 그러다 그녀는 갑자기 멈추었다. 화가 나긴 했지만 그 남자가 누군지 궁금했기 때문이다.

4

마트료나는 나가려다 멈춰 서서 말했다.

"착한 사람이라면 이렇게 벌거벗고 있을 리가 없죠. 그리고 이 남자는 셔츠도 안 입고 있잖아요. 당신이 나쁜 짓을 한 게 아니라면 어디서 이 남자를 데려온 건지 왜 말을 못 하고 있는 거예요?"

"안 그래도 말하려던 참이었소. 집에 오는 길에 보니 이 사람이 교회 근처에 있더군. 벌거벗은 채로 온몸이 꽁꽁 얼어서 교회 벽에 기대앉아 있었소. 글쎄 여름 지난 지가 언젠데 알몸으로 말이오. 다행히 하느님이 도우셔서 내가 그곳에 지나가게 됐던 거요.

안 그랬으면 이 남자는 꼼짝없이 얼어 죽었겠지. 사람이 살다보면 무슨 일이 생길지 아무도 모르는 거요. 그래서 내가 이 남자에게 옷을 입혀서 데려온 것이오. 그러니 당신도 이제 그만 진정해요. 우리도 언젠가는 다 죽게 돼 있잖소?"

마트료나는 남편에게 다시 욕을 퍼붓고 싶었으나, 낯선 남자를 보고 있자니 아무 말도 할 수 없었다. 남자는 미동도 하지 않은 채 의자에 걸터앉아 있었다. 두 손은 무릎 위에 올려놓고 고개를 푹 숙이고는 눈도 뜨지 않았으며, 누군가가 목을 조르는 듯 인상을 찌푸리고 있었다. 마트료나가 침묵하자 세몬이 입을 열었다.

"마트료나, 당신 마음속엔 하느님도 없소?"

그 말을 듣고 마트료나는 다시 한 번 낯선 남자를 보았다. 그러자 그녀의 기분이 차츰 나아지기 시작했다. 마트료나는 난로 옆의 한쪽 구석으로 가서 저녁을 준비했다. 크바스(곡물로 만든 맥주의 일종)를 컵에 따르고 남은 빵을 꺼내 놓았으며 나이프와 포크도 챙겨 놓았다.

"저녁 드세요."

세몬은 낯선 남자를 식탁으로 데리고 갔다.

"앉아요. 젊은이."

세몬은 빵을 잘게 잘라 그와 함께 먹었다. 마트료나는 테이블 끝에 앉아 턱을 괴고 낯선 남자를 바라보았다. 문득 그녀는 남자가 측은하게 느껴지며 그를 보살펴야겠다는 마음이 들었다. 그때 갑자기 낯선 남자는 표정이 밝아지더니 찌푸렸던 얼굴을 펴고 마트료나를 바라보며 싱긋 웃었다. 식사가 끝난 후 마트료나는 테이블을 정리한 다음 낯선 남자에게 물었다.

"당신은 어디서 왔죠?"

"이 고장 사람은 아닙니다."

"그런데 왜 거기 쓰러져 있었던 거예요?"

"그건 말씀드릴 수 없습니다."

"강도라도 만난 건가요?"

"저는 하느님의 벌을 받은 겁니다."

"그래서 알몸으로 그렇게 앉아 있었던 거예요?"

"그렇습니다. 벌거벗은 채로 앉아 있다가 얼어 죽을 뻔했던 겁니다. 그런 제 모습을 본 댁의 남편이 저를 가엾게 여기고는 자신의 외투를 벗어서 입혀주었죠. 그리고 이렇게 집으로 같이 오게 된 겁니다. 이렇게 집에 오니 아주머님께서는 저를 측은히 여기시고는 음식을 주셨고요. 당신들에게 신의 은총이 함께하기를 바랍니다."

마트료나는 방금 꿰매두었던 세몬의 낡은 셔츠와 바지를 남자에게 가져다주었다.

"셔츠도 안 입고 있다니. 어서 이걸 입고 침대 위든, 난로 옆이든 편한 데로 가서 잠을 청해요."

남자는 외투를 벗고 셔츠와 바지를 입은 다음 침대로 가서 잠을 청했다. 마트료나는 등불을 들고 외투를 챙겨 남편 곁으로 갔다. 마트료나는 외투를 덮고 잠을 청했으나 도무지 잠이 오질 않았다. 낯선 남자의 일이 계속 떠올랐기 때문이다.

남은 빵을 남자가 다 먹어버려 당장 내일 먹을 빵이 없었고, 그에게 남편의 셔츠와 바지를 내준 생각을 하니 기분이 몹시 우울해졌다. 하지만 자신을 보며 환하게 웃던 남자의 얼굴을 떠올리자 기분이 나아지기 시작했다.

그렇게 마트료나는 한동안 잠을 이루지 못했다. 세몬도 마찬가지로 쉽게 잠을 이루지 못하고 계속 외투 자락만 끌어당기고 있었다. 그러다 마트료나가 말을 꺼냈다.

"남은 빵도 다 먹었고 반죽해 놓은 것도 없는데 내일은 어떻게 하죠? 마라냐 집에라도 가서 좀 빌려와야겠어요."

"뭐, 산 입에 거미줄이야 치겠어."

마트료나는 한동안 생각에 잠겨 있었다.

"나쁜 사람 같아 보이진 않은데, 왜 신상에 대해 말을 못 하는 걸까요?"

"무슨 사정이 있겠지."

"세몬."

"응?"

"우리는 이렇게 남을 도와주고 있는데 왜 남들은 우리를 도와주지 않는 걸까요?"

"그럴 수도 있는 거지."

세몬은 마땅히 할 말이 없어서 등을 돌렸고 곧 잠이 들었다.

5

다음 날 아침 세몬이 일어나 보니 아이들은 아직 자고 있었고 아내는 이웃집에 빵을 꾸러 가고 없었다. 어제 집에 온 낯선 남자는 낡은 셔츠와 바지를 입은 채 의자에 걸터앉아 멍하니 천장을 바라보고 있었다. 그의 얼굴은 어제보다 밝아보였다.

"젊은이, 배는 고프고 몸엔 옷을 걸쳐야 하니 무슨 일이라도 해야 되지 않겠어? 자네 할 줄 아는 게 있나?"

"아무것도 할 줄 모릅니다."

세몬은 놀라며 말했다.

"무슨 일이든 의지만 있으면 다 배울 수 있어."

"다들 일을 하니까 저도 하겠습니다."

"자네 이름은 뭔가?"

"미하일입니다."

"이보게, 미하일. 자네는 신상에 대해서 말하고 싶지 않은 것 같군. 뭐, 꼭 말해야 되는 건 아니야. 하지만 자네도 밥벌이는 해야지. 내가 시키는 대로만 하면 우리 집에 계속 머물게 해주겠네."

"감사합니다. 가르쳐주시면 최선을 다해 배우겠습니다."

그러자 세몬은 그에게 실을 손가락에 감아 매듭짓는 방법을 알려주었다.

"별로 어렵진 않아. 잘 보게."

미하일은 세몬이 하는 것을 자세히 보더니 금방 익혀 그가 하던 대로 손가락에 실을 감아 매듭을 지었다. 세몬은 미하일에게 실을 잣는 법도 가르쳐주었는데, 그는 그것 역시 잘 해냈다. 또한 세몬이 가죽을 다루는 법과 꿰매는 시범을 보이자, 미하일은 그것도 금방 익혔다.

세몬이 어떤 일을 가르쳐도 미하일은 금방 익혔다. 그래서 미하일은 사흘 후부터 일을 시작할 수 있게 되었다. 그의 솜씨는 마치 지금껏 구두 수선을 해온 사람만큼 대단했다. 미하일은 쉬지 않고 성실하게 일했고, 음식은 조금밖에 먹지 않았다. 그러다 시간이 나면 가만히 천장을 바라보았다. 그는 외출도 하지 않았고, 그의 웃는 모습을 볼 수 있었던 것은 그가 세몬의 집에 처음 오던 날 마트료나가 저녁 준비를 했을 때뿐이었다.

6

어느덧 시간이 흘러 그가 온 지도 일 년이 되었다. 미하일은 그때까지도 세몬의 집에 함께 살며 일했다. 마을에선 어느 누구도 미하일만큼 구두를 잘 만드는 사람은 없다고 소문이 났기 때문에 이웃 마을에서도 주문이 밀려들었고, 세몬의 수입은 점점 더 늘어나게 되었다.

그러던 어느 겨울날, 세몬과 미하일이 함께 일을 하고 있는데 갑자기 마차가 멈추는 소리가 들렸다. 창밖으로 내다보니 젊은 남자가 마부석에서 내려 마차 문을 열었고, 가죽 외투를 입은 한 신사가 마차에서 내리는 모습이 보였다. 그리고 그들은 세몬의 집 앞으로 왔다. 그러자 마트료나가 달려가 문을 열어주었다. 신사는 허리를 숙이고 안으로 들어왔는데 어찌나 체격이 좋은지 머리가 천장에 거의 닿을 듯했고, 방 안은 신사의 몸으로 꽉 찰 정도였다.

세몬은 자리에서 일어나 신사에게 인사를 했다. 세몬은 여태껏 이렇게 큰 사람은 본 적이 없었기에 신사를 보고 매우 놀랐다. 세몬과 미하일은 마른 편이었고, 마트료나 역시 비쩍 마른 가녀린 체구였다. 그런데 이 신사는 다른 나라에서 온 사람처럼 얼굴은 혈색이 좋아 번들거렸고, 온몸은 무쇠 같았다. 신사는 숨을 크게 내쉬며 가죽 외투를 벗어놓고는 의자에 앉으며 물었다.

"누가 여기 주인이지?"

세몬이 말했다.

"제가 주인입니다, 나리."

그러자 신사는 함께 온 젊은 하인에게 외쳤다.

"페드카, 그걸 이리 갖고 와!"

그 말을 듣고 하인은 달려가 꾸러미 하나를 가져왔다. 신사는 그것을 테이블 위에 놓고는 하인에게 명령하듯 말했다.

"풀어봐."

그러자 하인이 그 꾸러미를 풀었다. 신사는 가죽을 가리키며 세몬에게 말했다.

"이봐, 이게 어떤 가죽인지 알겠나?"

가죽을 만져보고 난 세몬이 말했다.

"좋은 가죽입니다."

"그건 당연한 말이지! 당신 같은 사람이 이렇게 좋은 가죽을 봤을 리가 없겠지. 이건 20루블이나 하는 독일산 가죽이라고."

세몬은 겁에 질린 듯 말했다.

"제가 감히 이런 가죽을 어떻게 봤겠습니까."

"그렇겠지. 그런데 자네 이 가죽으로 내 발에 맞는 장화를 만들 수 있겠나?"

"물론이지요, 나리."

그러자 신사는 갑자기 큰 소리로 말했다.

"물론이라고 했겠다. 명심해. 자넨 누구의 장화를 어떤 가죽으로 만드는지 말이야. 나는 일 년을 신어도 찢어지지 않고 모양이 변형되지 않는 장화를 원해. 그렇게 만들 자신이 있다면 일을 시작해. 하지만 자신이 없으면 아예 손도 대지 마. 만약 일 년도 못 돼서 장화가 찢어지거나 변형된다면 자넨 당장 감옥행이야. 허나 일 년이 지나도 그대로라면 품삯으로 10루블을 주지."

세몬은 겁이 나서 선뜻 대답을 하지 못하고 미하일을 쳐다보았다. 그리고 팔꿈치로 미하일을 툭 치며 속삭이듯 말했다.

"어떻게 할까?"

그러자 미하일은 그 일을 시작하라는 듯 고개를 끄덕였다. 그리하여 세몬은 일 년을 신어도 찢어지지 않고 변형되지 않을 장화를 만들기로 했다. 신사는 하인에게 왼쪽 장화를 벗기게 하고는 발을 내밀었다.

"발 치수를 재시오!"

세몬은 10베르쉬오크(1베르쉬오크는 약 5센티미터)의 종이를 붙여 바닥에 편 다음 무릎을 꿇었다. 그리고 나서 신사의 양말에 때가 묻지 않도록 앞치마에 손을 닦고는 치수를 쟀다. 발바닥과 발등 높이를 잰 다음 종아리를 재려고 하는데, 종이의 양끝이 맞닿지 않았다. 신사의 종아리가 통나무처럼 굵었기 때문이다.

"종아리가 너무 꽉 끼면 안 돼."

그래서 세몬은 종이를 덧붙였다. 신사는 자리에 앉아 발가락을 꼼지락거리면서 방 안을 훑어보다가 미하일을 보며 물었다.

"저 사람은 누구지?"

"제 조수인데, 저 친구가 나리의 장화를 만들 겁니다."

"다시 한 번 말하지만, 일 년이 지나도 튼튼하게 만들어야 돼."

신사가 미하일에게 말했다. 그러자 세몬도 미하일을 쳐다보았다. 그런데 미하일은 신사의 얼굴은 쳐다보지도 않고 그의 뒤를 바라보고 있었다. 마치 신사의 뒤에 누군가가 있는 것처럼 한 곳을 응시하고 있었던 것이다. 그러다 미하일은 갑자기 미소를 짓더니 표정이 환해졌다.

"넌 뭐가 좋아서 멍청하게 웃고 있어? 정신 차리고 정해진 날짜까지 잘 만들기나 해."

그러자 미하일이 대답했다.

"네, 명심하겠습니다."

"그래, 좋아."

신사는 구두를 신고 가죽 외투를 입은 다음, 문 쪽으로 향했다. 그런데 순간 허리 굽히는 것을 깜빡 잊고 문틀에 머리를 부딪고 말았다. 신사는 화를 내며 욕을 퍼붓고는 마차를 타고 돌아갔다. 신사가 떠나자 세몬이 말했다.

"대단한 사람이야. 아무리 큰 몽둥이로도 저 사람을 때려눕히진 못할 거야. 그렇게 세게 머리를 부딪고도 별로 아파하지도 않는 것 같으니."

그러자 마트료나가 말했다.

"저렇게 잘 사는 사람인데 당연히 풍채도 좋겠지요. 저 정도의 체구라면 귀신도 얼씬 못할 서예요."

7

세몬이 미하일에게 말했다.

"그 일을 맡긴 했지만 걱정이야. 만일 잘못되는 날엔 감옥에 가게 될 거야. 가죽도 고급인데다가 나리의 성격도 깐깐하니 실수하지 않게 정신 바짝 차려야 해. 자네는 나보다 눈도 밝고 솜씨도 좋으니 치수대로 재단을 하게. 난 가죽을 꿰맬 테니."

미하일은 세몬이 시키는 대로 테이블 위에 가죽을 펼치고 칼을 들어 재단을 했다. 마트료나는 미하일의 옆에서 그가 재단하는 것을 지켜보다가 깜짝 놀랐다. 미하일이 장화 모양과는 다르게 그저 둥글게 재단했던 것이다. 그래서 마트료나는 미하일에게 조언을 해줘야 하는 게 아닐까 생각했다.

'내가 잘못 봤겠지. 하긴 나보다 미하일이 더 잘 알 텐데 간섭하면 안 되지.'

재단을 마친 미하일은 가죽을 꿰매기 시작했다. 그런데 그는 장화를 꿰매는 두 겹실이 아닌 슬리퍼를 꿰맬 때 쓰는 한 겹실을 사용하고 있었다. 마트료나는 그것을 보고 다시 한 번 놀랐으나 참견하지 않는 게 나을 것 같아서 그냥 지켜보았다. 미하일은 열심히 바느질을 했다.

점심때가 되어 세몬이 자리에서 일어나 보니, 미하일이 신사의 가죽으로 슬리퍼를 만들고 있었다. 세몬은 너무 놀라 한숨을 지으며 생각했다.

'미하일은 우리와 일 년 넘게 지내면서 단 한 번도 실수한 적 없었는데, 하필이면 왜 지금 실수를 한 거지? 나리는 굽이 있는 장화를 만들어 달라고 하셨는데 이렇게 평평한 슬리퍼를 만들어 놓았으니 이를 어쩌나. 그분께 뭐라 말씀을 드려야 한담. 이런 가죽은 구할 수도 없는데……'

이런 생각을 하며 세몬은 미하일에게 말했다.

"자네, 이게 무슨 짓인가? 나를 죽일 셈이야? 나리께선 분명 장화를 주문하셨는데 자넨 왜 그걸 만들었느냔 말이야!"

세몬이 미하일에게 말을 하는 순간 갑자기 현관 쪽에서 소리가 났다. 창밖을 내다보니 누군가가 타고 온 말을 매어두고 있었다. 그는 다름 아닌 장화를 주문한 신사의 하인이었다.

"안녕하십니까?"

"어서 오시오. 그런데 무슨 일로?"

"장화 때문에 주인마님의 심부름을 왔습니다."

"장화 때문에요?"

"장화는 이젠 필요 없게 되었습니다. 나리께서 갑자기 돌아가셨으니까요."

"방금 뭐라 하셨소?"

"이곳에 들러 집으로 가시던 중에 마차 안에서 돌아가셨습니다. 집에 도착해서 마차에서 내리시는 걸 도와드리려는데 나리께서는 짐짝처럼 쓰러져 계셨습니다. 나리는 그렇게 돌아가셨어요. 제가 겨우 마차에서 끌어내렸습니다. 그래서 마님께서 저에게 심부름을 보내신 거예요. 마님께서는 '주문한 장화는 이제 필요 없게 되었으니, 그 대신 돌아가신 분이 신을 슬리퍼를 만들어 오너라.' 라고 말씀하셨습니다. 그리고 다 만들 때까지 기다렸다가 가져오라고 하셨습니다."

그러자 미하일은 재단하고 남은 가죽을 둘둘 말아서 묶고, 완성된 슬리퍼의 먼지를 툭툭 털어 앞치마로 잘 닦은 뒤 하인에게 건네주었다. 젊은 하인은 슬리퍼를 받고 인사를 건네며 돌아갔다.

"그럼 전 이만 가보겠습니다. 안녕히 계십시오!"

8

그리고 세월은 흘러 또다시 일 년이 지나고 이 년이 지나 미하일이 세몬의 집으로 온 지도 어느덧 육 년이란 시간이 흘렀다. 미하일은 처음 왔을 때와 마찬가지로 어디도 가지 않고 불필요한 말은 전혀 하지 않았다. 그가 웃는 모습을 보였던 건 이 집에 처음 왔을 때 마트료나가 저녁 식사를 차려주었을 때와 구두를 맞추러 온 신사를 봤을 때뿐이었다. 세몬은 이런 미하일이 매우 마음에 들었다. 그래서 이젠 그가 어디 출신인지는 상관이 없었고, 다만 미하일이 이곳을 떠나진 않을까 하는 걱정뿐이었다.

어느 날, 온 식구들이 집에 모여 있을 때였다. 마트료나는 불 위에 냄비를 올려놓았고, 아이들은 의자 사이를 지나 집안 곳곳을 뛰어다니며 창밖을 내다보고 있었다. 세몬은 창가에서 구두를 깁고 있었으며, 미하일 역시 다른 창가에서 구두의 뒤축을 붙이고 있었다. 그때 세몬의 아들이 의자를 넘어 미하일에게 다가와 그의 어깨를 짚었다. 그리고 창밖을 보며 말했다.

"미하일 아저씨, 저기 좀 보세요. 모르는 아주머니가 딸들을 데리고 우리 집으로 오고 있어요. 여자애 한 명은 다리를 저는 것 같은데요?"

아이가 말을 마치자마자 미하일은 하던 일을 잠시 멈추고 창밖을 유심히 내다보았다. 그 모습을 보고 세몬은 이상한 생각이 들었다. 지금껏 단 한 번도 창밖을 내다보거나 한눈을 판 적이 없던 사람이 창문에 얼굴을 바짝 붙이고 무언가를 주시하고 있었기 때문이다.

그래서 세몬도 하던 일을 멈추고 창밖을 바라보았다. 말끔하게 차려입은 부인이 가죽 외투를 입고, 목도리를 두른 여자아이 둘을 데리고 자기 집 쪽으로 오고 있었다. 두 여자아이들은 너무 닮아서 서로 분간이 안 될 정도였다. 다만 한 아이가 한쪽 다리를 절고 있었다.

이윽고 부인이 현관 계단으로 올라와 문을 열었고, 여자아이들을 먼저 들여보내고 뒤따라 들어왔다.

"실례합니다!"

"어서 오십시오. 무슨 일로 오셨습니까?"

부인은 테이블 앞에 앉았다. 두 여자아이는 부인의 무릎에 기댔는데 낯설어하는 눈치였다.

"이 아이들이 봄에 신을 구두를 지으려고요."

"아 그러시군요! 여태껏 그렇게 작은 구두를 만들어본 적은 없지만 가능합니다. 그럼 구두는 장식이 있는 걸로 만들까요, 아니면 천을 덧대어 만들까요? 여기 미하일이라는 청년이 있는데 이 청년의 솜씨가 아주 뛰어나답니다."

그렇게 말하며 세몬은 미하일을 쳐다보았다. 그런데 미하일은 가만히 앉아서 여자아이들을 응시하고 있었다. 세몬은 미하일의 모습을 보며 깜짝 놀랐다.

두 여자아이는 모두 귀여웠다. 눈은 새까맣고 볼은 발그레하면서도 살이 올라 통통했으며, 가죽 외투와 목도리도 꽤 좋은 것이었다. 하지만 그러한 이유로 미하일이 아이들을 유심히 바라보고 있는 건 아닌 것 같았다. 미하일은 마치 전부터 여자아이들을 알고 있는 것 같았다.

세몬은 미하일이 좀 이상하다고 생각하면서도 부인과 값을 흥정하고는 아이들의 발 치수를 재기 시작했다. 부인은 다리를 저는 아이를 안아 무릎에 앉히고는 말했다.

"이 아이의 치수를 재서 두 아이의 것을 만들어주세요. 여기 불편한 발은 한 짝만 해주시고, 다른 발의 치수에 맞춰서 세 짝을 만들어주세요. 두 아이들은 쌍둥이라서 사이즈가 같거든요."

세몬은 아이의 발 치수를 재고 나서 다리를 저는 여자아이 쪽을 가리키며 말했다.

"아이는 어쩌다 이렇게 됐습니까? 귀여운 아이인데, 태어날 때부터 그랬나요?"

부인이 말했다.

"아니에요, 아이 엄마 때문에 그렇게 됐어요."

그때 마트료나가 끼어들며 말했다. 그 여자는 누구이며, 또 누구의 아이인지 궁금했기 때문이다.

"그럼 부인은 이 아이들의 엄마가 아닌가요?"

"나는 이 아이들의 엄마도, 친척도 아닌 그저 남인데 맡아서 키우고 있어요."

"부인이 낳지도 않았는데 정이 많이 들었나 봐요?"

"물론이에요. 내 젖을 물려가며 키웠으니까요. 한때는 내 아이도 있었는데 그 아이는 하느님이 일찍 데려가셨어요. 하지만 그 아이는 그렇게 불쌍하다고 생각하지 않았는데 이 아이들은 너무 가여워요."

"그럼 대체 누구의 아이들인가요?"

9

부인은 다음과 같이 말했다.

"벌써 육 년이란 세월이 흘렀네요. 두 아이는 태어난 지 일주일도 안 돼서 고아가 됐어요. 아이들의 아버지는 아이들이 태어나기 사흘 전에 죽고, 아이의 어머니마저 이 애들을 낳은 후 곧 세상을 떠났으니까요. 그때 저는 남편과 함께 농사를 지으며 살았는데, 이 아이들의 부모와는 이웃이었죠.

이 아이들의 아버지는 숲 속에 들어가 혼자서 일을 하는데, 어느 날 나무를 베다가 큰 나무에 깔려서 크게 다쳤어요. 겨우 집으로 데려오긴 했지만 그만 세상을 떠나고 말았죠. 그리고 그의 아내는 며칠 후 쌍둥이를 낳았는데 이 애들이 바로 그 애들이에요. 애들 어머니도 집안은 몹시 가난하고 돌봐줄 일가친척 하나 없었기 때문에 혼자서 애들을 낳다가 죽은 거죠.

다음 날 아침, 소식이 궁금했던 터라 그 집에 가보니 애들 엄마

는 벌써 죽어 있었어요. 게다가 숨이 넘어갈 때 고통으로 몸부림
치다가 이 아이를 덮쳐서 한쪽 다리가 이렇게 된 거죠. 마을 사람
들이 다들 착해서 저는 그들과 함께 애들 엄마를 씻기고 수의를
입혀 장례를 치렀어요.

그렇게 갓난아이들만 남게 되었고, 이웃 중에 갓난아이가 있는
여자는 저 혼자였죠. 그 당시 저는 8주 된 아들에게 젖을 물리고
있었죠. 그래서 두 여자아이를 당분간 내가 맡아 키우기로 했던
거예요.

이 아이들을 두고 마을 사람들이 모여 어떻게 하면 좋을지 의논
했죠. 그들은 저에게 '마리아가 이 아이들을 당분간 맡아 키워줘
요. 그동안 우리가 다른 방법을 찾아볼 테니.' 라고 말했죠. 그때
저는 다리가 멀쩡한 아이에게만 젖을 주었어요. 왜냐하면 다리가
불편한 아이는 얼마 살지 못할 것 같아서 그 애에겐 젖을 주려고
도 하지 않았던 거죠. 그러다 갑자기 그 애가 가엾은 생각이 들었
어요. 그래서 그 아이에게도 똑같이 젖을 먹였어요. 그렇게 내 아
이와 두 아이들을 포함해 세 아이들에게 젖을 물리게 되었어요.
그 당시만 해도 나는 젊고 음식도 잘 먹었기 때문에 젖은 흘러넘
칠 정도로 충분했어요. 두 아이에게 젖을 물리는 동안 나머지 한
아이는 기다리고 있다가, 젖을 물린 한 아이의 배가 찬 후에 나머
지 아이에게 젖을 물리며 키웠어요.

그런데 하느님의 보살핌 덕분에 두 아이는 잘 컸지만 제 아이는

태어난 지 이 년 만에 세상을 떠나게 됐고, 그 후로 저는 아이를 갖지 못했어요. 그래도 형편은 점점 나아졌고, 남편은 어느 상인의 방앗간에서 일을 하고 있어요. 보수가 좋은 편이라 여유 있는 생활을 하고 있지만 저는 아이가 없잖아요. 그러니 이 두 아이를 어떻게 사랑하지 않을 수 있겠어요. 이 아이들은 내게 촛불과도 같은 존재예요."

부인은 한 손으로 다리를 저는 아이를 안고, 다른 한 손으로는 흐르는 눈물을 훔쳤다. 그러자 마트료나가 한숨을 쉬며 말했다.

"부모 없이는 살아도 하느님 없이는 살지 못한다는 게 정말 맞는 말인가 봐요!"

그들이 이런 이야기를 나누고 있을 때 갑자기 미하일이 앉아 있는 구석에서 환한 빛이 비치면서 방 안 전체가 밝아졌다. 세몬과 마트료나는 손님들을 배웅하고 들어와 미하일을 바라보았다. 미하일은 두 손을 무릎 위에 포개고 단정히 앉아 하늘을 쳐다보며 미소 짓고 있었다.

10

미하일은 자리에서 일어나 일감을 테이블 위에 올려놓고는 앞치마를 벗으며 세몬과 마트료나에게 공손히 인사를 했다.

"하느님께서 저를 용서해 주셨으니 부디 두 분께서도 저를 용서해 주시길 바랍니다."

부부는 미하일에게서 후광이 비치는 것을 보았다. 세몬은 미하일에게 고맙다는 인사를 건넸다.

"미하일, 자네는 보통 사람이 아닌가 보군. 그러니 더 이상 붙들 수도, 자세히 물어볼 수도 없겠네. 허나 한 가지 궁금한 게 있네. 자네가 이 집에 처음 오던 날, 자네는 계속 어두운 얼굴이었는데 아내가 저녁 식사 준비를 하자 표정이 환해지면서 웃기까지 했었지. 대체 그 이유가 뭔가? 그리고 나리가 장화를 맞추러 왔을 때도 자네는 웃었고, 또 부인이 두 아이를 데리고 왔을 때도 자네는 웃었네. 그리고 자네에게서 후광이 비쳤지. 자네의 몸에서 어떻게 그런 빛이 나는지, 또 그렇게 세 번이나 웃은 이유가 무엇인지 말해 줄 수 있겠나?"

그러자 미하일이 말했다.

"제 몸에서 빛이 났던 것은 제가 하느님의 벌을 받았다가 용서를 받았기 때문입니다. 그리고 세 번 웃은 이유는 하느님의 세 가지 말씀을 깨달았기 때문입니다. 첫 번째 말씀은 아주머니께서 저를 측은하게 여기셨을 때 깨달았고, 두 번째 말씀은 부자 나리께서 장화를 맞추러 오셨을 때 깨닫게 되었습니다. 그리고 마지막으로 세 번째 말씀은 두 여자아이들을 보고 깨달았기 때문에 웃을 수 있었던 것입니다."

이 말을 들은 세몬이 말했다.

"그런데 미하일, 자네는 무엇 때문에 하느님께 벌을 받았는지, 그리고 자네가 꼭 알아내야 했던 하느님의 세 가지 말씀이 무엇인지 내게도 알려주지 않겠나?"

그러자 미하일이 말했다.

"저는 원래 천사였습니다. 그런데 하느님의 뜻을 거슬렀기에 벌을 받았습니다. 어느 날, 하느님께서는 제게 어느 여인의 영혼을 빼앗아오라고 하셨습니다. 그녀는 바로 쌍둥이 딸을 낳은 여자였습니다. 갓난아기들이 엄마 곁에서 움직이고 있었지만 그 여인은 젖을 물릴 힘조차 없어보였습니다. 그러다 그 여인은 저를 발견했고, 하느님이 보내셨다는 걸 알아차리고는 울면서 말했습니다.

'천사님! 제 남편은 얼마 전에 숲에서 나무에 깔려 죽었습니다. 그리고 제게는 이 갓난아이들을 돌봐줄 고모도 이모도 할머니도 없습니다. 그러니 제발 제 영혼을 거두지 마시고 제 손으로 이 아이들을 키울 수 있도록 해주세요. 이 어린아이들이 부모 없이 어찌 살아갈 수 있겠습니까!'

그 말을 듣고 저는 한 아이에게 젖을 물려주고, 나머지 아이는 그녀의 팔에 안겨주고는 다시 하늘로 돌아갔습니다. 그리고 하느님께 말씀드렸습니다.

'도저히 산모의 영혼을 데려올 수 없었습니다. 그녀의 남편은 나무에 깔려 죽었고, 그녀는 방금 해산하여 제게 영혼을 거두지 말라고 울며불며 애원했습니다. 어린아이들이 부모도 없이 어떻게 살 수 있겠느냐며 제발 자기가 키울 수 있도록 해달라고 말입니다. 그래서 저는 산모의 영혼을 데려올 수 없었습니다.'

그러자 하느님께서 말씀하셨습니다.

'다시 가서 산모의 영혼을 데려오너라. 그러면 세 가지의 뜻을 알게 될 것이다. 그것은 사람의 내면에는 무엇이 있는지, 사람에게 주어지지 않은 것은 무엇인지, 사람은 무엇으로 사는가에 관한 것이니라. 이 세 가지를 깨닫게 되면 다시 하늘로 돌아올 수 있을 것이다.'

그래서 저는 다시 세상으로 내려와 산모의 영혼을 거두었습니다. 두 아기들은 엄마의 가슴에서 떨어져 있었으나 여자가 쓰러지며 한 아이를 짓누르는 바람에 그 아이는 한쪽 다리를 절게 된 것입니다. 그렇게 저는 여자의 영혼을 데리고 하늘로 올라가 하느님께 바치려 했습니다. 그런데 갑자기 폭풍이 불어와 제 날개가 부러졌습니다. 그래서 여자의 영혼만 하느님께 가고, 저는 지상으로 추락하게 되어 길바닥에 쓰러져 있었던 것입니다."

11

그렇게 세몬과 마트료나는 그동안 자신들과 함께 살았던 사람이 누구인지 깨닫게 되었고, 두려움과 기쁨으로 눈물을 흘렸다. 천사는 계속해서 말을 이었다.

"그렇게 저는 벌거벗은 채 홀로 들판에 쓰러져 있었습니다. 그동안 저는 인간의 부자유도, 추위나 굶주림도 모른 채 살았습니다. 그러던 제가 인간이 되었던 것입니다. 저는 몹시 배가 고팠고, 몸은 꽁꽁 얼어붙어 어찌해야 좋을지 몰랐습니다. 그러던 중 하느님을 모시는 교회를 발견하게 되어 그곳으로 갔습니다. 교회 안으로 들어가려고 했으나 문이 잠겨 있어서 어쩔 수 없이 바람이라도 피하기 위해 교회 뒤편으로 가서 앉았습니다. 날은 어두워졌고 점점 더 허기가 지면서 몸은 얼어붙기 시작했습니다.

그때 장화를 신은 남자가 중얼거리며 지나가는 소리가 들렸습니다. 그는 제가 인간이 되어 처음으로 본 인간이었는데 얼굴에 죽음의 그림자가 드리워져 있었습니다. 저는 너무 무서워서 몸을 돌렸습니다. 그러다 그 남자가 하는 말을 듣게 되었고, 남자는 겨울에 입을 옷을 어떻게 마련할지, 처자식을 어떻게 먹여 살릴 것인지를 걱정하고 있었습니다. 그때 저는 이런 생각을 했습니다.

'나는 굶주리고 얼어붙어 죽어가고 있다. 다행히 저기 한 사람이 오고 있지만 그는 추운 겨울을 날 외투를 어떻게 마련해야 할 것이며 무슨 방법으로 살아갈 것인지에 대한 고민에 빠져 있다. 그는 나를 도와줄 여력이 없다.'

그때 그는 저를 발견하였고, 인상을 찌푸리며 그냥 지나쳐갔습니다. 이젠 꼼짝없이 죽겠구나 생각하며 절망에 빠져 있을 때 그 남자가 되돌아오는 소리가 들렸습니다. 저는 남자의 얼굴을 다시 보았습니다. 그런데 좀 전에 봤던 그 남자가 맞나 싶을 정도로 얼굴이 달라져 있었습니다. 죽음의 그림자가 드리워졌던 남자의 얼굴에는 생기가 돌았고, 저는 그의 얼굴에서 하느님을 보았습니다. 그 남자는 저에게 다가와 옷을 입혀주었고, 저를 데리고 자신의 집으로 갔습니다.

그 집에 도착하니 한 여자가 나와 이런저런 말을 했습니다. 그 여자는 남자보다 더 무서운 얼굴이었습니다. 여자의 입에서는 죽음의 기운이 흘러나왔고, 그 기운 때문에 저는 숨조차 쉴 수 없었습니다. 여자는 저를 차가운 바깥으로 내쫓으려 했습니다. 그때 만약 여자가 저를 밖으로 내쫓았다면 분명 그녀는 죽었을 것입니다. 하지만 다행히 하느님에 대해 얘기하는 남편의 말을 듣고, 그녀는 태도를 바꾸었습니다. 그리고 여자는 제게 저녁 식사를 권하면서 제 얼굴을 쳐다보았습니다. 그때 그녀의 얼굴을 보니 죽음의 그림자는 이미 사라지고 없었으며 생기가 돌고 있었습니다. 그리고 저는 그녀의 얼굴에서 하느님의 모습을 보았습니다.

그 순간 저는 '사람의 내면에는 무엇이 있는지 알게 되리라.' 라고 하셨던 하느님의 첫 번째 말씀이 떠올랐습니다. 그리고 사람의 내면에 있는 것은 다름 아닌 사랑이라는 것을 깨달았습니다. 저는 하느님이 제게 약속하신 것을 깨닫게 되었던 나머지 너무 기뻐서 처음으로 웃었던 것입니다. 하지만 아직 하느님의 말씀을 다 이해할 수는 없었습니다. '사람에게 주어지지 않은 것'과 '사람은 무엇으로 사는가'에 대한 답을 알아내지 못했기 때문입니다.

그렇게 저는 당신들과 함께 일 년이라는 시간을 보냈습니다. 그러던 어느 날, 한 신사가 찾아와서는 일 년 동안 신어도 찢어지지 않고 변형되지 않을 장화를 지어달라고 말했습니다. 그런데 그 신사의 등 뒤에는 한때 제 동료였던 죽음의 천사가 있었습니다. 저 이외에는 아무도 볼 수 없었던 그 천사로 인해 저는 알게 되었습니다. 해가 지기 전에 그 신사의 영혼은 곧 떠나게 될 거라는 것을요. 그래서 저는 이런 생각을 했습니다.

'저 남자는 일 년 동안 신어도 튼튼한 신발을 지으라 했지만 오늘 날이 저물기도 전에 자신이 죽게 된다는 것은 알지 못한다.'

그렇게 저는 '인간에게 주어지지 않은 것은 무엇인가'라는 하느님의 두 번째 말씀에 대한 답을 찾게 되었습니다. '사람의 내면에는 무엇이 있는가'는 이미 알아냈고, 이번에는 인간에게 주어지지 않은 것이 무엇인지를 깨닫게 된 것입니다. 인간에게는 자기 몸에 필요한 게 무엇인지 알 수 있는 능력이 주어지지 않았던 것입니다.

그래서 저는 두 번째로 웃을 수 있었습니다. 저는 동료였던 천사를 만난 것도 기뻤고, 또한 하느님께서 두 번째 말씀을 깨우쳐주셔서 기뻤습니다.

하지만 나머지 한 말씀에 대해선 깨닫지 못했습니다. 그래서 저는 하느님의 계시가 있을 때까지 이곳에서 머물기로 했습니다. 그렇게 육 년의 세월이 흘렀고 바로 오늘, 그때 엄마를 잃은 쌍둥이가 이렇게 잘 크고 있다는 것을 알았습니다. 그래서 저는 생각했습니다. '나는 자신이 아이들을 직접 키워야 한다며 제발 영혼을 거두지 말라고 했던 그 여인의 말을 믿었고, 아이들은 부모 없이 자랄 수 없다고 생각했는데, 두 아이는 이렇게 다른 사람의 손에서도 잘 크고 있지 않은가.'라고 말입니다.

그리고 그 부인이 두 아이들을 촛불과 같은 존재라고 말하며 감동의 눈물을 흘리고 있을 때, 저는 거기서 살아 계신 하느님의 모습을 보았습니다. 그때 비로소 깨달았습니다. 사람은 무엇으로 사는지 말입니다. 그렇게 저는 하느님께서 마지막 말씀을 깨우쳐주셨고 저를 용서하셨다는 것을 알았기 때문에 세 번째로 웃을 수 있었던 것입니다."

12

그때 갑자기 천사의 몸이 빛으로 둘러싸였고, 눈을 뜰 수 없을 정도로 눈부시게 빛났다. 이윽고 천사가 큰 목소리로 말했다. 그 목소리는 그의 목소리가 아닌 하늘에서 들려오는 소리 같았다.

"저는 사람들이 자신을 걱정하며 살아가는 것이 아니라 사랑으로 살아간다는 것을 깨달았습니다. 어머니에겐 아이들이 살아가는데 필요한 것이 무엇인지 알 수 있는 능력이 주어지지 않았습니다. 또한 부유한 신사에게는 진정 자신에게 필요한 것이 무엇인지 알 수 있는 능력이 주어지지 않았습니다. 자신에게 필요한 것이 산 자가 신을 장화인지, 저녁에 죽은 자가 신을 슬리퍼인지 알 수 있는 능력이 주어지지 않았던 것입니다.

제가 인간이 되고서도 살아남을 수 있었던 것은 제 자신에 대한 걱정 때문이 아니라 길을 가던 한 남자와 그 아내의 사랑 덕분이었습니다. 그들은 저를 측은하게 생각하며 사랑으로 보살펴주었습니다.

그리고 두 고아들이 잘 자랄 수 있었던 것도 마찬가지입니다. 한 여자가 그들을 가엾게 여기고 사랑으로 그 아이들을 감싸주었기 때문입니다. 결국 사람은 자신에 대한 걱정으로 사는 게 아니라 그들 안에 내재된 사랑으로 살아간다는 것을 알게 되었습니다.

저는 지금껏 하느님께서 인간들에게 생명을 주셨기 때문에 그들이 살아가기를 바라신다고 생각했습니다. 그런데 이번 일로 한 가지를 더 깨닫게 되었습니다. 하느님께서는 인간들이 떨어져 사는 것을 원치 않으시기 때문에 인간 각자에게 필요한 것에 대해서는 알려주지 않으셨던 것입니다. 인간은 더불어 살아가야 하는 존재이기 때문에, 자신을 비롯한 모든 이들을 위해 필요한 것을 계시하셨던 것입니다. 인간들이 자신을 걱정하며 살아간다는 것은 그들의 생각일 뿐, 사실은 사랑 때문에 살아갈 수 있다는 것을 비로소 깨달았습니다. 사랑으로 사는 자는 하느님 안에 살고 있는 것입니다. 하느님은 곧 사랑이기 때문입니다."

말을 마치고 천사는 하느님께 찬송을 드렸다. 천사의 목소리는 너무 컸기 때문에 온 집안이 흔들렸다. 그러다 천장이 반으로 갈라지더니 불기둥이 솟아올랐다. 세몬 부부와 아이들은 모두 바닥에 엎드렸다. 천사의 등에 날개가 돋아나서 활짝 펼쳐 하늘로 날아갔다. 세몬이 정신을 차리고 돌아보니 집은 예전과 마찬가지였다. 그리고 방 안에는 자신의 가족 외에는 아무도 없었다.

사람에겐 얼마만큼의 땅이 필요한가

1

어느 날, 언니가 시골에 사는 여동생을 찾아왔다. 언니는 상인과 결혼해서 도시에서 살았고, 여동생은 농부와 결혼해서 시골에 살고 있었던 것이다. 두 자매는 차를 마시며 이야기를 나누었다. 그러던 중 도시에서 살고 있는 언니가 자신의 생활에 대해 자랑을 늘어놓기 시작했다. 그녀는 도시에서 얼마나 좋은 집에서 사는지, 아이들은 얼마나 좋은 옷을 입히는지, 그리고 얼마나 좋은 음식을 먹고, 얼마나 자주 문화생활을 하고 있는지에 관해 이야기했다.

순간, 언니의 말을 듣고 자존심이 상한 동생은 시골생활의 장점에 대해 늘어놓기 시작했다.

"나는 언니와 바꾸고 싶지 않을 만큼 내 생활이 마음에 들어. 우리 생활이 소박하긴 해도 걱정할 게 없으니까. 언니는 화려하게 살며 돈을 많이 벌긴 하지만 어느 순간 한꺼번에 다 잃고 빈털터리가 될 수도 있잖아? 가진 게 많으면 잃을 것도 많은 법이잖아. 난 부자들이 한순간에 모든 걸 다 잃고 거지가 되는 경우를 많이 봐왔거든. 거기에 비하면 우리 생활은 안정적이지. 그리 넉넉하진 않아도 오래가니까. 우린 부자는 못 돼도 밥 굶는 일은 없을 거야."

그러자 언니는 비웃으며 말했다.

"밥만 안 굶으면 뭘 해? 돼지랑 송아지랑 살면서. 좋은 옷을 입기를 해, 아니면 사교생활을 하기를 해? 네 남편이 아무리 열심히 일해 봤자 결국 너나 네 아이들은 거름 속에서 살다 갈 뿐이야."

"그게 우리가 할 일이니까. 일이 힘들긴 해도 우리 생활은 안정적이잖아. 남의 비위를 맞출 필요도 없고 말이야. 하지만 도시에는 온갖 유혹이 도사리고 있지. 오늘은 무사히 넘기더라도 내일은 어떤 일이 생길지 누가 알겠어? 형부가 언제 술과 노름에 빠질지, 또 여자한테 넘어갈지 아무도 모를 일이지. 그렇게 되면 인생을 망치게 되는 거잖아. 안 그래?"

그때 동생의 남편 바흠은 벽난로 옆에 누워서 자매의 대화를 엿듣고 있었다.

"그래 맞는 얘기야. 우리 같은 농부들은 어릴 때부터 바쁘게 일하느라 그런 유혹에 빠질 새도 없었지. 딱 한 가지 아쉬운 건 땅이 부족하다는 거야. 하지만 내게 땅만 많다면 난 하나도 겁날 게 없어. 악마도 두렵지 않아."

바흠은 이렇게 혼잣말을 했다.

자매들은 차를 다 마시고 나서도 한참 동안 옷차림에 대해 이야기하다가 찻잔을 치우고 잠을 청했다.

그런데 난로 뒤에 웅크리고 앉아 있던 악마가 이 이야기를 모두 엿듣고 있었다. 악마는 아내의 이야기를 들은 바흠이 자기에게 땅만 있으면 악마도 두렵지 않다고 말한 것이 매우 만족스러웠다.

'좋아, 어디 한 번 승부를 겨뤄보자. 너한테 많은 땅을 주지. 그 땅으로 너를 사로잡고 말겠어.'

2

마을에는 300에이커 정도 되는 땅을 가진 여자 지주가 살고 있었다. 그녀는 지금껏 농부들과 사이좋게 지내왔다. 그러던 어느 날, 그녀는 군인 출신의 남자를 관리인으로 고용했는데, 그는 소작인들에게 툭하면 벌금을 물려 그들을 괴롭혔다.

그래서 바흠은 조심하려고 노력했으나 아무리 에를 씨도 소용이 없었다. 그의 말이 귀리밭에 들어가 귀리를 뜯어먹거나 암소가 마당으로 들어가기도 했으며, 송아지가 풀밭으로 들어가는 것을 막을 수 없었기 때문이다. 그래서 그는 이런 일이 생길 때마다 벌금을 물어야 했다.

바흠은 벌금을 낼 때마다 화가 나 집안 식구들에게 화풀이를 했다. 그래서 가축들이 우리에서 지내야 할 겨울이 되자 바흠은 기쁘기까지 했다. 그러나 가축들이 풀을 뜯어먹는 대신 사료를 먹어야 했기에 바흠은 그게 아깝다고 생각했지만 그래도 벌금 걱정이 없어졌기 때문에 만족했다.

그런데 겨울이 되자 여자 지주가 땅을 팔기 시작했고, 그 땅을 큰길에서 여관을 하는 주인이 사려고 한다는 소문이 돌기 시작했다. 이 소문을 들은 소작인들은 몹시 불안에 떨었다.

'만일 여관 주인이 그 땅을 사게 되면 그는 여자 지주의 관리인보다 더한 벌금을 물릴 거야. 우리는 그 땅에 의지하면서 살아갈 수밖에 없는데 말이야.'

그래서 소작인들이 모여서 의논한 후 여자 지주를 찾아갔다. 그리고 그들은 땅을 여관 주인에게 팔지 말고 값은 후하게 쳐줄 테니 자신들에게 팔라고 말했다. 여자 지주는 그렇게 하겠노라고 대답했다. 그래서 소작인들은 공동 소유로 마을 조합에서 땅을 살 준비를 하기 시작했다. 그러나 농부들은 이 일과 관련해서 여러 번 모였지만 쉽게 결론을 내릴 수 없었다. 악마가 합의를 이끌어내지 못하도록 방해를 했기 때문이다. 그래서 그들은 각자 형편대로 땅을 사들이기로 했고, 여자 지주도 이에 동의했다.

얼마 후, 바흠은 이웃 사람이 50에이커의 땅을 매입했는데, 여자 지주가 땅값의 반만 받고 나머지 반은 내년 안에 갚도록 해주었다는 소문을 들었다. 그 말을 들은 바흠은 부러운 생각이 들었다.

'이러다 땅이 다 팔리면 나는 아무것도 못 갖게 되잖아.'

이런 생각을 한 바흠은 이 일에 대해 아내와 의논했다.

"모두들 땅을 사니 우리도 20에이커 정도는 사야 되지 않겠어? 관리인이 물리는 벌금 때문에 날이 갈수록 살기가 힘들어지니 말이야."

두 사람은 땅을 살 수 있는 방법을 생각해 보았다. 그들의 재산은 100루블이 전부였다. 그래서 그들은 망아지 한 마리와 벌꿀을 팔았고, 아들은 남의 집으로 머슴살이를 보냈으며 모자란 돈은 동서에게서 빌려 땅값의 절반을 마련했다.

바흠은 작은 숲이 있는 40에이커의 땅을 사기 위해 여자 지주를 찾아갔고, 지주와 합의하에 계약금을 치렀다. 그리고 시내로 나가 땅값의 반절만 지불하고, 잔금은 이 년 내로 갚겠다는 계약서를 작성했다.

드디어 바흠은 자신의 땅을 갖게 되었다. 바흠은 씨앗을 뿌려 자신의 땅에다 농사를 지었다. 농사는 잘 되어 풍작이 되었고, 일 년 만에 그는 여자 지주와 동시의 빚을 청산했다. 이제 진짜 지주가 된 바흠은 자기 땅에서 경작을 하고, 씨를 뿌리고, 목초지에서 건초를 만들고, 또 나무를 베어 땔감을 만들고, 가축을 기를 수 있었다. 바흠은 밭을 갈기 위해 나오거나 농작물이나 목초지를 둘러볼 때면 기쁨으로 가슴이 벅차오르곤 했다. 그는 자신의 땅에서 자라는 풀과 꽃은 다른 집의 것과는 다르다고 느꼈다. 예전과 다를 것 없는 그 땅이 이제는 아주 특별하게 느껴졌던 것이다.

3

바흠은 하루하루 행복했다. 이웃 사람들이 자신의 농작물이나 목초지에 침입하지만 않는다면 모든 일이 잘 될 것 같았다. 그러나 이웃 사람들의 소가 그의 목초지에 들어오기도 했고, 말들이 밭으로 들어와 농사를 망쳐놓기도 했다. 그래서 그는 소나 말의 주인에게 정중하게 부탁도 해보았지만 소용이 없었다. 그동안 바흠은 가축들을 내쫓으며 불쾌한 마음을 참아왔다. 그러나 더 이상은 참을 수 없게 되어 마침내 재판소에 고발을 했다. 그는 농부들이 땅이 좁아서 그러는 것일 뿐, 나쁜 의도로 그러는 게 아니라는 것을 잘 알고 있었다. 하지만 한편으론 이런 생각도 들었다.

'계속해서 이 일을 그냥 넘길 순 없어. 그러다가는 그들이 내 모든 걸 망쳐놓을 테니까.'

그래서 바흠은 재판을 통해서 농부들에게 벌금을 받아냈다. 그러자 바흠의 이웃들은 그에게 불만을 품게 되었고, 자신들의 가축을 일부러 풀어두어 그의 밭에 들어가게 했다. 또 어떤 이는 한밤중에 몰래 바흠의 숲에 들어가 보리수나무의 껍질을 벗기기도 했다. 바흠은 숲을 지나가다가 껍질이 벗겨진 나무들과, 나무 기둥이 잘려 그루터기만 남은 나무들을 발견하고는 화가 머리끝까지 치솟았다.

'이렇게 잔뜩 나무를 벤 놈이 도대체 누구야. 한 그루라도 남겨두지. 나쁜 놈들, 잡아서 단단히 혼을 내줄 테다.'

바흠은 누가 이런 짓을 했을지 한참을 생각해 보았다. 아무래도 그런 짓을 할 사람은 숄카밖에 없다고 결론을 내렸다. 그는 곧 숄카의 집으로 찾아갔다. 하지만 증거를 찾지 못하고 싸움만 하고 돌아온 바흠은 숄카가 범인일 거라 확신하며 숄카를 고발했다. 그래서 재판관은 숄카를 심리하고 재심까지 하였으나 증거를 찾지 못했다. 결국 숄카는 무죄로 풀려났다. 그러자 이에 불만을 품은 바흠은 촌장과 재판관에게 화풀이를 했다.

"도둑을 두둔하는 겁니까? 당신들이 정직한 재판관이라면 도둑을 풀어주진 않을 겁니다."

바흠은 재판관들과 마을 사람들을 상대로 싸움을 벌였다. 마을 사람들 중에는 바흠의 집에 불을 지르겠다고 협박하는 이들도 있었다. 바흠은 넓은 땅을 소유하게 되었으나 그에 대한 사람들의 평판은 점점 나빠지기 시작했다.

그 무렵, 대부분의 마을 사람들이 다른 곳으로 이사를 간다는 소문이 돌았다. 이 소식을 들은 바흠은 생각했다.

'나는 내 땅을 떠나지 않을 거야. 사람들이 떠나면 이 부근의 땅도 여유가 생기겠지. 그러면 그 땅을 사서 더 넓혀야지. 그렇게 되면 더욱 살기 편해질 거야. 이렇게 좁은 땅에서 살기에는 숨이 막힐 지경이야.'

그러던 어느 날, 그곳을 지나던 여행객 한 사람이 바흠 집에 들렀다. 바흠은 그에게 음식을 대접하고 잠자리를 주며 세상 돌아가는 이야기를 나누었다. 그 여행객도 농부였다. 바흠은 그에게 어디서 왔느냐고 묻자, 농부는 볼가 강 건너편에서 왔으며 거기서 일을 하고 있다고 말했다. 농부는 많은 사람들이 그곳으로 이주한다면서, 그곳에 있는 마을의 조합에 가입만 하면 한 사람당 25에이커의 땅을 얻을 수 있다고 말했다. 농부는 계속 말을 이어갔다.

"땅은 어찌나 비옥한지 씨를 뿌리면 소나 말의 키만큼 자라고, 낟알은 어찌나 굵은지 다섯 번만 베어도 한 다발이 되지요. 빈손으로 와서, 지금은 말 여섯 필과 암소를 두 마리나 소유하게 된 사람도 있습니다."

바흠은 욕심이 생겨 흥분하며 말했다.

"그곳에 가면 잘 살 수 있는데 이렇게 좁은 데서 고생할 필요가 있겠어? 당장 이곳의 집과 땅을 팔아버리고 그곳에 가서 새로운 생활을 하는 거야. 여기 더 있어봤자 골치 아픈 일만 생길 테니까. 그럼 내가 직접 가서 살펴보고 와야겠다."

여름이 되자 바흠은 길을 나섰다. 그는 볼가 강을 건너 사마라까지 배를 타고 갔으며, 300마일을 걸어가 마침내 목적지에 도착했다. 도착해 보니 모든 것이 듣던 대로였다. 그곳의 농부들은 조합에서 받은 25에이커의 땅을 소유하고 있었으며, 비옥한 땅을 에이커당 3루블의 가격으로 살 수 있었다.

궁금한 것들을 모두 살펴본 바흠은 가을쯤에 돌아와 집과 땅을 팔기 시작했다. 비싼 값으로 땅을 팔고, 집과 가축도 모두 팔았으며 마을의 조합에서도 탈퇴했다. 그리고 봄이 되자 가족들과 함께 새로운 곳으로 떠났다.

4

바흠은 가족과 함께 새로운 마을에 도착하자마자 조합에 가입했다. 그러자 그와 그의 가족들의 몫으로 125에이커의 땅과 목초지를 배당받았다. 바흠은 가축을 사고 집을 지었다. 그가 소유하게 된 땅은 예전의 땅보다 세 배나 컸으며 아주 비옥했다. 그리하여 그는 예전보다 열 배나 더 풍족한 생활을 하게 되었다. 원하는 만큼의 경작지와 목초지를 소유할 수 있었고, 가축도 마음껏 키울 수 있게 되었던 것이다.

바흠은 한동안 새로운 마을에서의 생활에 대해 매우 만족해하며 즐거워했다. 그러나 시간이 점점 지나자 이 넓은 땅도 좁다는 생각이 들었다. 이사 온 첫해에 바흠은 밀농사를 지었는데 풍작이었다. 그래서 그는 계속 밀농사를 짓고 싶었으나 조합에서 배당된 땅이 모자랐다. 또 밀을 심기에는 적당하지 않은 땅도 있었다. 밀은 억새밭이나 오래 묵혀둔 땅에 심어야 했기 때문에 다른 땅에는 밀농사를 지을 수가 없었던 것이다. 그래서 일 년이나 이 년쯤 밀농사를 지으면 다시 풀이 무성해질 때까지 땅을 묵혀야 했다. 그런 땅을 원하는 사람이 많았으며, 묵힌 땅은 부족했기에 사람들 사이에서 다툼이 생겼다. 돈이 있는 사람들은 그 땅을 원했기에 가난한 사람들은 돈을 받고 상인들에게 묵힌 땅을 빌려주었다.

밀농사를 좀 더 짓고 싶었던 바흠은 상인에게 일 년간 땅을 빌려 농사를 지었다. 역시나 그 해 농사도 풍작이었다. 하지만 그 땅은 마을에서 멀리 떨어져 있었기에 밀을 수레에 싣고 10마일이 넘는 거리를 이동해야만 했다. 그러던 어느 날, 바흠은 그곳의 어떤 상인이 별장에서 농사일을 겸하며 부유하게 살고 있다는 소식을 듣게 되었다.

'별장이 있다면 얼마나 좋을까? 그러면 모든 일이 만족스럽게 잘 될 텐데.'

그래서 바흠은 자기 소유의 땅을 더 늘리고 싶다는 생각이 들었다. 어느덧 바흠이 빌린 땅에 밀농사를 지은 지도 삼 년이 되었다. 바흠은 밀농사가 풍작이어서 많은 돈을 벌게 되었지만, 매년 남의 땅을 빌리기 위해 애써야 하는 것이 귀찮아졌다. 좋은 땅이 있으면 항상 누군가가 먼저 달려가 빌렸기에 다른 사람의 차지가 되기 일쑤였다.

삼 년 만에 바흠은 한 상인과 함께 마을 사람의 목초지를 빌려 경작을 마쳤다. 그러나 예상치 못한 분쟁이 생겨 사람들이 그들을 고발했고, 그간의 노력은 모두 물거품이 되고 말았다.

'이 땅이 내 것이었다면 이런 분쟁도 없고, 번거로운 일도 없었을 텐데.'

그래서 바흠은 좋은 땅을 매입하기로 결심하고, 땅을 찾아보다가 한 농부를 만났다. 그는 1,300에이커의 땅을 소유하고 있었는데 사정이 생겨서 헐값에 판다고 했다. 그래서 바흠은 그와 땅값을 흥정했다. 땅값의 반은 당장 지불하고 나머지는 나중에 지불한다는 조건으로 1,500루블에 합의를 했던 것이다.

그렇게 두 사람의 거래가 거의 성사됐을 무렵, 지나가던 장사꾼이 밥을 얻어먹기 위해 바흠의 집에 들르게 되었다. 두 사람은 함께 차를 마시며 이야기를 나누었다. 그 장사꾼은 멀리 떨어진 바슈키르라는 곳에서 왔는데 그곳에서 13,000에이커의 땅을 1,000루블에 샀다는 것이었다. 너무 싼 가격에 놀란 바흠은 그에게 이것저것 물어보기 시작했다.

"그곳의 촌장과 친해지면 됩니다. 나는 차 한 상자와 의복, 양탄자를 선물했지요. 또 술도 대접했고요. 그 덕분에 1에이커당 20코페이카에 땅을 살 수 있었지요."

장사꾼은 바흠에게 땅문서를 보여주었다.

"그 땅은 일 년을 돌아다녀도 다 보지 못할 정도예요. 그곳은 전부 바슈키르 사람들의 땅이지요. 그들은 매우 순박해서 잘하면 공짜나 마찬가지로 땅을 살 수 있어요."

그의 말을 듣고 바흠은 생각했다.

'가만, 그렇다면 땅을 사느라 빚을 질 필요가 없잖아? 그곳에선 1,000루블로 어마어마한 땅을 살 수 있을 테니 말이야.'

5

바흠은 장사꾼에게 그곳에 가는 방법을 물어본 뒤 그가 떠나자마자 바로 나설 준비를 했다. 바흠은 아내 대신 하인을 데리고 길을 나섰다. 바흠은 장사꾼의 말대로 시내에 들러 차와 술 등의 선물을 샀다.

어느덧 그가 길을 나선 지 일주일이 되었고, 마침내 바슈키르인들이 사는 마을에 도착했다. 장사꾼의 말대로 그들은 강가의 넓은 초원에서 텐트를 치고 살고 있었다. 그들은 농사를 짓지도 않았고, 곡식을 먹지도 않았다. 초원에는 가축과 말들이 무리를 지어 돌아다니고 있었으며, 망아지는 천막 뒤에 매어 놓았는데 하루에 두 번 어미에게 데려가 젖을 먹였다. 여자들은 마유로 술을 담그고 치즈도 만들었다. 남자들은 그저 마유와 양고기를 먹으며 피리를 불기만 했다. 다들 몸에 살이 오르고 성격도 쾌활한 사람늘이었다. 그들은 여름에는 일하지 않았으며, 러시아어도 할 줄 몰랐지만 다정했다.

바흠이 도착하자 바슈키르인들이 모두 나와서 그를 에워쌌다. 바흠은 러시아어를 할 줄 아는 사람을 통해서 땅을 사러 왔다고 그들에게 전했다. 그 말을 들은 그들은 매우 기뻐했다. 그리고 나서 그들은 가장 좋은 텐트로 바흠을 안내했으며, 양탄자 위에 있는 방석으로 자리를 권하고는 바흠 곁에 빙 둘러앉았다. 그들은 바흠에게 차와 마유주, 양고기를 대접했다. 그러자 바흠은 준비해 온 선물을 나누어주었다. 선물을 받은 바슈키르인들은 몹시 기뻐했다. 그리고 그들은 한참이나 무언가를 의논하더니 러시아어를 할 줄 아는 사람을 통해서 자신들의 뜻을 전했다.

"당신이 마음에 든다고 하네요. 그리고 선물에 보답하는 것이 이곳의 관례라고 합니다. 선물을 주었으니 보답을 하겠다며, 자신들이 갖고 있는 것 중에서 가장 마음에 드는 것을 말해 달라고 합니다."

그의 말을 듣고 바흠이 대답했다.

"저는 당신들의 땅을 원합니다. 제가 살았던 곳은 땅이 비좁고 토질도 매우 나쁘지요. 그러나 이곳의 땅은 매우 넓고 비옥하군요. 지금껏 이렇게 좋은 땅은 보지 못했습니다."

러시아어를 할 줄 아는 사람은 바슈키르인들에게 바흠의 뜻을 전했다. 그러자 그들은 한참 동안 의논을 했다. 바흠은 그들의 말을 전혀 알아듣지 못했지만, 그의 눈에 비친 그들의 모습은 매우 즐거워보였다. 이윽고 그들은 통역하는 사람을 통해 바흠에게 자신들의 뜻을 전했고, 바슈키르인들은 바흠을 가만히 바라보았다.

"당신이 준 선물에 대한 답례로 당신이 원하는 만큼의 땅을 주겠다고 합니다. 그러니 당신은 그저 손으로 가리키기만 하면 된답니다. 원하는 만큼 모두 주겠답니다."

그리고 그들은 다시 의논을 하다가 갑자기 말싸움을 벌이기 시작했다. 바흠이 대체 무슨 일인지 통역하는 사람에게 물어보자 그는, 촌장의 의견도 물어보지 않고 마음대로 결정할 수 없다며 촌장에게 물어보고 결정을 해야 한다는 사람들과, 그럴 필요가 없다는 사람들로 나뉘어 언쟁이 벌어졌다고 전해 주었다.

그렇게 바슈키르인들의 논쟁이 계속되고 있었는데, 갑자기 여우털모자를 쓴 남자가 나타났다. 그러자 그들은 순간 침묵하며 모두 자리에서 일어났다.

"이분이 바로 촌장님이십니다."

통역하는 사람이 말했다. 그러자 바흠은 제일 좋은 옷과 차 5파운드를 촌장에게 선물했다. 촌장은 그것을 받고 자리에 앉았다. 그러자 바슈키르인들이 촌장에게 무언가를 이야기했다. 그들의 얘기를 듣고 난 후 촌장은 그들을 조용히 시킨 뒤 바흠에게 러시아어로 말했다.

"좋습니다. 우리는 많은 땅을 소유하고 있으니 당신이 원하는 땅을 고르십시오."

'원하는 땅을 고르라니 어떻게 하라는 거지? 어쨌든 계약서를 확실히 써야겠어. 나중에 다시 빼앗길 수도 있으니까.'

바흠이 말했다.

"정말 감사합니다. 이곳은 땅이 매우 넓군요. 하지만 저는 많은 땅이 필요하진 않습니다. 그러나 제 소유가 될 부분만큼은 확실히 정해 놓고 싶네요. 사람은 언제 죽을지 아무도 모르니까요. 그리고 친절한 당신들께서 저에게 주신 땅을 당신들의 자손들이 다시 빼앗을지도 모를 일이니까요."

"옳은 말씀이오. 그러니 정해진 규칙대로 합시다."

촌장이 그렇게 대답하자 바흠이 말했다.

"어떤 장사꾼에게 들은 얘긴데, 이곳에서 땅을 받은 후 땅문서를 작성했다고 하더군요. 저도 그랬으면 합니다."

"그거야 어렵지 않소. 이곳에도 서기가 있으니 함께 시내로 나가서 문서를 작성합시다."

"값은 얼마인지 알 수 있을까요?"

바흠의 질문에 촌장이 대답했다.

"이곳의 가격은 다 똑같소. 하루에 1,000루블이오."

촌장의 말을 이해하지 못한 바흠이 다시 질문했다.

"하루는 어떻게 측정을 하는 겁니까? 그럼 하루는 몇 에이커입니까?"

"그런 건 잘 모르오. 우리는 땅을 하루 단위로만 파니까. 그러니 당신이 하루 동안 걸어 다닐 수 있을 만큼의 땅이 당신의 것이 되는 것이오. 하루치 가격은 1,000루블이오."

그의 말에 놀란 바흠이 다시 물었다.

"하루에 돌아다닐 수 있는 땅의 면적은 굉장히 넓을 텐데요?"

그러자 촌장은 바흠에게 웃으며 말했다.

"그 모든 땅이 당신 소유가 되는 것이오. 하지만 조건이 있소. 하루 안에 출발 지점으로 다시 돌아오지 못한다면 무효가 되는 것이오."

"그럼, 제가 돌아다닌 길은 어떻게 표시합니까?"

"당신이 원하는 곳에 우리가 함께 갈 것이오. 그리고 우리가 거기 서 있을 테니 당신은 그곳으로 되돌아오면 되는 것이오. 괭이를 갖고 당신이 원하는 곳에 구멍을 파서 나무나 풀로 표시하시오. 그럼 우리는 나중에 그 구멍들을 갈아엎으며 확인할 테니까.

어디까지 가든 상관없지만, 반드시 해가 지기 전에 출발 지점으로 돌아와야 하오. 그러면 그 땅은 전부 당신의 것이 되는 것이오."

바흠은 몹시 기뻤다. 그는 다음 날 일찍 출발하기로 약속을 하고, 그들과 더 많은 얘기를 나누었다. 그렇게 마유주를 마시고 양고기와 함께 차를 마시다 보니 어느덧 밤이 깊었다. 바슈키르인들은 바흠에게 깃털 이불을 건네주고, 각자의 텐트로 돌아갔다.

7

바흠은 깃털 이불을 덮고 잠을 청했으나 어떻게 하면 최대한 땅을 많이 차지할 수 있을지 고민에 빠져 쉽게 잠이 오지 않았다.

'하루에 35마일 정도는 충분히 걸을 수 있어. 35마일이면 굉장한 넓이겠지? 토질이 안 좋은 땅은 팔거나 세를 놓아야지. 비옥한 곳은 농사를 짓고 말이야. 그러려면 황소도 꽤 필요하고 일꾼들도 많이 필요하겠군. 150에이커 정도는 농사를 짓고 나머지 땅은 가축을 길러야겠어.'

이런 생각에 들뜬 바흠은 쉽게 잠이 오지 않았다. 그래서 그는 거의 뜬눈으로 밤을 지새웠다. 그러다 새벽녘이 되어서야 겨우 잠이 들었는데 꿈을 꾸었다. 꿈속에서 그는 잠이 들었던 곳과 같은 텐트에 누워 있었는데, 갑자기 밖에서 누군가의 웃음소리가 들렸다. 누구의 웃음소린지 궁금해진 그는 밖으로 나가보았다. 그 웃음소리의 주인공은 바로 바슈키르 촌장이었다. 그는 앉아서 배를 잡고 웃고 있었다. 그래서 바흠이 촌장에게 다가가 무슨 일로 그렇게 웃느냐고 물었다. 그런데 바흠이 그를 다시 살펴보니 그는 촌장이 아니라 자신에게 이곳을 알려주었던 장사꾼이었다. 바흠이 그에게 언제 여기에 왔느냐고 물으려는 순간, 그는 갑자기 볼가 강에서 자신을 찾아왔었던 농부로 변해 버렸다. 그러나 다시 자세히 살펴보니, 그는 농부가 아니었으며 발톱과 뿔이 달린 악마였다. 악마는 낄낄거리며 웃고 있었다. 그리고 그 앞에는 맨발에 속옷만 입은 남자가 쓰러져 있었다. 바흠은 그가 누구인지 자세히 살펴보았는데 그는 이미 죽어 있었다. 게다가 그는 다름 아닌 바로 자기 자신이었다. 바흠은 깜짝 놀라 잠에서 깼다.

'꿈이잖아!'

그는 한숨을 내쉬며 주위를 둘러보았다. 어느덧 날이 밝아오고 있었다.

'곧 출발해야겠군. 사람들을 깨워야겠어.'

그는 자리에서 일어나 하인을 깨워 말을 마차에 매라고 지시했다. 그러고 나서 그는 바슈키르인들을 깨우러 갔다.

"땅을 측정하러 갈 시간입니다."

바슈키르인들은 모두 모여 있었고, 잠시 후 촌장도 합류했다. 그들은 마유주를 마시며 바흠에게도 권했지만 그는 사양했다.

"시간이 다 됐어요. 어서 서두릅시다."

8

떠날 준비를 마친 바슈키르인들 중 일부는 말을 타고, 나머지는 마차를 타고 출발했다. 바흠은 하인과 함께 자기가 타고 온 마차를 탔다. 초원에 도착하자 날이 이미 밝았다. 그들은 시항이라는 작은 언덕에 올랐다. 그리고 촌장이 바흠에게 다가와 땅을 가리키며 말했다.

"저기 보이는 넓은 땅이 모두 우리의 것이오. 그러니 원하는 곳을 선택하시오."

촌장의 말을 들은 바흠의 눈은 빛났다. 그 땅은 수풀이 우거진 초원이었고 평평하면서도 거무스름한 비옥한 땅이었다. 그리고 약간 파인 곳에는 잡초들이 무성했다. 촌장은 여우털모자를 벗어서 바닥에 내려놓으며 말했다.

"이 모자가 놓인 곳을 출발점으로 하겠소. 반드시 이곳으로 돌아와야 하오. 당신이 되돌아온 만큼의 거리가 당신의 땅이 되는 것이오."

바흠은 돈을 꺼내 모자 속에 집어넣었다. 그리고 외투를 벗고 조끼만 입은 채 허리띠를 동여맨 뒤 빵 주머니를 품속에 넣었다.

또한 물병도 허리띠에 매달았다. 그러고 나서 장화까지 갖춰 신고 하인이 갖고 있던 괭이를 건네받은 후 떠날 채비를 마쳤다. 전부 좋은 땅이었기에 그는 어느 방향으로 가야 할지 잠시 고민하다가 해가 떠오르는 방향으로 가야겠다고 결심했다. 그는 동쪽을 바라보며 해가 뜨기만을 기다렸다.

'시간을 허비해선 안 돼. 날이 선선할 땐 좀 더 쉽게 걸을 수 있겠지.'

드디어 해가 떠오르자 바흠은 괭이를 둘러메고 서둘러 출발했다. 그는 느리지도 빠르지도 않게 적당한 속도로 걸었다. 그렇게 1,000야드 정도 가다가 걸음을 멈추었고, 구덩이를 판 다음 잔디로 덮어놓았다. 그러고 나서 다시 걷기 시작했다. 걷다보니 자연스럽게 속도가 붙어 걸음이 빨라졌다.

걸으면서 바흠은 뒤를 돌아보았다. 햇빛이 비치는 언덕 위에 있는 사람들의 모습이 선명했고, 마차의 바퀴도 반짝이고 있었다. 바흠은 이제 3마일쯤 왔을 거라 생각했다. 날씨는 점점 더워졌다. 그는 조끼를 벗어 어깨에 걸치고 계속 걷기 시작했다. 해가 뜬 모습을 보니 아침이 되었음을 알 수 있었다.

'이제 겨우 한 면이 만들어졌군. 하루에 네 면을 만들어야 되니 벌써 방향을 바꾸면 안 되겠지? 장화는 이제 벗어야지.'

바흠은 장화를 벗어 허리에 차고 다시 걸었다. 걸으면서 그는 생각했다.

'3마일만 더 걸어가다가 왼쪽으로 꺾어지자. 땅이 좋으니 포기할 수가 없군. 앞으로 나갈수록 더 좋은 땅들이 보이는구나.'

바흠은 계속해서 앞으로 걸어갔다. 그러다 잠시 뒤를 돌아보니, 그가 출발했던 언덕은 까마득히 멀어져 사람들의 모습은 개미처럼 보였고, 반짝이는 물체도 희미하게 보였다

'여긴 이 정도면 충분하겠지. 이제 꺾어져야겠어. 땀을 많이 흘렸더니 갈증이 나네.'

바흠은 이런 생각을 하며 잠시 멈춰 서서 구덩이를 파고 잔디를 묻었다. 그러고 나서 그는 물통에 들어 있는 물을 잔뜩 마시고는 왼쪽 방향으로 꺾어 다시 걷기 시작했다. 그러나 가면 갈수록 풀은 높게 자라 있었고, 날은 점점 더 더워졌다. 어느덧 바흠은 지치기 시작했다. 하늘을 쳐다보니 정오가 되어 있었다.

'이제 좀 쉬었다 갈까.'

바흠은 걸음을 멈추고 앉아서 빵을 먹으며 물을 마셨다. 그러나 누워서 쉬지는 않았다. 잠시 숨을 돌리고 난 후 바흠은 다시 걷기 시작했다. 빵과 물을 먹었기 때문에 얼마간은 기운이 생겨 쉽게 걸을 수 있었다. 그러나 날씨는 점점 더워지고 피로가 몰려왔기에 잠이 쏟아졌지만 그는 잠깐의 고생이 평생의 행복이 될 거라는 생각으로 버텨냈다. 그는 같은 방향으로 계속 걸었다. 그러다 왼쪽으로 꺾으려는 순간 촉촉한 분지를 발견했다.

'이곳을 포기할 순 없지. 여긴 아마 농사가 잘 될 테니까.'

그래서 그는 계속 앞으로 걸어갔고 목적지에 도착하자 구덩이를 파고 잔디로 표시를 했다. 그러고 나서 바흠은 다시 언덕 쪽을 바라보았다. 언덕 위의 사람들은 거의 보이지 않았다.

'두 군데는 길게 잡았으니, 이번에는 좀 짧게 잡아야겠군.'

이렇게 생각하며 바흠은 서둘러 걸어갔다. 해를 보니 벌써 오후가 지나 있었다. 그런데 사각형으로 만들어질 땅의 세 번째 지점에서 겨우 2마일밖에 가지 못했고, 출발 지점까지는 적어도 10마일은 남아 있었다.

'땅 모양이 한쪽으로 기울어지겠지만 어쩔 수 없이 이젠 돌아가야겠어. 이 정도면 충분해.'

바흠은 서둘러 구덩이를 판 뒤 언덕을 향해 걸음을 재촉했다.

9

바흠은 언덕을 향해 걷기 시작했으나 점점 더 힘에 겨웠다. 몸은 땀으로 흠뻑 젖었고, 맨발은 상처투성이가 되어 걷기조차 힘들었다. 그는 쉬고 싶었지만 해가 지기 전에 출발점에 도착해야만 하기 때문에 그럴 수가 없었다. 해는 점점 기울어갔다.

'너무 욕심을 부리다 실패하는 건 아니겠지? 제시간에 도착하지 못하면 어쩌지?'

그는 불안한 마음에 언덕과 해를 계속 번갈아 쳐다보며 걸었다. 해는 이미 많이 기울었지만 출발 지점까지는 아직도 한참을 더 가야 했다. 바흠은 쉬지 않고 걸었다. 그는 매우 힘들었지만 속력을 냈다. 그러나 아무리 걸어도 출발점은 보이지 않았다. 그러다 결국 그는 조끼와 장화, 물통과 모자도 모두 버리고 괭이에 몸을 의지한 채 뛰기 시작했다.

'내가 너무 욕심을 부렸어. 아무래도 해가 지기 전에 도착하지 못할 것 같아.'

이런 생각을 하며 두려움에 사로잡힌 바흠은 숨이 턱턱 막혀왔다. 땀으로 흠뻑 젖은 옷은 몸에 달라붙었고, 입술은 바싹 타고 있었다. 가슴은 대장간 풀무처럼 움직였고, 심장은 방망이질을 하듯 쿵쾅거렸다. 다리는 제 것이 아닌 듯 후들거렸다. 바흠은 이렇게 가다가는 죽을 것만 같아서 두려워졌다. 하지만 여기서 멈출 순 없었다.

'여기까지 어떻게 왔는데, 이제 와서 포기한다면 모두들 바보라고 놀리겠지.'

그는 그렇게 계속 뛰었다. 마침내 출발점 근처까지 오자 바슈키르인들이 그를 향해 외치는 소리가 들려왔다. 그 소리를 들은 바흠의 마음은 더욱 다급해졌다. 그는 전력을 다해 달렸다. 이미 지평선 쪽으로 기울어진 해는 몹시 크고 붉었다. 해는 그렇게 저물어가고 있었다. 해가 기울어진 만큼 바흠은 출발점에 가까워지고 있었다. 언덕 위에서 서두르라며 자신을 향해 손짓하는 사람들이 보였다. 그리고 땅 위에 놓인 여우털모자와 그 속의 돈도 보였다. 또한 바닥에 앉아 두 손으로 배를 잡고 까마귀 우는 소리로 웃고 있는 촌장의 모습도 보였다. 순간 바흠은 꿈속에서 있었던 일이 떠올랐다.

'땅을 많이 갖게 되었지만 내가 그곳에 살 수 있게 하느님께서 허락해 주실까? 나는 이제 끝났어. 더 이상은 달릴 수가 없어.'

바흠은 해를 바라보았다. 해는 이미 지평선에 걸쳐 있었다. 바흠은 온몸의 힘을 끌어 모아 쓰러지지 않게 몸을 지탱하며 달렸다. 마침내 바흠은 언덕에 도착했다. 그러자 갑자기 주위가 어두워졌다. 바흠이 서쪽을 바라보니 해는 이미 사라지고 없었다.

'모든 게 다 물거품이 됐구나.'

이렇게 체념하며 바흠은 걸음을 멈추려 했다. 그때 갑자기 바슈키르인들이 큰 소리로 외치는 소리가 들렸다. 그는 문득 언덕 밑에서 보면 해가 진 것처럼 보여도, 언덕 위로 올라가면 아직 해가 지지 않았을지도 모른다는 생각이 들었다.

바흠은 기운을 내며 언덕 위로 달려갔다. 언덕 위는 아직 환했다. 바흠이 언덕 위에 오르자 촌장의 모자가 보였다. 그리고 촌장이 모자 앞에 앉아 두 손으로 배를 잡고 크게 웃어대는 모습도 보였다. 다시 꿈속에서의 일이 생각나 바흠은 몹시 놀랐다. 그리고 더 이상 움직일 수 없던 그는 그 자리에서 쓰러졌다. 그러나 그는 쓰러지면서도 손으로 모자를 꽉 쥐었다.

"오, 정말 대단하군. 많은 땅을 차지하셨소!"

촌장이 외쳤다. 그러고 나서 바흠의 하인이 달려가 그를 일으키려고 했다. 그러나 바흠은 피를 토하며 쓰러졌다. 결국 그는 그렇게 죽고 말았다. 하인은 괭이를 들고, 바흠의 머리부터 발끝까지의 길이를 재고는 6피트만큼의 무덤을 팠다. 결국 그것이 바흠이 가질 수 있었던 땅의 전부였다.

뉘우친 죄인

어느 곳에 일흔 살 노인이 살고 있었다. 노인은 한평생 온갖 죄를 지으며 살아왔다. 그러던 어느 날, 노인은 병에 걸리게 되었다. 그러나 그는 뉘우치지 않았다. 마침내 죽음의 순간이 다가오자 그는 그때서야 울면서 하느님께 빌었다.

"주여! 당신은 십자가에 매달린 도둑도 용서하셨으니, 저도 용서해 주십시오!"

그의 말이 끝나자마자 그의 영혼은 육체를 떠났다. 그리고 죄인의 영혼은 하느님을 사랑하고 그의 자비를 믿었기 때문에 천국의 문 앞에 도달했다.

죄인은 문을 두드리며 천국에 들여보내 달라고 간청했다. 그러자 문 뒤에서 어떤 목소리가 들려왔다.

"천국의 문을 두드리는 자가 누구냐? 그리고 그는 생전에 어떤 일을 했느냐?"

그러자 천국에서 고발하는 일을 하는 사람이 대답했다. 고발자는 그 사람이 저지른 온갖 죄악에 대해 말했다. 그러나 착한 일을 한 적은 한 번도 없었다. 그러자 문 뒤에서 어떤 목소리가 들려왔다.

"죄인들은 천국에 들어올 수 없다. 썩 물러가라."

"당신의 목소리는 들리지만 얼굴은 보이지 않으니 존함이라도 알고 싶습니다."

라고 죄인이 말했다.

"나는 사도 베드로다."

목소리가 대답했다. 그러자 죄인이 다시 말했다.

"나를 가엾게 여겨주십시오, 사도 베드로님. 인간은 나약한 존재이며 하느님은 자비롭다는 것을 생각해 보십시오. 당신은 그리스도의 제자가 아니십니까? 당신은 그분의 가르침을 받았고, 모범이 되는 그분의 생활을 지켜보지 않으셨습니까? 이런 일을 생각해 보십시오. 언젠가 그분께서 괴로워하시며 슬퍼하고 계셨을 때, 당신에게 잠들지 말고 기도를 올려달라고 세 차례나 당부하신 적이 있을 것입니다. 그런데도 당신은 눈이 감겨 잠이 들었고, 그분은 세 번이나 잠들어 있는 당신을 보셨습니다. 나도 그와 마찬가집니다. 그리고 이런 일도 생각해 보십시오. 당신은 죽는 한이 있어도 그분을 버리지 않겠다고 약속했습니다. 그러나 그분이 가야바의 집으로 끌려가셨을 때, 당신은 세 번이나 모른다고 부인했습니다.

나도 마찬가지인 것입니다. 또 이런 일도 생각해 보십시오. 당신은 닭이 울자 그곳을 떠났고 슬프게 울었습니다. 나도 마찬가집니다. 그러니 나를 천국에 들여보내지 않을 수 없을 겁니다."

그러자 문 뒤의 목소리가 잠잠해졌다.

죄인은 잠시 기다리다가 다시 문을 두드리며 천국에 들여보내 달라고 간청했다.

문 뒤에서 다른 목소리가 들려왔다.

"저 사람은 누구냐? 저 사람은 세상에서 어떻게 살았느냐?"

그러자 고발자의 목소리가 대답했다. 그는 또다시 죄인의 온갖 악행을 낱낱이 고발했다. 그러나 이번에도 착한 일은 하나도 말하지 않았다.

문 뒤의 목소리가 대답했다.

"썩 물러가라. 죄인들은 우리와 함께 천국에서 살 수 없느니라."

죄인이 말했다.

"당신의 목소리는 들리지만 얼굴도 뵙지 못하고 존함도 모르고 있습니다."

그러자 목소리가 말했다.

"나는 왕이자 예언자 다윗이다."

죄인은 실망하지 않고 천국의 문 앞에서 말했다.

"나를 가엾게 여겨주십시오, 다윗 제왕님. 그리고 인간이 나약하다는 것과 하느님이 자비롭다는 걸 생각해 보십시오. 하느님은 당신을 사랑하셨기에 다른 사람들 앞에서 당신을 치켜세워주셨습니다. 당신은 모든 것을 갖고 있었습니다. 왕국도, 명예도, 부富도, 아내도 말입니다. 그런데도 당신은 지붕 위에서 가난한 자의 아내를 보시고 마음의 죄를 지었습니다. 가난한 자의 아내를 빼앗고 아몬 자손의 칼로 그녀의 남편을 죽였습니다. 당신은 그렇게 부유하면서도 가난한 자에게 남은 마지막 양을 빼앗고 그 사람을 죽였습니다. 나도 그랬던 것입니다. 그리고 후에 당신은 어떻게 뉘우쳤는지 생각해 보십시오. 당신은 이렇게 말씀하셨지요. '나는 나의 죄를 알고 있고, 그 죄를 몹시 슬퍼하고 있다.' 라고 말입니다. 나도 마찬가지인 것입니다. 그러니 당신은 나를 천국에 들여보내 주셔야 합니다."

그러자 문 뒤의 목소리는 잠잠해졌다.

그래서 죄인은 잠시 기다리다가 다시 문을 두드렸고, 천국에 들여보내 달라고 간청했다. 그랬더니 문 뒤에서 세 번째의 목소리가 들려왔다.

"저 사람은 누구냐? 저 사람은 세상에서 어떻게 살았느냐?"

이번에도 고발자의 목소리가 대답했다. 세 번째에도 그는 그 사람의 악행만 고발했을 뿐 착한 일은 하나도 말하지 않았다.

문 뒤의 목소리가 대답했다.

"썩 물러가라. 죄인들은 천국에 들어올 수 없다."

죄인이 대답했다.

"당신의 목소리는 들리오나 얼굴도 뵙지 못하고 존함도 모르고 있습니다."

목소리가 대답했다.

"나는 그리스도의 사랑을 받던 제자 요한이니라."

그러자 죄인은 기뻐하며 말했다.

"이젠 정말로 나를 천국에 들여보내지 않을 수 없을 것입니다. 베드로와 다윗은 인간의 나약함과 하느님의 자비를 알고 계시기 때문입니다. 그리고 당신은 많은 사랑을 갖고 계십니다. 예언자 요한님, 당신은 당신의 책 속에서 하느님은 사랑이며, 사랑을 모르는 자는 하느님을 모른다고 하지 않으셨던가요? 또한 나이가 들어 '형제들이여 서로 사랑하라!'라고 당신이 사람들에게 말씀하지 않으셨던가요? 그렇게 말씀하신 당신이 지금에 와서 어떻게 나를 미워하고 몰아낼 수 있겠습니까? 당신이 말씀하신 얘기들이 모두 거짓이라고 하시든가 아니면 나에게 사랑을 베푸시고 천국에 들여보내주십시오."

그러자 곧 천국의 문이 열렸다. 요한은 뉘우치는 죄인을 끌어안으며 천국으로 맞이했다.

세 아들

어느 곳에 세 아들을 둔 아버지가 있었다. 아버지는 첫째 아들에게 재산과 토지를 나누어주면서 말했다.

"나처럼 살아가도록 해라. 그렇게 하면 너도 행복이 무엇인지 알게 될 것이다."

자신의 몫을 나누어 받은 아들은 아버지 곁을 떠나 제멋대로 살기 시작했다.

"아버지께선 당신처럼 살라고 하셨어."

첫째 아들이 말했다.

"아버지는 즐겁게 사셨으니까 나도 그렇게 살아야지."

이렇게 일 년, 이 년, 십 년이 지나자 결국엔 나누어 받은 재산을 다 써버리고 무일푼 신세가 되었다. 그래서 아들은 아버지를 찾아가 애원했다.

"아버지! 제발 도와주세요."

하지만 아버지는 아들의 부탁을 들어주지 않았다. 아들은 아버지의 마음을 돌리기 위해 자기가 갖고 있는 물건 중에서 가장 좋은 것을 선물로 드리고는 다시 간청했다.

"아버지! 제발 도와주세요, 아버지!"

그러나 아버지는 첫째 아들의 부탁을 끝내 들어주지 않았다. 아들은 아버지에게 혹시라도 자신에게 잘못이 있으면 용서해 달라고 빌었으나 아버지는 뜻을 굽히지 않았다. 그러자 아들은 아버지에게 소리쳤다.

"아버지는 지금 제게 아무것도 주시지 못할 거면서 왜 그때 제 몫을 나눠주셨으며, 그것만 있으면 평생 동안 부유하게 살 거라고 하셨습니까? 이제까지 제가 느꼈던 기쁨과 즐거움도 지금 제가 겪고 있는 고통에 비하면 아무것도 아닙니다. 저는 금방이라도 죽을 것 같습니다. 하루하루 죽음의 나락으로 떨어지고 있으니까요. 그런데 제 불행은 누구 때문입니까? 바로 아버지죠. 그 행복이 결국에는 제게 해를 끼친다는 것을 아버지께선 알고 계셨을 것입니다. 그런데도 그 위험을 가르쳐주지 않고 그냥 '나처럼 살아라, 그러면 모든 일이 잘 될 것이다.'라고만 하셨습니다. 저는 아버지처럼 살면서 온갖 즐거움을 느꼈습니다. 저는 아버지의 행동, 표정 하나까지 본받았습니다. 그런데 아버지께서는 그렇게 사셔도 될 만큼 충분히 돈을 갖고 계셨지만 저는 부족했습니다. 아버지는 거짓

말쟁이입니다. 아버지는 제게 원수나 다름없다고요. 흥, 될 대로
되라지! 저를 속인 아버지를 저주합니다. 아버지를 다시는 보고
싶지 않아요. 아버지를 평생 증오하겠습니다!"

그 후 아버지는 둘째 아들에게도 재산을 나누어주면서 첫째 아
들에게 했던 말을 그대로 했다.

"나처럼 살아가도록 해라. 그렇게 하면 너도 행복이 무엇인지
알게 될 것이다."

둘째 아들은 자기 몫을 받았는데도 진심으로 기쁘지 않았다. 그
것은 첫째 아들이 받은 것과 같은 액수였지만 둘째 아들은 형에게
있었던 일을 이미 알고 있었기에, 어떠한 일이 있어도 거지나 다
름없는 형과 같은 신세는 되고 싶지 않다고 생각했다.

"나처럼 살아라."라고 하신 아버지의 말씀을 오해하여 형처럼
즐거움만을 좇는 생활을 해서는 안 된다는 것을 둘째 아들은 확실
히 알고 있었다. 그렇기 때문에 받은 재산을 더 늘리는 방법에 대
해 밤낮으로 궁리했으나 그 목적을 이루지 못했다.

그러던 어느 날, 둘째 아들은 의논할 것이 있어서 아버지를 찾
아갔다. 그러나 아버지는 아들에게 아무 말도 해주지 않았다. 아
들은 아버지가 행복의 비밀을 가르쳐주기 꺼려하는 게 아닌가 하
는 생각이 들었다. 그래서 아버지가 어떻게 재산을 모았는지 그
방법을 찾아내려고 애를 썼지만 허사였다. 돈을 모으기 위해 노력
했으나 만족스럽지 않았던 둘째 아들은 자신의 과욕을 인정하고

싶지 않았기 때문에 아버지를 비난하기 시작했다.

아버지는 평생 구두쇠처럼 살면서 다른 이들에게는 아무것도 나누어주지 않았으며, 만약 다른 사람 같았으면 더 많은 재산을 모았을 것이라는 소문을 퍼뜨렸다. 그러는 동안 아버지에게서 받은 재산은 모두 없어졌다. 재산이 한 푼도 남지 않은 둘째 아들은 이제 죽는 길밖에는 없다는 생각에 자살해 버렸다.

마침내 셋째 아들 차례가 되었다. 아버지는 셋째 아들에게도 다른 두 아들에게 한 것처럼 똑같이 재산을 나누어주며 같은 말을 했다.

"나처럼 살아가도록 해라. 그렇게 하면 너도 행복이 무엇인지 알게 될 것이다."

자신의 몫을 받은 셋째 아들은 기뻐하며 집을 떠났다. 그러나 두 형에게 있었던 일들을 잘 알고 있었기 때문에 그는 아버지의 말을 곰곰이 생각해 보았다.

'큰형님은 아버지처럼 산다는 것이 자신의 즐거움을 좇는 일이라고 잘못 생각하고 가지고 있던 돈을 모두 써버렸어. 둘째 형님도 아버지의 말씀을 오해하고 파멸해 버리고 말았지.'

그렇게 생각해 보니 자신처럼 살라고 하셨던 아버지 말씀이 대체 무슨 의미인지 더 알 수 없었다. 그래서 셋째 아들은 아버지의 생활에 대해서 자기가 알고 있는 모든 기억을 떠올려보았다. 여러 가지 일들을 생각하는 동안 셋째 아들은 무언가를 깨달았다. 그것은 바로 자신이 태어날 때까지 아버지는 자신을 위해 아무것도 준비한 것이 없었으며, 또한 자신의 존재도 없었다는 것이다. 아버지의 말씀은 나 자신의 존재를 스스로 만들고 성장시키면서 세상의 모든 행복을 느껴보라는 것이었다. 아버지가 두 형을 위해서도 그렇게 하셨다는 것을 알고 있었으므로, 셋째 아들은 아버지처럼 살라고 했던 것은 그런 의미라고 확신했다. 그가 기억하는 아버지에 관한 일체의 것들은 자식들을 위해 모든 것을 베풀어주신 기억뿐이었다.

그렇게 셋째 아들은 '나처럼 살아라.' 라고 하셨던 아버지의 말씀이 무슨 의미인지 깨닫게 되었다. 그것은 남을 위해 베풀라는 것이었다. 그가 이렇게 생각하고 겨우 마음을 놓았을 때 아버지가 곁으로 다가와 말했다.

"이제야 비로소 우리는 다시 함께 살면서 행복을 누리게 되었다. 어서 사랑하는 젊은이들에게 가서 나를 본받는 자는 진정한 행복을 알게 될 것이라고 알려주고 오너라."

그래서 셋째 아들은 자기와 같은 젊은이들을 찾아가 아버지에게서 들은 이야기를 전해 주었다.

그 후로 자식들은 아버지로부터 자신의 몫을 물려받을 때, 재산을 많이 받고 적게 받는 것이 행복의 척도가 아니라 아버지처럼 살았는지, 그렇지 않은지가 기준임을 깨닫게 되었다.

여기서 아버지라고 말한 것은 하느님이고, 아들들은 인간, 행복은 우리들의 생활이다. 인간은 하느님의 도움 없이도 혼자서 살아갈 수 있다고 생각한다. 어떤 이는 인생이란 끝없는 쾌락의 연속이라 생각하며 방탕하게 인생을 즐기지만, 결국 죽을 때가 되면 무엇 때문에 이 세상을 살아왔는지, 죽음이라는 고통으로 끝나는 행복이 무엇인지 전혀 알지 못한다. 이런 사람들은 죽어가면서 하느님을 저주하고 신의 존재를 부정한다. 첫째 아들이 바로 이런 사람인 것이다.

둘째 아들과 같은 사람은 삶의 목적이 자아실현이고 자기완성이라 믿으며, 자기 자신을 위해 새롭고 보다 좋은 삶을 살아가기 위해 최선을 다하지만, 이 세상에서의 삶을 완성시키는 동안 행복을 잃어버리고 그것에서 점점 멀어져 간다.

마지막으로 셋째 아들과 같은 사람들은 이렇게 얘기한다.

"우리가 신에 대해 알고 있는 모든 것은, 신은 인간에게 선을 베풀고 그들도 남에게 그와 같이 하라고 명하신다는 것입니다. 그러므로 우리는 신을 본받아 이웃에게 선을 베풀어야 합니다."

인간이 이렇게 생각한다면 신께서는 그들을 찾아와 이렇게 말씀하실 것이다.

"그것이야말로 내가 너희에게 바랐던 것이다. 내가 하는 대로 너희도 하라. 그러면 너희도 나처럼 살게 될 것이니."

세 가지 **물음**

어느 날 문득 왕은 이런 생각을 했
다. 만일 자신이 어떤 일을 시작해야 할 때를 항상 알 수 있다면,
또 만나야 할 사람과 피해야 할 사람을 알 수 있다면, 그리고 해야
할 모든 일 가운데 어떤 일이 가장 중요한 것인지 항상 알 수 있다
면 무슨 일을 하든 실패하지 않을 것이라고 말이다.

이런 생각을 하던 왕은 어떤 일을 해야 할 가장 좋은 때가 언제
인지, 자신에게 가장 필요한 사람은 누구인지, 그리고 자신이 해
야 할 일들 중에서 가장 중요한 일이 무엇인지 알 수 있는 방법을
알려주는 자에게 큰 상을 내리겠다고 했다. 그러자 많은 학자들이
왕을 찾아와 그의 물음에 여러 가지 대답을 했다.

첫 번째 물음에 어떤 학자는 이렇게 말했다. 어떤 일을 해야 할
가장 좋은 때를 알기 위해서는 하루, 한 달, 일 년간의 계획표를
미리 만들어 그것을 엄격하게 실행해야 한다는 것이었다. 그렇게

하면 모든 일을 가장 좋은 때에 할 수 있을 거라고 말했다.

또 어떤 학자는 이렇게 말했다. 불필요한 것들에 빠지지 말고 항상 세상살이에 신경을 쓰며, 가장 필요한 일들을 그때그때 해야 한다고 말이다.

그러나 또 다른 학자는 아무리 왕이 세상살이에 신경을 쓴다 해도 어떤 일을 해야 할 가장 좋은 때를 올바르게 판단하는 것은 힘든 일이라며, 현명한 자들의 도움을 받아 어떤 일을 해야 할 가장 좋은 때를 결정해야 한다고 했다.

한편 또 다른 학자는 어떤 일을 결정할 때 조언을 얻을 시간도 없이 당장 결정해야 하는 일들도 있다고 말했다. 그리고 그 일을 해야 할지 말아야 할지 결정하기 위해서는 앞으로 무슨 일이 일어날지 미리 알아야 하는데, 그것을 알 수 있는 사람은 없으므로 어떤 일을 해야 할 가장 좋은 때를 알려면 점쟁이에게 물어봐야 한다고 말했다.

두 번째 물음에도 여러 종류의 대답이 나왔다. 어떤 학자는 왕에게 가장 필요한 사람은 정치가라고 말했고, 또 어떤 학자는 성직자라고 했으며, 의사, 군인이라고 말하는 자들도 있었다.

세 번째 물음에 어떤 학자는 학문이라고 대답했다. 또 어떤 학자는 예술이라고 말했으며, 신을 경배하는 일이 가장 중요한 일이라고 말하는 학자도 있었다.

이렇게 여러 종류의 대답이 나왔지만 왕은 어떤 것에도 동의하지 않았으며 누구에게도 상을 내리지 않았다. 왕은 그 물음에 대한 정확한 대답을 얻고 싶었기에 현자로 알려진 은사隱士를 찾아가 대답을 듣기로 결심했다.

그 은사는 숲 속에 살면서 결코 그 숲을 떠난 적이 없었으며, 오로지 평범한 사람들의 부탁만을 들어주며 살고 있었다. 그래서 왕은 수수한 차림을 하고 은사가 사는 숲에서 멀찌감치 떨어진 곳에서 말에서 내려 함께 간 호위병도 떼어 놓고 혼자서 그를 찾아갔다.

왕이 그를 찾아갔을 때, 은사는 오두막집 앞에서 땅을 파고 있었다. 그는 왕을 보자 가볍게 인사를 하고는 계속 땅을 팠다. 매우 마르고 약해 보이는 은사는 흙을 파면서 힘겹게 숨을 몰아쉬고 있었다.

왕은 그에게 다가가 말했다.

"현명하신 은사님, 나는 세 가지 물음에 대한 당신의 대답을 얻기 위해 이렇게 찾아왔습니다. 어떤 일을 해야 할 가장 적합한 때를 어떻게 알 수 있을까요? 그리고 어떤 사람이 내게 가장 필요한 사람인지, 누구와 함께 일을 해야 하고 또 누구를 멀리 해야 합니까? 또 다른 일들보다 가장 먼저 해야 할 중요한 일은 무엇입니까?"

은사는 왕의 말을 진지하게 듣고서도 아무런 대답이 없었다. 그는 손에 침을 뱉더니 다시 삽을 쥐고 땅을 파기 시작했다.

"지쳐 보이십니다. 삽을 내게 주십시오. 내가 대신하겠습니다."

왕이 말했다.

"고맙소."

은사는 이렇게 말하며 왕에게 삽을 건네고는 땅바닥에 주저앉았다.

왕은 두 고랑을 판 후 일을 멈추고 그에게 다시 물었다. 하지만 은사는 아무 대답도 하지 않았고 자리에서 일어나 삽 쪽으로 손을 뻗으며 말했다.

"이젠 내가 할 테니 당신은 좀 쉬시오."

그러나 왕은 삽을 건네지 않고 계속 흙을 팠다. 한 시간이 지나고 또 한 시간이 지났다. 해가 저물 때쯤 왕은 삽을 땅에 꽂고 말했다.

"현명하신 은사님, 나는 내 질문에 대한 당신의 답을 듣기 위해 왔습니다. 만약 대답할 수 없으시다면 그렇다고 말씀해 주십시오. 그럼 집으로 돌아가겠습니다."

"누군가가 이곳으로 오고 있습니다. 누군지 봅시다."

은사가 말했다.

왕이 뒤를 돌아보자 숲 속에서 수염이 덥수룩한 남자가 달려오고 있었다. 그는 두 손으로 배를 움켜쥐고 있었는데, 배에서는 피가 흘렀다. 그는 왕 앞에 다다르자 신음하며 바닥에 쓰러졌다.

왕은 은사와 함께 그의 옷을 벗겼다. 그의 배에는 큰 상처가 나 있었다. 왕은 조심스럽게 남자의 상처 부위를 닦아내고 가지고 있던 수건으로 상처를 감아주었다. 그러나 피는 쉽게 멈추지 않았다. 왕은 피로 흠뻑 젖은 수건을 물로 씻고 다시 감아주는 일을 수차례 반복했다.

마침내 피는 멈추었고, 남자는 정신이 들어 물을 달라고 부탁했다. 왕은 남자에게 깨끗한 물을 가져다주었다. 그러는 동안에 해는 이미 저물었고 날씨도 서늘해졌다. 왕은 은사의 도움을 받아 남자를 오두막집 안의 침대에 눕혔다. 남자는 침대에 누워 가만히 눈을 감고 있었다. 왕은 한참을 걸었고 일까지 하느라 지쳤기 때문에 문지방에 앉아 잠이 들었다. 그렇게 꼬박 하룻밤을 보냈다.

다음 날 아침, 잠에서 깬 왕은 자신이 어디에 있는지, 그리고 침대에 누운 채 자신을 바라보는 그가 누구인지 알아내는데 한참이 걸렸다.

"나를 용서하십시오."

수염이 덥수룩한 그 남자는 잠에서 깬 왕이 자신을 바라보고 있는 것을 알고서는 작은 목소리로 말했다.

"난 당신을 모르오. 그러니 나는 당신을 용서할 일도 없소."

왕이 말했다.

"당신은 나를 모르지만 나는 당신을 압니다. 당신은 내 형을 사형에 처하고 내 재산을 모두 빼앗았습니다. 그래서 난 당신에게 복수하기로 결심했습니다. 당신은 나의 원수입니다. 나는 당신이 혼자 은사를 만나러 간다는 것을 알고는 당신이 궁으로 돌아갈 때 죽이려고 계획했습니다. 그러나 하루가 지나도록 당신은 나타나지 않았습니다. 나는 당신을 찾기 위해 잠복했던 장소에서 나왔다가 당신의 호위병과 마주쳤습니다. 그리고 나를 알아본 그들이 내게 상처를 입혔습니다. 그래서 난 그들에게서 달아났습니다. 만약 당신이 내 상처에 수건을 감아주지 않았다면 아마도 난 죽었을 것입니다. 나는 당신을 죽이려 했는데 당신은 나를 구해 준 것입니다. 만일 내가 살게 된다면, 그리고 당신이 원하신다면 나는 당신의 충실한 신하가 되어 당신을 모시겠습니다. 또한 내 자식들에게도 그러라고 하겠습니다. 그러니 제발 저를 용서해 주십시오!"

왕은 그렇게 자신의 원수와 화해를 했다. 왕은 그를 용서했을 뿐만 아니라 몰수했던 그의 재산을 돌려주고, 그를 돌봐줄 의사도 보내주겠다고 약속했다.

왕은 그와 작별 인사를 하고 밖으로 나와 은사를 찾았다. 그는 이곳을 떠나기 전에 마지막으로 한 번 더 은사에게 세 가지 물음에 대한 답을 부탁할 생각이었다. 은사는 어제 파 놓은 고랑 앞에 무릎을 꿇고 앉아 씨를 뿌리고 있었다.

왕은 은사에게 다가가서 말했다.

"현명하신 은사님, 마지막으로 부탁드립니다. 물음에 대한 대답을 해주십시오."

"당신은 그 대답을 이미 알고 있소."

은사는 비쩍 마른 다리로 쪼그리고 앉아 왕을 올려다보며 말했다.

"무슨 말씀이십니까?"

왕이 말했다.

"무슨 뜻인지 모르겠소? 만약 어제 당신이 힘들어하는 나를 위해 고랑을 파지 않고 그냥 돌아갔다면 그 남자는 당신에게 해를 입혔을 것이고, 당신은 나와 함께 있지 않았던 것을 후회했을 것이오. 그러니 당신이 고랑을 팠을 때가 가장 중요한 때인 것이오. 그리고 내가 가장 중요한 사람이었을 것이고, 나를 위해 대신 일을 해준 것이 가장 중요한 일이었던 것이오. 또한 그 남자가 달려왔을 때 가장 중요한 순간은 당신이 그의 상처를 돌봐주던 그때라오. 만약 그의 상처를 치료해 주지 않았다면 그는 결국 당신과 화해하지 못하고 죽었을 것이기 때문이오. 그렇기 때문에 그가 가장 중요한 사람이었고, 가장 중요한 일은 당신이 그에게 해준 일이라오.

그러니 가장 중요한 때는 바로 '지금' 이 순간이라오. 그 이유는 오직 '지금'만이 우리가 무언가를 할 수 있는 순간이기 때문이오. 그리고 가장 중요한 사람은 지금 당신과 함께 있는 사람이오. 그것은 앞으로 누구와 어떤 관계를 맺을지 아무도 모르기 때문이오. 그리고 가장 중요한 일은 당신과 함께 있는 사람에게 선을 행하는 일이오. 인간이 이 세상에 나온 이유는 오로지 그것 때문이라는 것을 명심하시오."

달걀만 한 **씨앗**

어느 날, 아이들이 골짜기에서 가운데 줄이 그어진, 씨앗처럼 생긴 달걀만 한 물건을 주웠다. 그때 그곳을 지나가던 사람이 아이들이 갖고 있는 그 물건을 5코페이카를 주고 샀다. 그리고 그것을 성 안으로 가지고 가서 왕에게 바쳤다.

왕은 현자들을 불러 이것이 달걀인지 혹은 씨앗인지를 알아보라고 했다. 그러나 현자들은 생각하고 또 생각했지만 그것이 무엇인지 알 수 없었다. 그러다 그것을 창문턱에 놓아두었는데, 암탉 한 마리가 날아 들어와 그것을 쪼아대며 구멍을 냈다. 그래서 현자들은 그것이 씨앗이라는 것을 알게 되었다. 현자들이 왕에게 말했다.

"이것은 호밀 씨앗입니다."

씨앗이라는 말에 깜짝 놀란 왕은 다시 현자들에게 이 씨앗이 언

제, 어디서 생겨났는지 알아보라고 했다. 현자들은 곰곰이 생각해
보고 여러 종류의 책을 뒤져보았지만 아무것도 알아내지 못했다.
그래서 현자들은 왕 앞에 가서 아뢰었다.

"답을 찾을 수가 없습니다. 소신들이 갖고 있는 책에는 이것에
관해 아무것도 언급되어 있지 않습니다. 그래서 드리는 말씀인데,
농부들에게 물어보는 것이 어떨까 싶습니다. 노인들에게 물어 누
가, 언제, 어디에 이런 씨앗을 뿌리고 자라는 걸 본 적이 있느냐고
말입니다."

그래서 왕은 사람을 보내 늙은 농부 한 사람을 데려오라고 명령
했다. 그러자 곧 나이 많은 농부 한 사람이 왕 앞으로 불려왔다.
그 농부는 이도 다 빠지고 얼굴빛도 거무튀튀하며 쭈글쭈글한 늙
은이였다. 노인은 두 지팡이에 몸을 의지한 채 간신히 들어섰다.

왕은 그에게 씨앗을 보여주었다. 그러나 노인은 눈이 잘 보이지
않았기에 손으로 더듬어 모양을 살펴봐야 했다. 왕이 그에게 물
었다.

"이런 씨앗이 어디서 생겼는지 알겠는가? 밭에서 이런 곡식을
심은 적은 없는가? 농사짓던 시절에 혹시 이런 씨앗을 사본 적은
없는가?"

귀가 어두운 노인은 그 말을 겨우 알아듣고는 천천히 대답하기
시작했다.

"소인은 밭에다 이런 곡식을 심어본 적도 없고, 거두어들인 적

도, 사본 적도 없습니다. 소인이 곡식을 심었던 시절의 씨앗은 이 것보다 낟알이 훨씬 작았지요. 물론 지금도 그렇지만 말입니다. 소인의 아버지에게 한 번 물어봐야겠습니다. 혹시 아버지는 이런 씨앗이 어디서 생겨났는지 들어본 적이 있을지도 모르니까요."

그래서 왕은 사람을 시켜 노인의 아버지를 불러오라 명령했다. 얼마 후 노인의 아버지도 어전으로 들어섰다. 그 노인은 지팡이 하나를 짚고 들어왔다. 왕은 노인에게도 씨앗을 보여주었다. 노인은 아직도 시력이 남아 있었기에 잘 알아볼 수 있었다. 왕이 물었다.

"이런 씨앗이 어디서 생겼는지 알 수 있겠는가? 혹은 그대 밭에 이런 곡식을 심은 적은 없는가? 그대가 농사를 짓던 시절에 이런 씨앗을 사본 적은 없는가?"

노인은 귀가 어둡긴 했지만 그의 아들보다는 잘 알아들었다.

"네, 없습니다. 소인은 밭에다 이런 씨앗을 뿌린 적도, 거두어들인 적도 없습니다. 물론 산 적도 없습니다. 왜냐하면 소인이 젊었을 때는 돈이란 게 없었기 때문입니다. 모든 사람들이 자기 곡식을 심어 먹고 살았으며, 부족할 때는 서로 나눠가졌습니다. 그래서 소인은 어디서 이런 씨앗이 생겼는지 모르겠습니다. 예전의 씨앗은 지금 것보다 더 굵고 열매가 많이 열렸지요. 하지만 이런 씨앗을 본 적은 없습니다. 소인의 아버지한테 들은 이야기입니다만 아버지가 젊었을 때는 소인이 젊었을 때보다 더 좋은 곡식을 거두어들였는데, 씨앗도 훨씬 굵었다고 합니다. 그러니 소인의 아버지에게 물어보셔야 할 것 같습니다."

그리하여 왕은 다시 사람을 시켜 노인의 아버지를 데려오라고 명령했다. 얼마 후, 맨 처음에 왔던 노인의 할아버지도 왕 앞으로 들어섰다. 그 노인은 지팡이도 짚지 않고 가벼운 걸음으로 들어섰다. 노인은 눈도 밝고 귀도 잘 들리며 말소리도 또렷했다.

왕은 노인에게 씨앗을 보여주었다. 노인은 그 씨앗을 이리저리 살펴보며 말했다.

"이렇게 좋은 씨앗은 참으로 오랜만에 봅니다."

그리고 나서 노인은 씨앗을 깨물어보았다.

"이것은 호밀 씨앗입니다."

왕은 기쁜 표정으로 물었다.

"그럼 말해 보시오. 언제, 어디서 이런 씨앗이 생겼는지 알고 있지 않소? 그대는 이런 곡식을 밭에 심어본 적은 없소? 혹은 예전에 누구에게 그런 곡식을 산 적은 없소?"

그러자 노인이 말했다.

"이런 씨앗은 소인이 젊었을 때는 어디서나 나던 것이었습니다. 소인뿐만 아니라 수많은 사람들이 이런 곡식을 평생 먹으며 살아왔습니다."

왕은 다시 물었다.

"그럼 영감, 어디서 이런 씨앗을 구했소? 밭에 직접 뿌린 적은 없었소?"

노인은 씨익 웃었다.

"소인이 젊었을 때에는 곡식을 사고 팔 생각을 하는 사람은 아무도 없었습니다. 물론 돈이라는 것도 몰랐습니다. 곡식은 누구든 갖고 있었지요. 소인은 이런 곡식을 직접 심어 거둬들이고 타작하기도 했습니다."

왕이 다시 물었다.

"그럼 어서 말해 보시오. 그대는 어디에 이런 곡식을 심었고, 그대의 밭은 어디에 있었소?"

노인이 말했다.

"소인의 밭은 하느님의 땅이었습니다. 쟁기질을 하는 곳이 곧 밭이 되는 것이었지요. 땅이란 것은 자유로운 것이었기에 제 땅이라는 것은 없었습니다. 제 것은 오로지 소인의 노력뿐이었지요."

"그럼 두 가지만 더 말해 보시오. 먼저, 옛날에는 이런 씨앗이 있었는데 지금은 없는 까닭이 무엇인지, 또 하나는 그대의 손자는 지팡이를 두 개나 짚고 다니고, 또 그대의 아들은 지팡이 하나를 짚고 왔는데 그대는 어떻게 그렇게 가뿐히 혼자 걷고, 눈도 밝으며, 이도 튼튼하고, 말도 또렷하게 하며 상냥한 것이오? 노인, 어서 말해 보시오."

노인이 말했다.

"그 이유는 세상 사람들이 자신의 노력으로 살아가지 않고 남의 것을 탐하게 되었기 때문입니다. 옛날 사람들은 하느님의 뜻에 따르며 살았습니다. 제 것만 가졌을 뿐 남의 것을 결코 탐하지 않았기 때문입니다."

머슴 예멜리안과
빈 북

어느 집에 예멜리안이라는 머슴이 살고 있었다. 어느 날, 그는 들일을 하러 가기 위해 들판을 지나다가 개구리 한 마리가 뛰고 있는 것을 발견했다. 하마터면 개구리를 밟을 뻔했으나 겨우 뛰어넘었다.

"예멜리안!"

갑자기 뒤에서 누군가가 부르는 소리가 들렸다. 그가 돌아보니 거기에는 아름다운 처녀가 서 있었다.

"예멜리안, 당신은 왜 결혼을 안 하세요?"

"나 같은 놈이 어떻게 결혼을 하겠어요? 아무것도 가진 게 없는데 누가 나한테 시집을 오겠어요?"

그러자 처녀가 말했다.

"그럼 내가 당신한테 시집가겠어요."

예멜리안은 그녀가 마음에 들었다.

"나야 물론 좋지요, 그런데 신혼살림은 어디다 차려야 되지?"

"그런 걱정은 하지 마세요. 힘이 닿는 대로 일을 많이 하고 잠을 줄이면 어느 곳에서도 의식주는 해결될 거예요."

"그건 그렇지. 그럼 우리 결혼합시다. 그런데 어디에서 살아야 되나?"

"시내로 나가서 살아요."

그래서 예멜리안은 처녀와 함께 시내로 나갔다. 그녀는 그를 외딴 곳에 있는 작은 집으로 데려갔다. 그리고 두 사람은 곧 결혼을 했다.

그러던 어느 날, 왕이 마차를 타고 행차했다. 예멜리안의 아내는 왕의 행차를 보기 위해 왕이 그녀의 집 앞을 지날 때 밖으로 나왔다. 아름다운 그녀의 모습을 본 왕은 깜짝 놀라 마차를 세웠고, 예멜리안의 아내에게 물었다.

"넌 누구냐?"

"예멜리안이라는 농부의 아내입니다."

"그렇게 아름다우면서 왜 농부의 아내가 되었느냐? 왕비가 될 수도 있었을 텐데."

"과찬이십니다. 그러나 저는 농부의 아내로 만족하며 살고 있습니다."

왕은 얼마간 그녀와 대화를 나누었다. 그리고 마차를 타고 궁전으로 돌아갔다. 궁에 돌아온 후에도 예멜리안의 아내 모습이 자꾸 떠올라 왕은 밤새 잠을 이루지 못했다. 그는 오로지 예멜리안에게서 그녀를 빼앗을 방법만 궁리하고 있었다. 그러나 묘안이 떠오르지 않았다. 그래서 신하들에게 좋은 방법을 생각해 보라고 일렀다. 신하들이 아뢰었다

"우선 예멜리안을 궁으로 불러들여야 합니다. 그 다음은 소신들이 그놈에게 혹독한 일을 시켜 그를 죽게 하겠습니다. 그러면 그녀는 과부가 될 테니 그때가 되면 전하의 뜻대로 하실 수 있을 것입니다."

그 말을 들은 왕은 예멜리안에게 사람을 보내 뜻을 전했다. 예멜리안을 궁전의 정원사로 들이겠으니 그의 아내와 함께 궁에 들어와 살라는 것이었다. 아내가 남편에게 말했다.

"저는 괜찮으니 혼자 가세요. 낮에는 그곳에 가서 일하고, 밤이 되면 돌아오세요."

예멜리안은 집을 나섰고, 곧 궁전에 도착했다. 그때 왕의 집사가 그에게 물었다.

"아내는 왜 데려오지 않고 혼자 온 것이냐?"

"왜 아내를 데려와야 합니까? 저희들도 집이 있는데요."

궁에서는 예멜리안에게 두 사람 몫의 일을 시켰다. 예멜리안은 일을 시작하긴 했지만 그 일을 결코 하루 만에 다 끝낼 수는 없을 거라 생각했다. 그러나 막상 일을 시작하니 저녁이 되기도 전에 모두 끝낼 수 있었다. 이를 본 집사는 몹시 놀랐고, 그 다음 날에

는 그에게 네 사람 몫의 일을 시켰다.

주어진 일을 마치고 예멜리안은 집으로 돌아왔다. 집안은 깨끗하게 청소되어 있었으며, 정리정돈 또한 잘 되어 있었다. 난롯불은 따뜻하게 타고 있었고 저녁 식사도 잘 차려져 있었다. 그리고 아내는 식탁 앞에 앉아 바느질을 하며 그를 기다리고 있었다. 그녀는 남편을 반기며 저녁 식사를 챙겨주었고, 그날 있었던 일에 대해 이것저것 묻기 시작했다.

"혼자서는 감당할 수 없는 일이야. 나를 혹독하게 부려서 죽이기라도 할 작정인가 봐."

"일에 관해서 당신은 아무 걱정도 하지 마세요. 일을 하면서 얼마만큼 했는지, 또 얼마나 남았는지 생각하지 마세요. 당신은 그저 묵묵히 일만 하면 돼요. 그렇게 하면 시간 안에 일을 끝낼 수 있을 거예요."

예멜리안은 잠을 청했다. 그리고 그 다음 날도 일을 하러 궁전으로 갔다. 그는 일을 하면서 단 한 번도 자신이 얼마만큼 일을 했는지 생각하지 않았다. 그렇게 열심히 일을 하다 보니 저녁 무렵에 일을 마치고 밤이 되기 전에 집으로 돌아갈 수 있었다.

그 후로도 예멜리안은 아무리 많은 일거리라도 시간 내에 모두 끝내고 집으로 돌아갈 수 있었다.

그렇게 일주일이 지났다. 이런 일로는 더 이상 예멜리안을 괴롭힐 수 없다고 생각한 신하들은 그에게 아주 힘든 일을 시키기로 작정했다. 그러나 그 일로도 예멜리안을 괴롭힐 수 없었다. 목수나 석수가 하는 일이든, 미장이가 하는 일이든 그 어떤 일을 시켜도 예멜리안은 시간 내에 일을 끝냈고, 밤이 되면 아내에게 돌아갈 수 있었던 것이다.

그렇게 또 일주일이 흘렀다. 왕은 신하들을 불러 말했다.

"너희들은 언제까지 밥값을 못 할 것이냐? 벌써 이 주일이나 지났는데도 아무 성과가 없지 않느냐? 예멜리안을 혹사시켜 죽이겠다면서, 왜 그놈은 매일 즐거워하며 집으로 가고 있는 것이냔 말이다. 너희들이 지금 나를 놀리는 것이냐?"

당황한 신하들은 변명을 늘어놓기 시작했다.

"소신들도 있는 힘을 다해 노력해 보았지만 아무 소용이 없었습니다. 어떤 일이든 손쉽게 해내고 당최 피곤한 기색을 보이지 않습니다. 그래서 정말 힘든 일을 시켜보았습니다만 그것도 별 소용이 없었습니다. 분명 예멜리안이나 그의 아내가 마법을 쓰고 있는게 확실합니다. 그래서 이번에는 정말로 불가능한 일을 시키려고합니다. 그 일은 바로 성당을 짓는 일입니다. 그것도 단 하루 만에말입니다. 그러니 어서 예멜리안을 불러주십시오. 그리고 그에게이 궁전 앞에다 하루 동안에 성당을 지으라고 명하십시오. 만일그가 그 일을 해내지 못한다면 전하의 명을 거역한 죄로 목숨을거두면 되지 않겠습니까?"

그래서 왕은 사람을 시켜 예멜리안을 불러들였다.

"예멜리안, 한 가지 명을 내리겠다. 내일 중으로 이 궁전 앞에다 성당을 지어라. 만약 그것을 완성한다면 포상을 내릴 것이다. 하지만 완성하지 못한다면 그땐 네 목숨을 거둘 것이다."

왕의 말을 듣고 난 후 예멜리안은 집으로 돌아갔다. 그는 곧 죽게 될 거라는 생각에 집에 들어서자마자 아내에게 말했다.

"어서 여기를 떠납시다. 어디라도 좋으니 도망쳐야겠소. 아무 죄도 없이 죽임을 당할 수는 없지 않소."

"무슨 말씀이세요? 도망을 가다니요? 뭐가 그리 두려우신가요?"

"두려워할 수밖에 없지 않소? 왕께서 내일 중으로 성당을 지으라 명하셨는데, 만약 완성하지 못할 때에는 내 목숨을 거두겠다 하셨소. 이젠 방법이 없소. 빨리 도망가는 수밖에 없단 말이오."

그러나 아내는 그의 뜻을 따르지 않았다.

"아무리 도망을 간다 해도 왕의 군대가 그 어디든 따라올 거예요. 그러니 도망가도 소용없어요. 최선을 다해 복종하는 방법밖엔 없어요."

"그렇지만 도무지 불가능한 명령을 어떻게 따르라는 거요?"

"당신도 참! 너무 걱정하시 마시고 저녁 식사나 하세요. 그리고 어서 주무세요. 내일은 평소보다 일찍 일어나시고요. 그럼 모든 일이 잘 해결될 거예요."

예멜리안은 잠을 청했다. 다음 날 아침, 아내가 그를 깨웠다.

"어서 가셔서 성당을 완성하고 오세요. 여기 못과 망치가 있어요. 그곳에 가시면 당신이 오늘 안에 할 수 있는 일이 남아 있을 테니까요."

예멜리안은 궁으로 갔다. 그곳에 도착하니 과연 궁전 앞 광장 한가운데에 새로운 성당이 지어져 있었고, 그가 해야 할 마무리 작업이 조금 남아 있을 뿐이었다. 예멜리안은 일을 시작했고, 저녁이 되기 전에 모든 작업을 마무리했다.

왕은 이 모습을 궁전에서 내다보고 있었다. 광장 한가운데에는 성당이 세워져 있고, 예멜리안은 바쁘게 움직이며 마무리 손질을 하느라 못을 박고 있었다. 그러나 왕은 그 성당을 보고도 전혀 기쁘지 않았다. 예멜리안의 목숨을 거둘 수 없게 되었으니 그의 아내도 빼앗을 수 없었기 때문이었다. 참다못한 왕은 다시 신하들을 불러 말했다.

"예멜리안이 성당을 완성했으니 녀석을 처벌할 수 없겠어. 그 녀석에겐 이 일도 너무 쉬웠던 거야. 더 힘든 일을 시켜야겠으니 다들 잘 생각해 보아라. 만약 그렇지 못하면 엄벌에 처할 것이다."

그러자 신하들은 예멜리안에게 강을 파는 일을 시키자고 말했다. 궁전 주위를 흐르는, 큰 배를 띄울 수 있는 강을 만들도록 하자는 것이었다. 왕은 예멜리안을 불러 명을 내렸다.

"성당도 하루 만에 지었으니 이번 일도 쉽게 할 수 있겠지. 내일 안에 일을 끝내도록 하라. 만일 완성하지 못하면 네 목숨을 거둘 것이다."

예멜리안은 어제보다 더 침울해져 집으로 돌아왔다.

"왜 그리 기운이 없으세요? 왕께서 또 당신에게 어려운 명을 내리셨나요?"

예멜리안은 그 일에 대해 설명했다.

"어떤 일이 있어도 이번에는 도망가야 해."

그러자 아내가 말했다.

"수많은 군대를 피할 순 없어요. 어딜 가든 분명 붙잡힐 테니까요. 그러니 복종하는 방법밖엔 없어요."

"하지만 어떻게 따르라는 것이오?"

"자, 여보! 너무 걱정 마시고 어서 주무세요. 내일은 평소보다 조금 일찍 일어나시고요. 그러면 모든 일이 잘 될 거예요."

예멜리안은 잠을 청했다. 다음 날 아침, 아내가 그를 깨웠다.

"어서 궁전으로 가세요. 모든 일이 잘 되어 있을 테니까요. 궁전 앞에 조금 남아 있는 흙을 삽으로 다져주기만 하면 모든 게 마무리될 거예요."

집을 나선 예멜리안은 궁으로 갔다. 궁전 주변으로 강이 흐르고 있었고 큰 배들이 떠다니고 있었다. 예멜리안은 궁전 앞 둑으로 가보았다. 땅이 조금 고르지 못한 데가 있어서 평평하게 다졌다. 왕이 나와 보니 궁전 주변에는 강이 흐르고 큰 배가 떠다니고 있었으며 예멜리안은 삽을 들고 땅을 다지고 있었다. 왕은 매우 놀랐지만 전혀 기쁘지 않았다.

'저 녀석에게 불가능한 일은 없는 것 같군. 그렇다면 어찌해야 좋을까?'

왕은 신하들을 불러 이런저런 방법을 생각해 보았다.

"예멜리안이 결코 해낼 수 없는 일을 생각해 내라. 예멜리안에게 아무리 힘든 일을 시켜도 다 해내고 마니, 어떻게 그 녀석의 아내를 빼앗을 수 있겠느냐?"

한참을 생각하던 신하들은 좋은 방법이 떠올랐다. 그들은 왕 앞으로 나가 아뢰었다.

"예멜리안에게 이렇게 명하십시오. 어딘지 모를 곳에 가서 이름 모를 무언가를 가져오라고 말입니다. 이번에는 그 녀석도 어쩔 수 없을 것입니다. 전하께서는 그 녀석이 가는 곳이 어디든 그저 그 곳이 아니라고 하시면 되며, 또 그 녀석이 어떤 것을 가져오든 틀렸다고 말씀하시면 되는 것입니다. 그렇게만 하신다면 그 녀석을 벌할 수 있을 테니, 그의 아내를 빼앗을 수 있을 것입니다."

왕은 몹시 기뻐하며 말했다.

"아주 좋은 생각이다."

왕은 다시 예멜리안을 불러 명했다.

"어딘지 모를 곳에 가서 이름 모를 무엇인가를 가져오라. 만일 가져오지 못한다면, 그땐 네 목숨을 거둘 것이다."

예멜리안은 아내에게 돌아와 왕이 내린 명에 대해 전했다.

"이건 분명 당신을 죽이기 위해 신하들이 생각해 낸 방법일 거예요."

잠시 생각에 잠겼던 아내는 남편에게 말했다.

"좀 멀긴 하지만 당신은 어떤 군인의 어머니인, 연로하신 할머니를 찾아가 도움을 청하세요. 그리고 그분이 어떤 물건을 주시면 바로 궁전으로 가세요. 저도 그곳에 가 있을게요. 이번에는 저도 그 사람들의 술수에서 벗어날 수 없을 것 같아요. 그들은 분명 무슨 힘을 써서라도 저를 끌고 갈 테니까요. 하지만 그리 오래가진 않을 거예요. 그 할머니의 말씀을 잘 따르기만 한다면 당신은 곧 저를 구할 수 있을 테니까요."

아내는 남편에게 떠날 채비를 해주었고, 자루와 물렛가락을 건네며 말했다.

"이것을 할머니께 드리세요. 당신이 내 남편이라는 증표가 될 거예요."

아내는 그에게 어디로 가야 하는지 알려주었다. 집을 나선 예멜리안이 한참을 걷다보니 시내를 벗어나게 되었다. 마침 그곳에서 군인들이 훈련을 받고 있었다. 예멜리안은 한참을 서서 그들의 모습을 지켜봤다. 얼마 후 훈련을 마친 군인들이 앉아서 휴식을 취했다. 그러자 예멜리안은 그들에게 다가가 물었다.

"이보시오. 혹시 어딘지 모를 곳으로 가려면 어느 쪽으로 가야 하오? 또 이름 모를 무언가를 얻으려면 어떻게 해야 하오?"

그 말을 듣고 난 군인들은 몹시 놀라 말했다.

"누가 그런 명령을 내린 것이오?"

"바로 왕이오."

"우리도 군인이 되면서부터 어딘지 모를 그곳에 가려고 했지만 도저히 갈 수가 없었소. 또한 이름 모를 무언가를 찾으려 했으나 그 또한 찾지 못했소. 그러니 알려줄 수가 없소."

군인들과 함께 앉아 있던 예멜리안은 다시 발길을 돌렸다. 한참을 걷다보니 어느 숲에 도착했다. 숲 속에는 작은 오두막 한 채가 있었다. 그 집 안에는 군인의 어머니이며, 연로하신 할머니가 앉아서 실을 잣고 있었다. 할머니는 침 대신 눈물을 손가락에 묻히고 있었다. 할머니는 예멜리안을 보자 소리쳤다.

"무슨 일로 온 것이냐?"

예멜리안은 할머니에게 물렛가락을 보여주며 자신의 아내가 이곳으로 가라고 일러주었다고 말했다. 그러자 할머니는 마음을 열었고, 이런저런 질문을 하기 시작했다. 예멜리안은 할머니에게 지금껏 있었던 모든 일에 대해 자초지종 설명했다. 아내와 어떻게 결혼했는지, 왜 시내로 이사를 갔는지, 또 궁전에 불려가 그곳에서 무슨 일을 했으며, 성당을 짓고 배를 띄울 수 있는 강을 만든 일에 대해서 말이다. 그리고 왕이 어딘지 모를 곳에 가서 이름 모를 무언가를 가져오라는 명을 내린 것까지 자세히 설명했다. 그의 말을 다 듣고 난 할머니는 눈물을 멈추고 혼잣말을 했다.

"때가 된 것 같구나. 자네, 앉아서 뭐 좀 먹게나."

식사를 마친 예멜리안에게 할머니가 말했다.

"여기 실타래가 있네. 이것을 던져서 굴러가는 쪽으로 따라가게. 아주 먼 바다까지 가야 한다네. 그곳에 도착하면 큰 마을이 있어. 그 마을의 맨 처음에 있는 집으로 가서 하룻밤 묵겠다고 청하게. 그곳에 자네가 필요로 하는 물건이 있다네."

"하지만 할머니, 제가 그곳에서 그 물건을 어떻게 찾죠?"

"어떤 사람에게 자기 부모의 말보다 더 잘 듣게 만드는 물건이 있을 거야. 그게 바로 자네가 찾고 있는 것이지. 그걸 가지고 왕에게 가면 되네. 하지만 왕은 그 물건이 아니라고 말할 거야. 그때 자네가 '만일 이게 아니라면 이 물건을 부숴버려야 합니다.' 라고 말씀드리게. 그 다음엔 그것을 두드리면서 강으로 가게. 그리고 그것을 깨뜨려 물속에 던져버리게. 그렇게 하면 자네는 아내를 구할 수 있고, 내 눈물도 멈추게 할 수 있을 것이네."

예멜리안은 할머니께 인사를 드리고 집을 나섰다. 그리고 실타래를 던졌는데, 그것은 데굴데굴 구르며 그를 바닷가로 이끌었다.

그곳에는 큰 마을이 있었다. 예멜리안은 맨 처음에 있는 집에 들어가 하룻밤 재워달라고 청했다. 허락을 받은 그는 잠을 청했다.

다음 날 아침, 그는 일찍 눈을 떴다. 그때 아버지가 아들을 깨우며 나무를 해오라는 소리를 들었다. 하지만 아들은 말을 듣지 않았다.

"너무 일러요. 나중에 가도 돼요."

그러자 난로 쪽에서 어머니의 목소리가 들려왔다.

"얘야, 어서 다녀와라. 몸도 편찮으신 아버지가 나무를 해야겠니? 이르긴 뭐가 이르다는 것이냐?"

하지만 아들은 뭐라 혼잣말을 하다가 다시 자리에 누웠다. 그런데 그가 자리에 눕자 갑자기 길에서 시끄러운 소리가 들리기 시작했다. 그러자 아들은 자리에서 일어나 옷을 대충 걸치고는 밖으로 뛰어나갔다. 예멜리안은 그가 아버지의 말보다 더 따르는 것이 무엇인지 알아보기 위해 함께 따라나섰다.

그가 따라가 보니 어떤 사람이 배에 둥근 것을 차고, 그것을 막대로 두드리며 걸어가고 있었다. 그것이 시끄러운 소리를 내며 아들을 이끌었던 것이다. 예멜리안은 가까이 다가가 자세히 살펴보았다. 그것은 둥근 모양의 대야처럼 생겼고, 양면은 가죽으로 되어 있었다. 예멜리안이 물었다.

"이게 무엇입니까?"

"북이라는 것이오."

"그것의 속은 비어 있소?"

"그렇소."

예멜리안은 깜짝 놀라며 그것을 달라고 청했지만 얻을 수 없었다. 예멜리안은 곧 단념하고 그의 뒤를 따랐다. 그리고 하루 종일 그를 따라다니다가 그가 잠든 사이에 몰래 그것을 훔쳐 도망쳤다. 그는 서둘러 집으로 달려왔지만 아내는 보이지 않았다. 아내는 그가 떠난 다음 날 왕에게 끌려갔던 것이다. 궁전에 도착한 예멜리안은 신하들에게 자신이 돌아왔음을 알렸다.

"어딘지 모를 곳에 가서 이름 모를 무언가를 가져왔습니다."

이 말을 들은 신하들은 왕에게 전했다. 왕은 예멜리안에게 내일 오라고 말했다. 그러나 예멜리안은 다시 알현하기를 간청했다.

"제가 오늘 이곳에 온 것은 왕께서 명하신 물건을 갖고 왔기 때문입니다. 그러니 제 청을 들어주십시오. 그렇지 않으면 제가 직접 들어가겠습니다."

얼마 후 왕이 나와서 물었다.

"어느 곳을 다녀왔느냐?"

예멜리안은 그동안 있었던 일을 말했다.

"틀렸다. 그럼 무엇을 갖고 왔느냐?"

예멜리안은 그 물건을 보여주려 하였으나 왕은 쳐다보지도 않으며 말했다.

"그것도 틀렸다."

"만일 이게 아니라면 이 물건을 부숴버려야 합니다. 악마에게나 줘야겠습니다."

북을 들고 나온 예멜리안은 그것을 두드리기 시작했다. 그러자 왕의 군대가 모두 모이기 시작했다. 그들은 예멜리안에게 경례를 하고, 그의 명령을 기다리고 있었다. 왕은 창밖을 향해 군사들에게 예멜리안을 따르지 말라고 외쳤다. 하지만 군인들은 왕의 말을 듣지 않고 모두 예멜리안을 따라나섰다. 그 모습을 본 왕은 예멜리안에게 아내를 되돌려 보낼 테니 북을 달라고 간청했다.

"그럴 수 없습니다. 저는 이 북을 산산조각 내 물속에 버리라는 명을 받았습니다."

예멜리안은 북을 두드리며 강 쪽으로 향했고, 왕의 군대도 그를 따랐다. 예멜리안은 북을 산산조각 내어 강물에 던졌다. 그러자 군인들은 모두 뿔뿔이 흩어져 도망가 버렸다.

그리하여 예멜리안은 사랑하는 아내와 함께 집으로 돌아왔으며, 그 후 왕은 더 이상 그를 괴롭히지 않았고 그는 행복하게 살았다.

일리야스의 **행복**

바슈키르의 수도 우파현에 일리야스라는 사람이 살고 있었는데, 그는 아버지로부터 많은 재산을 물려받지 못했다. 그의 아버지는 그가 결혼한 지 얼마 되지 않아 세상을 뜨고 말았다. 당시 일리야스의 재산은 암말 일곱 마리, 암소 두 마리, 양 스무 마리가 전부였다.

그러나 일리야스는 한 집안의 가장으로서 열심히 일했다. 그는 아내와 함께 아침부터 저녁까지 열심히 일했고, 늘 누구보다 일찍 일어나고 밤늦게 잠자리에 들었다. 그래서 그의 재산은 해를 거듭할수록 늘어났다.

일리야스는 이렇게 30년 이상을 열심히 살아왔으며, 그러는 동안 그의 머리도 희끗희끗해졌지만 대신 꽤 많은 재산을 모아 나라 안에서 소문난 부자가 되었다.

말이 200마리, 소 150마리, 그리고 양은 무려 1,500마리나 소유하게 되었다. 남자 일꾼들은 가축을 키웠고, 여자 일꾼들은 소와 말의 젖을 짜서 버터와 치즈를 만들었다. 일리야스는 이제 많은 것을 소유하게 되었고 주변에서는 모두 그를 부러워하며 이렇게 얘기했다.

"일리야스는 행복한 사람이야. 그는 모든 걸 가졌으니 오래 살고 싶겠지."

그는 부유한 생활을 했기 때문에 지체 높은 사람들도 일리야스를 알게 되었고, 서로 친분을 쌓기 시작했다. 일리야스를 만나기 위해 먼 곳에서 찾아오는 사람들도 있었다.

일리야스는 자기를 찾아오는 모든 사람들을 마다않고 먹을 것과 마실 것을 대접했다. 찾아오는 사람의 신분 고하를 막론하고 모두에게 똑같이 마유로 담근 술과 차, 양고기로 융숭한 대접을 했다. 손님이 찾아오면 보통 양을 한두 마리 정도 잡았고, 부득이한 경우에는 양 대신 소를 잡아 대접했다.

일리야스에게는 아들 둘과 딸 하나가 있었다. 일리야스가 가난했을 때 그를 도와 열심히 말이나 양을 돌보며 일하던 두 아들은 아버지가 부자가 되자 차츰 난폭해지고 방탕해졌다. 큰아들은 술을 마시고 싸움을 하다가 죽었고, 작은아들은 콧대 높은 여자와 결혼을 해서 아내의 말만 듣고 아버지의 말은 듣지 않게 되었다. 그래서 할 수 없이 일리야스는 작은아들에게 재산을 떼어주고 분가를 시켰다.

아들에게 집과 재산을 떼어주고 딸을 시집보내고 나니 그의 재산은 현저히 줄어들었다. 게다가 갑자기 많은 양들이 병에 걸려 죽고, 가물어서 풀이 자라지 못하는 바람에 겨울도 되기 전에 가축에게 먹일 풀이 모자라 소와 말이 굶어죽게 되었다. 엎친 데 덮친 격으로 가장 좋은 말들을 마적단인 키르키즈인들에게 모조리 빼앗기고 말았다.

이렇게 일리야스의 집안은 점점 기울었으며 그의 기력도 날로 쇠약해져 갔다. 그가 일흔 살이 되었을 때 외투와 양탄자, 말안장과 마차, 마지막 남은 한 마리의 가축마저 팔아야 될 형편이 되었다. 결국 일리야스는 무일푼 신세가 되고 말았다. 자신도 모르는 사이에 빈털터리가 된 일리야스는 노쇠한 몸으로 아내와 함께 남의 집에 일을 하러 가야만 했다.

일리야스에게 남아 있는 것이라곤 몸에 걸친 옷과 외투, 모자, 장화 한 켤레, 그리고 함께 늙은 아내 샴 셰마가 전부였다. 따로 살림을 낸 아들은 먼 곳으로 떠났고, 딸은 이미 죽고 없었다. 그래서 이 노부부를 도와줄 사람은 아무도 없었다.

이웃에 무하메드샤프라는 사람이 살고 있었는데 그는 이 노부부를 가엾게 여겼다. 무하메드샤프는 가난하지도 부유하지도 않은 평범한 생활을 했고 좋은 사람이었다. 그는 예전에 일리야스에게 대접받았던 일을 떠올리며 그의 일을 안타까워하며 말했다.

"일리야스, 우리 집으로 오세요. 부인과 함께 우리 집에서 사세요. 여름에는 힘이 닿는 대로 수박밭에서 일을 하시고 겨울에는 가축들을 돌봐주세요. 할머니는 마유를 짜주세요. 가끔씩 버터도 만들어주시고요. 그렇게 해주시면 두 분이 먹고 입는 것은 걱정하지 않으셔도 돼요. 그리고 필요한 것이 있으면 언제든지 말씀해주세요."

일리야스는 이웃에게 감사의 인사를 전하고 아내와 함께 무하메드샤프네 집에서 일하게 되었다. 처음에는 힘이 좀 들었지만 차츰 익숙해졌다. 그래서 그들은 힘이 닿는 대로 열심히 일했다.

주인의 입장에서는 이들이 곁에 있는 것이 도움이 되었다. 그들은 한때 한 집안의 주인이었기 때문에 이치를 잘 알 뿐만 아니라 게으름도 피우지 않고 열심히 일했기 때문이다. 다만 무하메드샤프는 부유하게 살았던 사람들이 한순간에 남의 집에서 일하는 것이 안쓰러울 뿐이었다.

그러던 어느 날, 먼 곳에 사는 무하메드샤프의 친척들이 놀러왔다. 그들 중에는 회교도 사제도 있었으므로 무하메드샤프는 숫양을 대접하기로 했다.

일리야스는 재빨리 숫양을 잡아 가죽을 벗기고 내장을 제거한 후 요리를 하여 손님들을 대접했다. 그들은 요리 솜씨를 칭찬하며 음식을 맛있게 먹었다. 그러고 나서 주인과 함께 양탄자 위에 깔아놓은 비단 방석에 앉아 마유를 마시며 즐거운 시간을 보내고 있었다.

그때 일을 마친 일리야스가 그들이 앉아 있는 창문 앞을 지나갔다. 이를 본 무하메드샤프가 손님들에게 물었다.

"방금 저 창문 앞을 지나간 노인을 보셨습니까?"

손님 중에 한 사람이 대답했다.

"봤습니다. 그런데 그에게 무슨 일이라도 있습니까?"

"저 노인은 한때 우리 마을에서 가장 부자였죠. 혹시 일리야스라는 이름을 들어본 적이 있습니까?"

"물론입니다. 만난 적은 없지만 그에 대한 소문은 멀리까지 퍼져 있으니까요."

"그 사람이 지금 무일푼 신세가 되어 우리 집에서 일을 하고 있습니다. 그의 부인도 이곳에서 함께 살며 마유를 짜고 있어요."

손님은 매우 놀라 혀를 찼고, 고개를 저으며 말했다.

"행복은 수레바퀴처럼 돌고 도는 것 같아요. 올라가는 사람이 있으면 내려가는 사람도 있으니까요. 그 노인은 어떻게 생활하고 있습니까? 신세 한탄을 하며 괴로워하고 있겠죠?"

그러자 무하메드샤프가 조용한 목소리로 말했다.

"글쎄요, 허나 저들 부부는 아주 열심히 일하며 잘 지내고 있습니다."

손님이 계속해서 말했다.

"그 사람과 이야기 좀 해도 될까요? 어떻게 살고 있는지 좀 궁금해서요."

"그럼 그렇게 하시죠."

주인은 말을 마치고 일리야스를 불렀다.

"일리야스, 이리 오셔서 마유 한 잔 드세요, 할머니도 같이 들어오세요."

잠시 후 일리야스는 아내와 함께 손님들이 있는 방으로 들어왔다. 그는 손님들과 인사를 나누었고, 기도를 드리고 난 후 문 옆으로 가서 무릎을 꿇고 앉았다. 그의 아내는 부인들이 있는 곳으로 가기 위해 커튼 뒤로 들어갔다.

일리야스에게 마유 잔이 건네졌다. 일리야스는 손님과 주인에게 감사하며 고개를 숙이고 한 모금 마신 뒤 잔을 내려놓았다.

"어떻게 지내십니까, 어르신."

손님이 일리야스에게 물었다.

"우리들을 보니 옛날 생각이 나시죠? 예전에는 그토록 행복하게 살았는데 지금은 이렇게 괴롭고 슬픈 삶을 살아가고 있으니까요."

그러자 일리야스는 웃으며 대답했다.

"행복과 불행에 대한 내 생각을 말한다 해도 당신은 믿지 않으실 겁니다. 차라리 제 아내에게 물어보시죠. 아내는 여자이기 때문에 속마음을 그대로 털어놓을 수 있을 겁니다. 그녀는 이 생활에 대해 솔직하게 얘기해 줄 겁니다."

그러자 손님은 커튼 쪽을 향해 말했다.

"어떻습니까, 할머니. 예전에 부유하게 지냈던 행복한 생활과 지금의 괴로운 생활에 대해 어떻게 생각하시는지요?"

샴 세마가 커튼 뒤에서 대답했다.

"나는 영감하고 오십 년 동안 함께 살면서 행복을 찾으려고 했지만 결국 찾지 못했지요. 지금 우리는 빈털터리가 되었고, 남의집 살이를 한 지 두 해가 되었습니다. 그러나 이제야말로 진정한 행복을 찾은 것 같아요. 다른 무엇도 필요하지 않은 지금이 가장 행복합니다."

이 말에 손님과 주인은 깜짝 놀랐다. 그리고 할머니를 보기 위해 자리에서 일어나 커튼을 열었다. 할머니는 두 손을 포개고 서서 남편을 바라보며 환하게 웃고 있었고 할아버지도 함께 웃고 있었다. 할머니가 계속 말을 이었다.

"빈 말이 아니라 진심입니다. 오십 년 동안 우리는 행복을 찾고 있었지만 부유하게 살 때는 그걸 찾지 못했지요. 그런데 무일푼 신세가 되어 남의집살이를 하고 나서야 진정한 행복을 찾게 된 겁니다."

"당신들은 지금 무엇 때문에 그토록 행복한가요?"

"그 이유는 바로 이것이죠. 우리가 부유했을 때 우리 부부는 하루도 마음 편히 지낼 수 없었어요. 서로 대화를 나눌 시간도, 영혼에 대해 깊이 생각할 시간도, 하느님께 기도드릴 시간조차 없었지요. 얼마나 많은 걱정거리가 있었던지. 손님이 찾아올 때면 싫은 소리를 듣지 않기 위해 무엇을 대접해야 하나, 무슨 선물을 해야 하나 걱정했고, 또 손님이 가고 나면 일꾼들을 감시해야 했지요. 그들은 항상 일은 하지 않고 놀 궁리만 했고 맛있는 음식만 먹으려 했으니까요. 우리는 늘 그들이 무언가를 훔쳐가진 않을까 감시해야만 했어요. 그렇게 우리는 죄를 짓게 되었지요. 또한 늑대가 망아지나 송아지를 잡아먹진 않을까, 혹 도둑들이 말을 훔쳐가진 않을까 하는 걱정에 잠을 이룰 수가 없었지요. 그뿐만이 아닙니다. 혹시라도 큰 양들이 새끼 양들을 깔아 죽이진 않을까 하는 걱정에 한밤중에 자다가도 몇 차례나 우리를 둘러보곤 한답니다. 그렇게 겨우 안심을 하다가도 또 다른 걱정거리가 생기더군요. 겨울에 먹을 양식은 어떻게 마련하나 하는 이런 걱정들 말이에요. 그뿐만 아니라 우리 영감과 나는 의견이 잘 맞지 않은 적도 있었지요. 영감이 이렇게 해야 된다고 하면 나는 저렇게 하자고 해서 서로 싸우게 되었고, 그런 식으로 죄를 짓게 되었지요. 그렇게 예전의 생활은 걱정이 그칠 날이 없었고, 그것은 또 죄가 되었기에 행복이라는 것을 모르고 살았어요."

"그럼 지금은 어떻습니까?"

"지금은 아침마다 함께 일어나 항상 영감과 다정하게 이야기를 나누지요. 싸울 일도 없고 걱정거리도 없고요. 그저 한 가지 걱정이 있다면 어떻게 하면 주인집의 일을 더 잘 할 수 있을까 하는 것뿐입니다. 그래서 우리는 주인께 피해를 주지 않기 위해 힘이 닿는 데까지 최선을 다해 일을 하고 있어요. 일을 마치고 집에 돌아오면 점심도, 저녁도 다 준비되어 있고 마유도 마실 수 있지요. 추울 때 쓸 수 있는 땔감도 있고, 털외투도 있어요. 또한 서로 이야기를 나눌 시간도 있고, 영혼에 대해 생각하며 하느님께 기도드릴 여유도 있어요. 우리가 지난 오십 년 동안 찾고 있던 행복을 이제야 찾았답니다."

이 말을 들은 손님들은 이해가 가지 않는다는 듯이 웃었다.

그러자 일리야스가 말했다.

"여러분, 웃지 마십시오. 이건 농담이 아니라 올바른 인간의 삶을 말한 것입니다. 예전의 아내와 나는 어리석었기 때문에 재산을 잃고 울기도 했지요. 하지만 지금, 하느님께서 우리에게 진리를 일깨워주셨습니다. 우리가 이런 말씀을 드리는 것은 우리 자신을 위로하기 위해서가 아닙니다. 바로 당신들의 행복을 위해서입니다."

그의 말을 듣고 회교도 사제가 말했다.

"그것은 참으로 지혜로운 말씀입니다. 일리야스 씨의 말씀은 전부 진리입니다. 그것은 성서에도 쓰여 있지요."

그제야 손님들은 웃음을 그치고 깊은 생각에 잠겼다.

사랑이 있는 곳에
신도 있다

어떤 마을에 마르틴 아브제이치라는 구두 수선공이 살고 있었다. 그는 창이 하나밖에 없는 지하의 작은 방에서 살고 있었다. 창문은 길 쪽으로 뚫려 있었기에 지나가는 사람들의 모습이 잘 보였다. 하지만 보이는 것은 오로지 발뿐이었다.

그는 그곳에서 오래 살았기 때문에 아는 사람들이 많았다. 그 마을 사람들이 신고 있는 구두는 거의 다 한두 번 정도는 마르틴의 손을 거쳐 간 것이었다. 구두창을 갈아준 것도 있고, 찢어진 곳을 기우거나 가죽 전체를 완전히 새로 갈아준 것도 있었다. 그렇기 때문에 마르틴은 가끔 창 너머로 자신의 손이 거쳐 간 구두를 감상하곤 했다.

마르틴에게는 늘 많은 주문이 들어왔다. 그는 기술도 좋고, 재료도 좋은 것을 썼다. 또한 수선 비용도 저렴하게 받았고 약속도 잘 지켰다. 그는 손님이 원하는 날짜에 맞출 수 있는 일만 맡았고, 불가능한 경우는 거절했기 때문에 유명해졌으며, 일감이 끊이지 않았다.

그는 천성이 착했다. 그리고 나이를 먹으면서부터는 점점 자신의 영혼에 대해 깊이 생각하며 하느님께 점점 더 가까이 다가가게 되었다.

예전에 마르틴이 주인 밑에서 일할 때, 그의 아내는 세 살짜리 아들만 남겨두고 세상을 떠났다. 그 위의 아이들이 더 있었지만 모두 죽고 말았다. 그는 처음에 아들을 시골 누님에게 맡기려 생각했지만 차마 그러지 못했다.

'우리 카피토슈카도 남의 집에서 지내기는 힘들 테니 차라리 내 손으로 키우자.'

마르틴은 주인집을 떠나 아들과 함께 셋방살이를 했다. 그러나 그의 아들이 아버지의 일손을 도울 수 있을 만큼 자랐을 때쯤 그만 병에 걸려 일주일을 앓다가 세상을 떠나고 말았다.

마르틴은 아들을 보내고 돌아와 깊은 시름에 빠졌고 하느님을 원망하기 시작했다. 고통을 참다못한 그는 제발 자신도 데려가 달라고 하느님께 빌었다. 왜 늙은 자기 대신 하나밖에 없는 아들을 데려갔느냐며 하느님을 원망했다. 그래서 마르틴은 교회에도 나가지 않았다.

그러던 어느 날, 같은 고향의 노인이 마르틴을 찾아왔다. 그 노인은 팔 년째 성지순례를 하는 중이었다. 마르틴은 노인과 세상살이에 대한 이야기를 나누며 신세를 한탄했다.

"저는 이제 살고 싶지 않아요. 그저 죽을 날만 기다리며 그날이 오게 해달라고 빌고 있어요. 저는 이제 아무 희망도 없어요."

그러자 노인이 대답했다.

"자네가 잘못 생각하고 있어. 우리는 하느님의 뜻에 대해 이렇다 저렇다 평가할 수 없으니까. 모든 일은 하느님의 뜻에 달려 있다네. 비록 자네 아들은 죽었지만 자네는 살아야 하는 것이 바로 하느님의 뜻이네. 자네가 이렇게 괴로워하는 것은 자네가 자신의 행복을 위해 살고 싶어 하기 때문이야."

"그렇다면 무엇을 위해 살아야 합니까?"

마르틴이 묻자 노인이 말했다.

"하느님을 위해 살아야 하네. 하느님께서 생명을 주셨으니 그분을 위해 살아야 하네. 하느님을 위해서 산다면 슬퍼할 일도 없고, 어떤 고난도 이겨낼 수 있다네."

마르틴은 한참을 가만히 있다가 다시 말을 꺼냈다.

"어떻게 사는 것이 하느님을 위한 것입니까?"

"어떻게 사는 게 하느님을 위한 것인지는 이미 하느님께서 다 가르쳐주셨네. 자네 글 읽을 줄 아나? 그럼 먼저 성경을 읽어보게. 그러면 하느님을 위해 사는 것이 어떤 것인지, 주님을 위해 해야 할 일이 무엇인지 알게 될 것이네. 성경에는 모든 것이 다 들어 있으니까."

그의 말에 감명받은 마르틴은 그날 당장 큰 활자로 적힌 성경을 사서 읽기 시작했다. 처음에는 휴일에만 읽을 계획이었지만, 읽다 보니 흠뻑 빠져들어 매일 읽게 되었다. 하루는 램프의 기름이 다 떨어진 것도 모를 만큼 성경을 읽는데 열중했던 적도 있었다. 그렇게 그는 매일 밤 성경을 읽었다. 성경을 읽을수록 점점 하느님의 뜻이 무엇인지, 하느님을 위해 사는 것이 어떤 것인지 확신이 서게 되었다.

마르틴의 마음은 점점 편안해지기 시작했다. 예전에는 자려고 누워도 한숨만 쉬며 아들 생각에 눈물을 흘렸지만 이제는 오직 "당신께 감사드립니다. 당신께 깊은 감사를. 하늘이시여, 당신의 뜻대로 하소서!"라고 기도를 올릴 뿐이었다.

그 후로 마르틴의 생활은 달라졌다. 예전에는 휴일이 되면 술집에 가서 차를 마시거나 보드카를 마셨다. 많이 취하지 않은 상태에서도 기분이 들떠 행인들에게 시비를 거는 일도 있었다. 하지만 이제는 전혀 그런 행동을 하지 않았고 평화로운 나날을 보냈다.

그는 낮에는 열심히 작업을 했고, 밤이 되면 벽에 걸어두었던 램프를 테이블 위로 가져다 놓았다. 그리고 선반에서 성경을 가져와 읽기 시작했다. 성경을 읽으면 읽을수록 그 뜻을 더 잘 알게 되었기에 그의 마음은 더욱 밝아지고 가벼워졌다.

그날도 마르틴은 평소와 마찬가지로 밤늦게까지 성경을 읽고 있었다. 그는 누가복음서 제6장을 읽고 있었는데, 거기에는 이런 구절이 있었다.

'누가 네 뺨을 치거든 다른 쪽 뺨도 대주고, 누가 네 겉옷을 빼앗거든 속옷도 내어주어라. 구하는 자에게는 모두 주고, 빼앗으려는 자에게는 다시 받으려 하지 말라. 너희가 남에게 대접받고 싶은 대로 남에게 대접하라.'

그는 계속해서 다음 구절을 읽었다.

'너희는 나를 주여, 주여 부르면서도 어찌하여 내가 한 말은 행하지 않느냐? 내게 와서 내 말을 듣고 행하는 자가 어떤 사람인지 너희들에게 알려주리라. 그는 집을 지을 때 땅을 깊이 파고 반석 위에 주춧돌을 세운 사람과 같다. 그가 지은 집은 홍수가 나도 절대 흔들리지 않는다. 그러나 이 말을 듣고도 행하지 않는 사람은 주춧돌이 없는 흙 위에 집을 지은 사람과 같으니, 큰물이 들어오면 그 집은 곧 무너지고 말 것이다.'

이 구절을 읽은 마르틴은 벅차오르는 기쁨을 느꼈다. 그는 안경을 벗어놓고 테이블 위에 팔을 걸치고 턱을 괸 채 가만히 생각해 보았다. 그리고 자신이 지금껏 해왔던 일들을 성경 말씀에 비추어 보며 문득 이런 생각을 했다.

'내 집은 반석 위에 세운 것인가, 아니면 모래 위에 세운 것인가. 반석 위에 세운 집이면 얼마나 좋을까. 이렇게 혼자 있을 땐 마음이 홀가분하고 모든 일을 하느님의 뜻대로 할 수 있을 것 같은데, 어쩌다 보면 죄를 짓고 있으니. 그래도 더욱 열심히 살자. 그래, 그렇게 사는 거야! 하늘이시여, 제게 힘을 주소서!'

마르틴은 이제 그만 자려고 했으나 쉽게 성경을 놓을 수가 없었다. 그래서 그는 이어서 7장을 읽었다. 백인대장의 이야기, 과부 아들의 이야기, 요한이 제자에게 들려주는 이야기를 읽었고, 부자 바리새인이 그리스도를 자신의 집에 초대한 부분까지 읽었다. 그리고 죄를 지은 여자가 그리스도의 발에 향유를 붓고 눈물을 흘리니 그리스도가 그녀의 죄를 용서했다는 이야기도 읽었다. 그는 44절에 이르기까지 계속해서 읽어나갔다.

'여자를 돌아보시며 시몬에게 말씀하시길, 이 여자를 보아라. 내가 네 집에 들어왔을 때 너는 내게 발 씻을 물도 주지 않았건만, 이 여자는 눈물로 내 발을 적셔 씻어주었다. 너는 내 얼굴에 입 맞추지 않았지만 이 여자는 내가 들어왔을 때부터 내 발에 입 맞추는 일을 멈추지 않고 있다. 너는 내 머리에 향유를 발라주지 않았으나 이 여자는 내 발에 향유를 발라주었다.'

이 구절을 읽은 마르틴은 생각했다.

'발 씻을 물을 주지 않고, 입도 맞추지 않고, 머리에 향유를 발라주지도 않고…….'

마르틴은 안경을 벗고 계속 생각했다.

'아마 나는 이 바리새인과 같은 인간이겠지. 나는 내 생각만 하며 살아왔어. 어떤 차를 마실지, 어떻게 몸을 따뜻하게 할까 하는 생각만 했지 손님을 위해서는 아무 생각도 하지 못했어. 그저 내 생각만 하느라 바빴지. 그런데 내게 있어 손님은 누구인가? 분명 하느님이시겠지? 만약 하느님께서 나를 찾아오신다면 나는 어떻게 할 것인가?'

마르틴은 생각에 잠겨 있다가 어느새 잠이 들었다.

"마르틴!"

등 뒤에서 누군가가 부르는 소리에 깜짝 놀란 마르틴은 잠에서 깼다.

"누구십니까?"

고개를 돌려 문 쪽을 보았지만 아무도 없었다. 그는 다시 누웠다. 그러자 또다시 또렷한 말소리가 들렸다.

"마르틴, 내일 길에 나가 보아라. 내가 갈 것이다."

마르틴은 자리에서 일어나 눈을 비볐다. 그 말이 꿈인지 생시인지 알 수가 없었다. 그는 등불을 끄고 다시 잠을 청했다.

다음 날 아침, 마르틴은 날이 밝기도 전에 일어나 기도를 드린 후 난로에 불을 지펴 수프와 보리죽을 준비하고 물을 끓였다. 그리고 앞치마를 두르고 창가에 앉아 일을 시작했다. 그는 일을 하면서도 어젯밤의 일을 계속 떠올렸다. 그는 꿈일 거라고 생각했지만 한편으로는 현실일지도 모른다는 생각이 들었다.

'그래, 이런 일은 흔히 일어나는 일이야.'

그는 창가에 앉아 일을 하기보다는 창 너머로 길을 내다보는 시간이 더 많았다. 낯선 신발을 신고 지나가는 사람을 보면, 그의 얼굴을 보기 위해 몸을 구부려 창밖을 내다보았다. 새 장화를 신은 정원사가 지나갔고, 물을 나르는 일꾼도 지나갔다. 손에 삽을 든 니콜라이 1세 시대의 늙은 군사도 지나갔다. 마르틴은 군인의 장화만 봐도 그가 누구인지 바로 알아보았다. 그는 스테파니치라는 사람이었다. 이웃의 상인이 그를 위해 일거리를 주고 있었는데, 정원사의 일을 도와주는 일이었다. 그 노인은 마르틴의 창문 앞에서 눈을 치우고 있었다. 그것을 한참 바라보던 마르틴은 다시 일을 하기 시작했다.

'이런, 나도 나이를 먹어 망령이 들었나. 눈을 치우고 있는 스테파니치가 내게 오신 하느님이라는 생각이 드니 말이야. 분명 난 제정신이 아니야.'

몇 바늘을 꿰매고 나자 그는 다시 창 너머로 마음이 기울었다. 다시 창밖을 보니 스테파니치는 삽을 벽에 세워 놓고 볕을 쬐며 쉬고 있었다.

'나이가 들어 이제 눈을 치울 기력도 없는 모양이군.'

마르틴은 생각했다.

'그에게 따뜻한 차라도 대접할까? 마침 주전자에 물도 끓고 있으니.'

마르틴은 바늘을 꽂은 후 일어나 주전자를 테이블 위에 올려놓고 차를 준비했다. 그리고는 손가락으로 유리창을 두드렸다. 그러자 스테파니치가 돌아보고 창가로 다가왔다. 마르틴은 그에게 들어오라는 손짓을 하면서 문을 열어주었다.

"어서 들어와서 몸을 좀 녹이게. 너무 추워 보이는군."

"어이구, 고맙네. 뼛속까지 얼었어."

스테파니치가 고마워하며 대답했다. 스테파니치는 안으로 들어오자마자 옷에 묻은 눈을 털고, 바닥에 자국이 나지 않게 장화를 닦았다.

"그냥 들어오게. 나중에 내가 하면 되니까. 어서 이리 와서 차부터 마시게."

그의 모습을 본 마르틴이 말했다. 마르틴은 두 개의 잔에 차를 따라서 한 잔은 그에게 주고 다른 한 잔은 자기가 들고 후후 불며 마셨다.

차를 다 마신 후 스테파니치는 찻잔을 테이블에 올려놓고 잘 마셨다며 감사 인사를 했다. 그런데 왠지 부족한 듯한 표정이었다.

"한 잔 더 마시게."

마르틴은 자신의 잔과 그의 잔에 차를 가득히 따랐다. 하지만 마르틴은 차를 마시면서도 계속 창밖으로 시선을 돌렸다. 그러자 스테파니치가 물었다

"누구를 기다리고 있나?"

"누구를 기다리느냐고? 글쎄, 말하기 부끄럽지만 누구를 기다리

는 것도, 기다리지 않는 것도 아니라네. 실은 어젯밤에 어떤 목소리를 들었는데 그게 자꾸 생각이 나서 말이야. 꿈인지 생시인지조차 모르겠어. 어젯밤에 성경을 읽고 있었는데 말이야, 자네 성경에 대해 알고 있나?"

"들어보긴 했지만 나는 글을 읽을 줄 모른다네."

스테파니치가 대답했다.

"그렇군. 난 성경에서 그리스도가 여러 곳을 순례하신 이야기를 읽었다네. 거기에는 그리스도가 어떤 바리새인을 찾아갔는데, 그 바리새인이 그리스도를 제대로 대접하지 않는 대목이 있네. 왜 그리스도를 정성껏 대접하지 않았을까 하고 생각해 봤는데, 만일 나나 다른 사람이었더라도 과연 그분께 후한 대접을 했을지 자신할 수 없더군. 그런 생각을 하며 잠이 들었는데 그때 누군가가 나를 부르는 소리가 들렸네. 깜짝 놀라 벌떡 일어나보니 누군가가 속삭이듯 '마르틴, 내일 길에 나가 보거라. 내가 갈 테니.' 라고 하는 것이 아닌가. 그것도 두 번씩이나 말이야. 그 말이 계속 머릿속에 맴돌아서, 어리석은 줄 알면서도 이렇게 그리스도의 방문을 기다리고 있다네."

스테파니치는 고개를 끄덕일 뿐 아무 말도 하지 않았다. 그는 잔에 남은 차를 마시고는 찻잔을 치워 놓았다. 마르틴은 다시 그의 잔에 차를 따라주었다.

"한 잔 더 마시게. 생각해 보니 그리스도께서는 어떤 사람도 차

별하지 않으셨고, 오히려 힘들어하는 자들과 함께하셨어. 늘 가난한 자들을 보살피시고, 제자도 우리 같은 평범한 사람들 가운데에서 고르셨지. 그리고 항상 '자신을 낮추는 사람은 높이 올라가고, 자신을 높이는 자는 낮아질 것이다.' 라고 말씀하셨네. 또한 '너희들은 나를 주님이라고 부르지만 내가 너희들의 발을 씻어주겠다. 우두머리가 되고 싶은 자는 모두의 종이 되어라. 마음이 가난하고 겸손하며, 정이 많은 자는 축복을 받을 것이다.' 라고도 말씀하셨다네."

마르틴의 이야기에 심취해 있던 스테파니치는 차를 마시는 것도 잊고 있었다. 그러다 그는 마르틴의 이야기에 감명을 받았는지 눈물을 흘리기 시작했다.

"자, 한 잔 더 들게."

마르틴이 차를 권했지만 스테파니치는 가슴에 성호를 긋고 감사의 인사를 했고, 찻잔을 치우며 일어났다.

"고맙네, 마르틴 아브제이치. 자네 덕분에 몸도 마음도 따뜻해졌네."

"언제든 찾아오게나. 내 집에 손님이 오는 건 기쁜 일이니."

스테파니치는 밖으로 나갔다. 마르틴은 남은 차를 마시고 찻잔을 치운 다음 창가에 있는 작업대로 돌아가 구두 뒤축을 꿰매기 시작했다. 그는 구두를 꿰매면서도 계속 창밖을 바라보며 그리스도의 방문을 기다렸다. 그의 머릿속은 그리스도께서 행하신 일과 그분의 말씀으로 가득 차 있었다.

그때 창밖으로 두 명이 지나갔다. 한 사람은 군화를, 다른 한 사람은 신사화를 신고 있었다. 그 뒤로 깨끗한 구두를 신은 이웃집 주인이 지나가고, 바구니를 든 빵 가게 주인도 지나갔다. 그들이 다 지나간 후, 다 낡은 신발을 신은 여자가 창가로 다가와 멈춰 섰다. 마르틴은 창 너머로 그 여자를 내다보았다. 그 여자는 낯선 여인이었는데 초라한 차림으로 갓난아기를 안고 있었다. 그녀는 찬 바람을 등지고 서서 아기를 감싸려 했지만, 여름옷을 걸치고 있었기에 감싸줄 수가 없었다. 창밖에서는 아기의 울음소리가 계속 들려왔고, 그녀는 아기를 달래느라 애를 쓰고 있었다. 마르틴은 자리에서 일어나 밖으로 나가 계단 위에서 여자를 불렀다.

"이보시오, 이보시오!"

그의 목소리를 들은 여자는 뒤를 돌아보았다.

"이보시오, 이렇게 추운 날에 왜 밖에서 아기를 안고 서 있소? 어서 우리 집으로 들어오시오. 방 안이 따뜻하니 아기를 달랠 수 있을 것이오. 어서 들어오시오!"

그의 말에 깜짝 놀란 여자는 마르틴을 쳐다보았다. 나쁜 사람 같아 보이지는 않았기에 여자는 그를 따라 안으로 들어갔다. 마르틴은 그녀를 난롯가로 안내했다.

"부인, 여기에 앉으시오. 난롯가에서 몸을 좀 녹이면서 아기에게 젖을 물리도록 하시오."

"이젠 젖도 나오지 않아요. 아침부터 아무것도 못 먹었거든요."

그러면서도 여자는 아기에게 젖을 물렸다. 그녀가 애처로웠던 마르틴은 부엌으로 가서 빵과 따뜻한 수프를 준비했다. 보리죽도 함께 내놓으려 했으나 준비가 안 돼서 할 수 없이 빵과 수프만 식탁 위에 내놓았다.

"부인, 어서 먹어요. 아기는 내가 보고 있을 테니. 나도 전에 아이를 돌본 적이 있어서 다루는 법을 좀 알지."

여자는 식탁에 앉아 성호를 긋고 음식을 먹기 시작했다. 마르틴은 아기를 누인 침대에 걸터앉아 아기를 달래려 했으나 계속해서 울었다. 그래서 마르틴은 아기를 달래기 위해 손가락을 입가에 갖다 대고 빙글빙글 돌리며 달래주었다. 하지만 손가락이 입에 들어가지 않도록 조심했다. 그의 손가락은 아교 같은 것이 묻어 있었고 손끝도 시커멓기 때문이었다. 아기는 손가락을 쳐다보며 울음을 그쳤고 어느새 방긋방긋 웃고 있었다. 마르틴도 기뻐서 웃었다. 여자는 음식을 먹으면서 자신의 처지에 대해 이야기했다.

"애기 아빠는 군인인데 8개월 전에 원정을 떠났어요. 그런데 그 후로 아무 소식이 없어요. 저는 남의 집에서 식모살이를 했는데 아이를 낳고부터는 그 일도 할 수 없게 되었죠. 아이 때문에 아무도 저에게 일거리를 주지 않았기에 벌써 3개월째 아무 일도 하지 못하고 있어요. 갖고 있던 것들은 모두 팔아서 음식을 사는데 써버렸고요. 어느 집 유모라도 하고 싶지만 그럴 만한 자리도 없어

요. 제가 너무 말라서 젖이 잘 나오지 않을 거라고 하더군요. 오늘
도 어떤 가게를 하는 주인아주머니를 만나고 왔어요. 그 집에서
일하는 사람이 저희 이웃인데 저에게 일자리를 주겠다고 약속했
거든요. 그래서 저는 바로 일하게 될 줄 알고 찾아갔는데 가게 주
인은 다음 주에 다시 오라고 하더군요. 거기는 너무 먼 곳이에요.
그래서 저도 지쳤고 이 어린 아기도 고생을 했어요. 다행히도 지
금 있는 집의 주인아주머니께서 우리를 가엾게 여기시고는 쉴 곳
을 주셨는데, 그렇지 않았더라면 앞으로 어떻게 살아갈지 막막했
을 거예요."

마르틴은 한숨을 내쉬며 말했다.

"그런데 두꺼운 옷은 없소?"

"지금 겨울옷이 필요할 때지만, 어제 하나 남은 목도리마저 20
코페이카에 저당 잡혔어요."

여자는 침대로 가서 아기를 안았다. 마르틴도 일어나 벽 쪽으로
가서 한참 동안 무언가를 찾더니 이윽고 소매 없는 낡은 외투를
가져왔다.

"많이 낡았지만 아기를 감쌀 수는 있을 거요."

여자는 낡은 외투와 마르틴을 번갈아 쳐다보다가 갑자기 울음
을 터뜨렸다. 마르틴은 돌아서서 침대 밑에 있는 가방을 꺼내 그
속을 뒤졌다. 그때 그녀가 말했다.

"할아버지, 정말 고맙습니다. 주님의 은총이 함께하시길 바랍니

다. 분명 주님께서 저를 당신의 집으로 인도하셨을 거예요. 할아버지가 아니었더라면 이 아이는 얼어 죽었을지도 몰라요. 집을 나설 때만 해도 따뜻했는데 갑자기 추워졌어요. 분명 주님께서 가엾은 저희를 보시고는 할아버지를 창가로 인도해 주셨을 거예요."

마르틴은 웃으며 말했다.

"그렇소, 분명 주님이 하신 일이오. 이것은 우연히 일어난 게 아니라오."

마르틴은 그녀에게도 어젯밤에 있었던 이야기와 주님께서 오늘 자기에게 오신다고 약속한 이야기를 들려주었다.

"그럼요, 그런 일이 일어날 수도 있죠."

그녀는 이렇게 말하며 마르틴이 준 외투를 입고, 그 안에 아기를 감싸 안았다. 그리고는 그에게 감사의 인사를 전했다.

"주님의 은총이니 받으시오."

마르틴은 그녀에게 20코페이카를 건네며 말했다.

"이것으로 목도리를 다시 찾으시오."

그녀는 성호를 그었다. 마르틴도 성호를 그으며 여자를 문 앞까지 배웅해 주었다.

여자가 돌아간 후, 마르틴은 스프를 먹고 뒷정리를 한 다음 다시 일을 시작했다. 일을 하면서도 가끔씩 창밖을 내다보는 것을 잊지 않았다. 창밖이 어두워지면 누가 지나가는지 더욱 유심히 살펴보았다. 아는 사람도 지나가고 낯선 사람도 지나갔지만 특별한 일은 없었다.

얼마 후, 그가 문득 창밖을 바라보니 창문 앞에 할머니가 서 있었다. 그 노파는 사과가 든 바구니를 들고 있었는데 거의 다 팔았는지 몇 개 남아 있지 않았다. 그리고 어깨에는 나뭇가지가 든 자루를 메고 있었다. 아마 어느 공사장에서 주워 집으로 가져가는 모양이었다. 노파는 어깨가 아팠는지 다른 쪽 어깨에 메기 위해 자루를 길 위에 내려놓고, 사과 바구니는 말뚝에 걸어 놓았다. 그리고 자루 속의 나뭇가지들을 정리했다.

그런데 노파가 자루를 들어 올리는 순간, 어디선가 찢어진 모자를 쓴 소년이 나타나 바구니에서 사과를 훔쳐 달아나려는 것이었다. 그러나 노파는 재빨리 눈치를 채고는 소년을 붙잡았다. 소년은 뿌리치며 도망가려 했지만 노파는 소년을 꽉 붙들고 모자를 벗겨 머리칼을 움켜잡았다. 소년은 소리를 질러댔지만 노파는 개의치 않고 욕을 퍼부었다.

이 모습을 지켜보던 마르틴은 바늘을 꽂아놓을 겨를도 없이 바닥에 떨어뜨리며 문 밖으로 뛰쳐나갔다. 그는 서둘러 나가다가 계단에 발이 걸려 안경을 떨어뜨리고 말았다. 마르틴이 밖으로 나왔을 때, 노파는 소년의 머리칼을 움켜쥐고 욕을 하면서 그를 경찰서로 끌고 가려는 중이었다. 소년은 온 힘을 다해 발버둥을 쳤다.

"난 훔치지 않았다고요. 이거 놔요!"

마르틴은 소년의 손을 잡고 두 사람을 떼어놓으려 애쓰며 말했다.

"그만 놓아주세요, 할머니. 아직 어린아이니 용서해 주시지요!"

"다시는 이런 짓 못 하게 혼을 내줘야지. 못된 녀석 같으니! 경찰서에 가서 혼이 나야 정신을 차리지!"

마르틴은 노파에게 부탁했다.

"그만 놓아주시죠. 다시는 이런 짓 안 하겠지요. 그리스도의 이름으로 용서해 주세요!"

마르틴의 말을 듣고 노파는 손을 놓았다. 그러자 소년은 그 자리에서 도망치려 했다. 그러나 마르틴이 그를 붙잡고 말했다.

"어서 할머니께 용서를 빌어야지. 다시는 이런 나쁜 짓을 하면 안 돼! 네가 사과를 훔치는 것을 나는 확실히 보았으니까."

그러자 소년은 울면서 잘못을 빌었다.

"그래, 이제 됐다. 자, 이 사과는 너에게 주마."

마르틴은 바구니에서 사과 하나를 꺼내 소년에게 주었다.

"사과 값은 제가 치르겠습니다."

"그런 식으로 하면 애들 버릇만 나빠진다고요. 저런 녀석들은 아주 혼쭐을 내줘야 되는데."

"그래요, 하지만 그건 우리들의 생각이지 주님의 뜻은 아닙니다. 사과 하나 때문에 이 아이에게 벌을 줘야 한다면 죄 많은 우리들은 어떻게 되는 겁니까?"

마르틴의 말에 노파는 아무 대답도 하지 않았다. 마르틴은 노파에게 어떤 주인이 소작인이 진 빚을 용서해 주었더니, 정작 그 소작인은 자신에게 빚진 사람을 괴롭혔다는 이야기를 해주었다. 노파와 소년은 그의 이야기를 가만히 듣고 있었다.

"주님께서는 늘 용서하라고 말씀하셨지요. 그렇지 않으면 우리도 용서받을 수 없을 거예요. 누구든 용서해야겠지만, 아직 철이 덜 든 아이에게는 더욱 그러해야 합니다."

그러자 노파는 한숨을 내쉬며 고개를 끄덕였다.

"그렇긴 하지만 이 아이는 너무 버릇이 없어요."

"그러니 우리 어른들이 가르쳐야 하지 않겠습니까?"

마르틴의 말에 노파가 대답했다.

"그래요, 나도 그렇게 생각해요. 나도 자식을 일곱이나 낳았는데 지금은 딸 하나만 남았어요."

그리고 노파는 자신의 딸이 어디에 살고 있으며 손자가 몇인지에 대해 이야기했다.

"난 이제 기력이 없지만, 아직도 계속 일을 하고 있어요. 어린 손자들 때문이지요. 그 애들은 정말로 착해요. 내가 돌아갈 때쯤이면 다들 마중을 나온다니까요. 특히 아크슈트는 한시도 나를 떠나려 하지 않아요. '할머니, 난 할머니가 제일 좋아요.' 라고 하면서요."

이야기를 하면서 노파의 마음은 완전히 풀린 듯했다.

"너도 아직 철이 없어서 그랬던 거겠지."

노파는 소년에게 말했다. 곧 노파가 자루를 메려고 하자 소년이 재빨리 다가가 말했다.

"할머니, 제가 들어다 드릴게요. 저도 그쪽으로 가야 하거든요."

노파는 자루를 소년의 어깨에 올려주었다. 두 사람은 나란히 길을 걸어갔다. 노파는 마르틴에게 사과 값을 받는 것도 잊어버린 듯했다. 마르틴은 두 사람이 가는 모습을 한참 동안 바라보았다. 두 사람은 서로 이야기를 주고받으며 걸어갔다.

그들이 떠난 후 마르틴은 집으로 돌아왔다. 계단 위에 떨어진 안경을 발견하고 살펴보니 다행히 깨진 데는 없었다. 그는 바닥에 떨어진 바늘을 찾아서 다시 일을 시작했다. 일을 하는 동안 어느새 날이 저물어 바늘구멍에 실을 꿰기가 힘들어졌다. 밖에는 벌써 가로등에 불을 켜기 위해 점등부가 돌아다니고 있었다.

마르틴은 램프에 불을 붙이고 다시 일을 시작했다. 한쪽 장화를 다 마무리하고 여기저기를 살펴보니 다시 손볼 필요 없이 잘 꿰매져 있었다. 그는 도구를 정리하고 가죽 조각을 쓸며, 실과 바늘을 잘 챙겨두었다. 그리고 램프를 테이블 위에 올려놓고는 성경을 꺼냈다. 마르틴은 어제 저녁에 책갈피를 끼워 놓은 곳을 찾으려 했으나 다른 페이지가 펼쳐졌다. 성경을 펼치자 어젯밤 꿈이 떠올랐다.

그 순간, 무슨 소리가 들려오기 시작했다. 그가 뒤를 돌아보니 어두운 구석에 누군가가 서 있었다. 사람은 확실한데 누군지는 알 수 없었다. 그때 익숙한 목소리가 들려왔다.

"마르틴, 너는 나를 못 알아보겠느냐?"

"누구십니까?"

마르틴이 물었다.

"그는 바로 나였다."

그러자 구석에서 스테파니치가 나타나 빙그레 웃더니 금세 사라져버렸다.

"이것도 나였다."

다시 목소리가 말했다. 그리고 나서 어두운 구석에서 아기를 안은 여자가 나타났다. 여자는 미소를 짓고 아기는 방긋방긋 웃다가 곧 사라져버렸다.

"이 또한 나였다."

목소리가 말했다 곧이어 노파와 사과를 쥔 소년이 웃으며 나타났다가 어느새 사라져버렸다.

마르틴은 몹시 기뻤다. 그는 성호를 긋고, 안경을 끼고 성경을 읽기 시작했다. 첫 페이지에는 이런 구절이 적혀 있었다.

'너희는 내가 굶주리고 있을 때 먹을 것을 주었고, 목이 마를 때 마실 것을 주었으며, 나그네가 되었을 때 나를 너희 집으로 맞이했다.'

또한 페이지 아래쪽에는 이런 구절이 있었다.

'내 진실로 너희에게 말하노니, 너희가 가장 보잘것없는 사람에게 해준 것이 바로 나에게 해준 것과 같으니라.(마태오복음서 제25장 40절)'

그제야 마르틴은 깨달았다. 자신의 꿈은 헛되지 않았고 그날 그리스도가 자신에게 찾아왔었다는 것을, 그리고 자신이 그분을 온 마음을 다해 대접했다는 것을.

불을 방치하면
끄지 못한다

어떤 마을에 이반 쉬체르바코프라는 농부가 살고 있었다. 그는 마을에서 제일가는 건강한 일꾼이었고, 재산도 넉넉했다. 그에게는 세 아들이 있었는데 그들도 모두 성장했다. 큰아들은 이미 결혼했고, 둘째 아들도 이제 결혼할 나이가 되었으며, 셋째는 아직 부족한 편이었지만 짐도 나르며 밭일도 하기 시작했다. 그리고 이반의 아내는 영리하여 살림을 잘 꾸려나갔고, 며느리도 얌전하고 일을 잘했다.

이반은 그들과 함께 유복한 생활을 하고 있었다. 집안에서 일을 못 하는 사람은 오로지 늙고 병든 이반의 아버지뿐이었다. 그의 아버지는 천식으로 칠 년째 벽난로 옆의 병상에 누워 있었다.

이반은 모든 것을 갖추고 있었다. 세 필의 말과 망아지, 어미 소와 송아지도 있었으며 또한 양은 열세 마리나 있었다. 여자들은 남자들의 신발과 옷을 만들었고, 가끔씩 밭일도 거들었으며 남자들은 열심히 농사를 지었다. 그래서 추수한 보리가 다음 해 보리를 수확할 때까지도 남아 있을 정도였다. 세금과 그 밖의 비용은 귀리로 충당하고 있었기에 이반의 식구들은 항상 넉넉한 생활을 할 수 있었다.

그러던 어느 날, 이반은 이웃에 사는 고르제이 이바노프의 아들 가브릴로 고르제예프와 싸우게 되었다.

예전에 고르제이 노인이 살아 있었고, 이반의 아버지가 살림을 꾸려 나갔을 시절에 두 집은 서로 정답게 잘 지냈었다. 키나 물통이 필요하거나 곡식을 담을 포대가 필요할 때, 혹은 갑자기 수레바퀴를 갈아야 할 때가 되면 서로 먼저 도와주려 했던 것이다. 어쩌다가 송아지가 탈곡장에 뛰어들 때면 송아지를 몰아내며 이렇게 말했을 뿐이었다.

"송아지 단속 좀 잘해서 여기에 못 들어오게 해줘. 우린 아직 짚단을 널어놓았으니까."

송아지를 탈곡장에 가두거나 서로 욕설을 퍼붓는 일은 전혀 없었다. 그렇게 노인들이 살았던 시절에는 서로 정답게 잘 지냈는데, 젊은 아들들이 살림을 맡으면서부터는 상황이 달라졌다. 싸움의 발단은 늘 사소한 것에서부터 시작되었다.

이반의 며느리가 키우는 닭이 겨우 알을 낳게 되었을 때쯤이었다. 젊은 며느리는 그 달걀을 부활절에 쓰려고 정성을 다해 모으고 있었다. 그녀는 매일매일 광 안에 있는 닭의 우리에 가서 알을 꺼내보곤 했었다. 그러던 어느 날 무언가에 놀란 암탉이 울타리를 넘어 이웃집 마당으로 들어가 알을 낳았다. 젊은 며느리는 암탉이 우는 소리를 들었지만, 축제일이 다가와 집안 청소를 하는 중이었기에 나중에 알을 가지러 가야겠다고 생각했다.

하지만 며느리가 저녁때가 되어 닭의 우리에 가보니 달걀은 없었다. 젊은 며느리는 시어머니와 시동생에게 알을 꺼내지 않았느냐고 물어보았다. 그러자 막내 시동생 타라스카가 말했다.

"형수님, 암탉이 아까 이웃집 마당에다 알을 낳고 꼬꼬댁거리던데요."

며느리가 암탉을 살펴보니 이미 수탉과 나란히 홰에 올라앉아 이제 그만 자야겠다는 듯이 눈을 감고 있었다. 며느리는 암탉에게 어디서 알을 낳았느냐고 물어보고 싶었지만 어차피 대답은 듣지 못할 것이기에 옆집으로 발걸음을 옮겼다. 그때 옆집 할머니가 밖으로 나왔다.

"무슨 일인가?"

"다름이 아니라 우리 집 암탉이 여기로 들어와 알을 낳은 것 같아서요."

"그런 건 전혀 못 봤는데. 우리 집에도 닭이 있으니 남의 달걀은 필요 없어. 우리는 남의 집 마당을 어슬렁거리며 달걀을 살피지는 않아."

할머니의 말에 화가 난 며느리는 기분 나쁜 말들을 내뱉었다.

그러자 이웃 할머니도 덤벼들어 두 여자는 서로 욕설을 퍼부으며 싸우기 시작했다. 그때 물통을 메고 오던 이반의 아내도 싸움에 끼어들었다. 또한 가브릴로의 아내도 뛰쳐나와 욕을 하며 지난 일들을 모두 들춰냈다. 이렇게 해서 싸움은 점점 커지게 되었다. '너는 이렇다, 아니 너야말로 그렇다, 너는 도둑놈이다, 너는 몹쓸 계집이다, 너는 어른을 무시한다, 너는 너무 건방지다.' 등등 서로의 감정을 상하게 하는 말들을 내뱉었다.

"남의 키를 망가뜨렸잖아! 우리 집 멜대도 당신네들이 훔쳐갔지? 어서 내놓으시지!"

그리고 나서 멜대를 확 끌어 잡아당기자 물이 엎질러졌다. 때마침 들판에서 돌아오던 가브릴로가 달려와 자기 아내의 편을 들며 함께 싸웠고, 이반도 아들과 함께 뛰어와 싸움에 가담하면서 서로 치고받는 난투극이 벌어졌다. 체격이 건장했던 이반은 사람들을 사방으로 밀어내고 가브릴로의 턱수염을 한 움큼 뽑아버렸다. 이 싸움은 동네 사람들이 몰려와 말렸기에 겨우 끝날 수 있었다. 그러나 이것은 시작에 불과했다. 가브릴로는 뜯긴 턱수염과 진정서를 가지고 읍사무소에 가서 말했다.

"내가 턱수염을 기른 이유는 곰보 투성이 이반한테 뜯기기 위해서가 아니오."

가브릴로의 아내는 여기저기 돌아다니며, 조만간 이반이 소송에 져서 시베리아로 유형을 가게 될 거라고 떠벌리고 다녔다. 이렇게 해서 두 집안은 원수가 되어버렸다. 노인은 아들을 타일렀지만 혈기 왕성한 젊은 아들은 아버지의 말을 듣지 않았다. 노인은 거듭 이렇게 말했다.

"너희들은 정말 어리석은 짓을 하고 있구나. 사소한 일로 싸움을 벌이다니. 잘 생각해 봐라. 싸움의 발단은 달걀 한 개가 아니더냐? 옆집 어린아이가 알을 하나 주운 것이다. 그게 그리도 나쁜 것이냐? 달걀 하나에 얼마나 한다고 그러는 것이냐? 모두 하느님의 자식이다. 뭐가 그리 아까운 것이냐? 상대가 먼저 욕을 하더라도 앞으로는 말을 곱게 하게끔 가르쳐줘야 한다. 죄 많은 인간들끼리 다툰 것이니 누가 먼저 잘못했다고도 할 수 없지. 그러니 이제 화해하도록 해라. 그러면 이쯤에서 해결될 것이다. 허나 계속 고집을 부린다면 사이는 점점 더 나빠질 것이다."

하지만 젊은이들은 노인이 하는 말을 듣지 않았고, 쓸데없는 잔소리만 늘어놓는다며 툴툴댔다. 이반 역시 자기의 고집을 꺾지 않았다.

"나는 그 녀석의 턱수염을 뽑은 일이 없다고요! 놈이 제 손으로 뜯은 거라고요. 오히려 그놈의 아들이 남의 머리카락을 마구 쥐어뜯고 외투도 찢어놨다고요. 자, 이것 좀 보세요!"

말을 마치고 이반 역시 가브릴로를 고소하러 갔다. 두 사람은 중재 재판소에서도, 마을 재판소에서도 계속 다퉜다. 그 소동이 벌어지고 있는 동안 가브릴로네 수레바퀴의 바퀴통이 없어졌다.

그러자 가브릴로의 어머니와 그의 아내는 그것이 이반의 짓이라고 주장했다.

"그놈이 한밤중에 짐수레가 있는 곳으로 가는 걸 우리가 다 봤다고요. 그리고 옆집 할머니께서 말씀하시길, 그놈이 훔친 바퀴통을 주막에 가서 팔려고 했다는 거예요."

그렇게 해서 다시 소송이 벌어졌다. 그들은 날마다 말싸움을 하거나 몸싸움을 했다. 어린아이들까지도 어른들의 행동을 보고 배워 서로 욕을 해댔고, 며느리들은 개울에서 만나면 빨랫방망이보다 혀를 더 열심히 놀렸다.

그래도 처음에는 서로 트집을 잡는 정도였다. 그러나 날이 갈수록 점점 더 심해져 결국 서로의 물건까지 훔칠 지경이 되었다. 여자들이 아이들에게 그렇게 하도록 시켰던 것이다. 그리하여 두 집의 살림은 점점 기울었다.

이반과 가브릴로는 마을의 모임에서도, 마을 재판소와 중재 재판소에서도 계속 소송을 벌여왔기에, 중재하는 쪽에서도 이젠 지칠 정도였다. 가브릴로가 이반에게 벌금을 물리거나 유치장에 들여보내기라도 하면, 그 다음에는 이반이 가브릴로를 그렇게 만들었던 것이다. 그럴수록 두 사람은 점점 더 고집을 꺾지 않았다. 개들도 싸울 때는 점점 더 사나워진다. 그래서 어떤 개가 다른 쪽 개를 살짝 건드리기만 해도 그 개는 상대방이 물었다고 생각하며 더 사납게 달려드는 법이다. 두 농부도 그와 마찬가지였다. 어느 한

쪽이 소송을 걸어 둘 중 하나가 벌금이나 구류 처분을 받으면, 그 때문에 더욱더 복수심에 불타는 것이었다.

이렇게 해서 소송은 계속되었다. 오직 노인만이 벽난로 옆에서 항상 같은 말을 되풀이할 뿐이었다. 노인이 말했다.

"너희들은 도대체 무슨 짓을 하고 있는 것이냐! 쓸데없는 싸움은 그만두고 하던 일이나 열심히 해라. 남을 골탕 먹일 궁리만 하다가는 결국 자신이 골탕 먹는 법이다. 화를 낼수록 상황은 더 악화될 뿐이야."

그러나 아무도 노인의 말을 들으려 하지 않았다.

그렇게 칠 년째 되던 해였다. 어느 잔치에서 이반의 아내가 가브릴로에게 당신은 말을 훔치다가 들키지 않았느냐고 하는 바람에 그는 사람들 앞에서 큰 망신을 당했다. 몹시 화가 난 가브릴로는 술에 취한 상태에서 이반의 아내에게 덤벼들었다. 공교롭게도 이반의 아내는 임신 중이었는데, 그녀는 그 일로 인해 앓아눕게 되었다. 이반은 몹시 흥분하며 곧바로 고소장을 가지고 예심 판사에게 달려갔다.

'이번에는 제대로 혼이 날 거다, 시베리아행이 틀림없어.'

그러나 이번에도 이반의 고소장은 아무 소용이 없었다. 예심 판사가 소송을 받아들이지 않았던 것이다. 그 이유는 이반 아내의 몸에서 어떤 상처도 발견하지 못했기 때문이었다. 하지만 이반은 이곳저곳을 돌아다니며 서기와 배심원들에게 술을 대접했고, 결국 가브릴로가 태형을 받게 만들었다. 가브릴로는 재판소에서 판결문을 들었다.

"당 재판소는 다음과 같이 판결한다. 농부 가브릴로 고르제예프에게 태형 20대를 선고한다."

판결을 들으며 이반은 매우 만족스러운 표정으로 가브릴로가 있는 쪽을 흘끗 바라보았다. 판결문 낭독이 끝나자 가브릴로는 얼굴이 창백해지더니 곧 복도로 나가버렸다. 곧이어 이반도 밖으로 나와 말이 매여 있는 곳으로 가려고 할 때, 멀리서 가브릴로가 외치는 소리가 들렸다.

"내 등에 매가 떨어지게 하고도 무사할 것 같으냐! 네 등이나 불에 데지 않게 조심해라."

이 말을 듣고 이반은 곧장 재판관에게 달려갔다.

"존경하는 판사님! 그놈이 내 집에 불을 지르겠다고 협박했습니다. 자세히 물어보십시오. 증인들 앞에서 그런 말을 했으니까요."

그러자 판사는 가브릴로를 불러 물었다.

"자네가 정말 그런 말을 했는가?"

"저는 아무 말도 하지 않았습니다. 하지만 판사님께 권한이 있으시다면 어서 저를 때리십시오. 그놈은 무고한 저에게 매를 맞게 하고도 아무 일도 없을 줄 아는 모양입니다."

가브릴로는 몹시 분해서 입술을 파르르 떨었다. 그런 그의 모습을 보며 판사들도 흠칫 놀랐다. 잘못하다가는 옆집 남자와 자신들에게 무모한 짓을 할지도 모르겠다고 생각했다. 그때 나이 많은 판사가 말했다.

"자네들, 이제 그만 이 자리에서 화해하는 것이 어떻겠는가? 가브릴로, 임신한 여자를 때리다니 그래서야 되겠는가? 하느님 덕분에 무사해서 천만다행이지 잘못했다간 큰 죄를 범했을지도 모를 일이지. 과연 이것이 좋은 일인가? 어서 이반에게 사과하게. 이반도 용서해 주겠지. 그렇게 하면 나도 이 판결문을 다시 쓰겠네."

그 말을 듣고 서기가 말했다.

"그건 안 될 일입니다. 형법 제117조에 의해 쌍방의 화해가 성립되지 않고, 재판소의 판결이 성립되었으므로 그 판결은 실행되어야 합니다."

그러나 판사는 그의 말에 개의치 않고 말했다.

"가장 중요한 것은 하느님을 잊지 않는 것이다. 알겠는가? 하느님께서는 우리에게 언제나 화목하라고 말씀하셨다."

판사는 그렇게 말한 뒤 다시 그들을 설득하려 했으나 소용없었다. 가브릴로는 그의 말을 들으려고도 하지 않았다.

"저는 일 년 있으면 쉰 살이 됩니다. 아들도 며느리도 있습니다. 저는 태어나서 단 한 번도 남에게 매를 맞은 적이 없습니다. 헌데 이번에 이 곰보 투성이 이반이라는 놈이 저를 채찍 아래로 밀어 넣었습니다. 그런데도 제가 저놈에게 빌어야겠습니까? 어림없는 소리입니다. 이반, 네 이놈, 어디 두고 보자!"

가브릴로의 입술이 다시 파르르 떨렸다. 그리고 더 이상은 아무 말도 하지 않고 돌아서서 나가버렸다. 마을 재판소에서 집까지의 거리는 10베르스타(약 10킬로미터에 해당되는 러시아의 길이 단위 – 옮긴이) 정도 되었는데, 이반이 돌아왔을 때는 꽤 늦은 시간이었다. 이반은 말을 마차에서 떼고 뒷정리를 한 뒤 집 안으로 들어갔다. 집에는 아무도 없었다. 들에 나간 아들들은 아직 돌아오지 않았고, 아낙네들은 말과 소를 몰고 돌아오는 중이었다.

집 안으로 들어간 이반은 의자에 앉아 생각에 잠겼다. 문득 판결문을 듣고 난 후 안색이 변해 돌아서던 가브릴로의 모습이 떠올랐다. 이반은 섬뜩한 느낌이 들었다. 만약 자신이 태형 선고를 받았다면 어땠을까 하고 생각해 보니 가브릴로가 측은하다는 생각이 들었다. 그때 벽난로 옆에서 늙은 아버지의 기침 소리가 들리더니, 그가 몸을 움직이며 간신히 아래로 내려와 의자에 앉았다. 아버지는 의자까지 내려오는데도 힘이 드는지 다시 기침을 토해 냈다. 잠시 후, 기침이 멎자 테이블에 팔꿈치를 괴고 이야기를 시작했다.

"어떻게 되었느냐, 판결은 났느냐?"

"태형 20대를 받았습니다."

노인은 고개를 저으며 말했다.

"이반, 너는 잘못을 저지르고 있다. 암, 잘못된 일이지. 가브릴로가 아닌 바로 네 자신에게 말이다. 그래, 그자가 등에 채찍을 맞고 피가 나게 되면, 네게 득이라도 되는 것이냐?"

"그 녀석이 다시는 나쁜 짓을 안 하게 되겠죠."

"뭘 안 하게 된다고? 도대체 그자가 뭘 그렇게 잘못한 것이냐?"

"아니, 그 녀석이 얼마나 행패를 부렸는데요!"

이반이 정색하며 말했다.

"제 아내가 죽을 뻔했다고요. 또 이번에는 불을 지르겠다는 협박까지 하고요. 그래도 가만히 있어야 하나요?"

노인이 한숨을 내쉬며 말했다.

"이반, 너는 지금 마음껏 세상을 돌아다니고 있고 나는 이렇게 몇 년씩이나 벽난로 옆에 누워 있으니, 너는 분명 나보다 세상 이치에 밝다고 생각하겠지. 그래, 맞는 말이다. 하지만 지금 네 눈은 증오로 가득 차 아무것도 보지 못하고 있어. 남의 허물은 잘 보아도 자신의 허물은 못 보는 법이지.

넌 지금 그가 나쁜 짓을 한다고 말했지? 만일 그 사람 혼자서 나쁜 짓을 했다면 싸움이 일어날 리가 없다. 싸움은 혼자서는 할 수 없어. 반드시 두 사람 사이에서 생기는 거란다. 상대방의 잘못은 크게 보이고 자기 잘못은 보이지 않는 법이지. 만약 그 사람만 심보가 고약하고, 너는 착한 사람이었다면 처음부터 싸움이란 건 시작되지도 않았을 것이야.

그자의 턱수염을 뽑은 건 누구냐? 반타작할 느릅나무를 빼앗은 건? 그 사람을 이 재판소에서 저 재판소로 끌고 다닌 자는 또 누구더냐? 그러면서도 넌 그 책임을 그자에게 돌리고 있어. 네 잘못된 행동으로 이런 사태가 벌어진 것인데 말이다.

이반, 나는 결코 그렇게 살지 않았고, 너희들에게도 그렇게 가르치지 않았다. 나도, 그자의 아버지인 옆집 노인도 그렇게 살지 않았어. 우리들 사이가 어땠는지 알고 있느냐? 우리는 정말로 다정한 이웃사촌이었다. 옆집에 밀가루가 떨어지는 날엔 아낙네가 찾아와서 '프롤 아저씨, 밀가루가 떨어졌는데요.' 라고 말했고, 그럼 난 '광에 가서 쓸 만큼 가져가세요.' 라고 했지. 또한 옆집에서 말을 몰고 나갈 사람이 없을 땐, '야! 바냐트카, 말을 좀 몰아주거라.' 라고 했지. 그리고 우리가 필요한 것이 있을 땐 주저하지 않고 가서, '고르제이 이런 게 필요한데.' 라고 말하면 그는 '가져가세요, 프롤.' 이라고 말했지.

우리는 그렇게 살아왔다. 우리가 그렇게 생활할 때에는 살림살이도 넉넉했는데, 요즘 우리 집안 형편은 어떠냐? 얼마 전에 어떤 군인이 발칸전쟁 때 터키군 때문에 고전했던 플레부나에 대해 이야기하는 것을 들었다. 하지만 지금 너희들이 하는 싸움은 플레부나보다 훨씬 더 나쁘다고 생각하지 않느냐? 이것을 인간다운 생활이라고 할 수 있겠느냐 말이다. 아니, 그건 분명 죄악이다! 너는 이 집안의 가장이니 이 모든 것은 네가 책임져야 한다. 도대체 네 아내와 자식들이 무얼 보고 배우겠느냐? 그건 사람으로서 못할 짓이다.

며칠 전, 아직 어린 타라스카가 아리나 아주머니한테 버릇없이 굴고 있었는데도 어미는 그걸 보며 웃고 있더구나. 이래도 괜찮은 것이냐? 모든 게 다 네 책임이다! 영혼에 대해 생각해 보아라. 그래, 그런 짓을 해도 좋겠느냐? 저쪽에서 한 마디 하면 이쪽에선 두 마디를 한다. 또 저쪽에서 한 대 때리면 이쪽은 두 대 때린다. 그래서는 안 되는 것이다.

이반, 그리스도께서 세상을 두루 살피며 어리석은 우리들에게 주신 가르침은 그게 아니다. 그리스도께서 말씀하시길, 상대방이 뭐라고 해도 잠자코 있으면 그쪽에서도 양심의 가책을 느낀다고 하셨다. 상대가 뺨을 때리면 다른 쪽 뺨도 내밀고, '때릴 만한 이유가 있다면 이쪽도 때리시오.'라고 해야 하는 것이다. 그럼 상대방도 양심이 있으니 그렇게는 못 할 것이다. 그리스도의 가르침은 바로 이것이지 고집을 부리는 것이 아니다. 왜 아무 말도 없느냐, 내 말이 틀렸느냐?"

이반은 아버지의 말을 가만히 듣고 있었다. 아버지는 한참 동안 기침을 하다가 겨우 멈추고는 계속 말을 이었다.

"너는 그리스도께서 우리에게 못된 짓을 가르치셨다고 생각하느냐? 아니다, 그리스도의 모든 가르침은 우리를 위한 것이었다. 현재의 네 형편을 생각해 보아라. 그 싸움이 시작된 이후로 살림살이가 나아졌는지 나빠졌는지를 말이다. 소송에 들인 돈은 또 얼마인지, 마차 삯, 음식 값을 말이다. 아이들이 자라 일을 할 나이가 되었으면 형편이 나아져 재산도 늘어나야 할 텐데 오히려 줄고 있지 않느냐? 그 원인이 뭐라고 생각하느냐? 바로 네 고집 때문이다. 자식들과 함께 밭을 일구고 씨를 뿌려야 할 때, 너는 악마의 꾐에 속아 재판소다, 예심이다 하면서 이리저리 돌아다니기만 하지 않았느냐? 밭을 일구고 씨를 뿌리는 것도 다 때가 있는 법인데, 그때를 놓치니 아무것도 얻을 수 없는 것이다.

올해는 왜 귀리가 흉작인 것이냐? 네가 귀리를 언제 갈았는지 기억이나 하느냐? 거리에서 돌아왔을 때였다. 재판에 이겨서 무슨 이득이 생겼느냐? 쓸데없는 짐만 짊어진 셈이다. 사람은 자기의 본업을 잊어서는 안 된다. 아이들과 함께 땀 흘리며 밭일도, 집안일도 열심히 하고, 누군가 너를 화나게 만들지라도 하느님의 말씀에 따라 용서해 주어라. 그렇게 한다면 모든 일은 잘 풀리고 마음도 편안해질 것이다."

이반은 가만히 아버지의 말을 듣고 있었다.

"자, 어떻게 생각하느냐? 이 늙은 아비의 말을 들어줄 수 있겠느냐? 지금 바로 마차를 몰고 돌아온 길을 되돌아가서 소송을 취하하고 오너라. 그리고 내일 아침에 가브릴로에게 가서 하느님의 말씀대로 화해하고 그를 집으로 데려오너라. 마침 내일은 부활절이니 함께 보드카라도 마시면서 그동안의 잘못을 깨끗이 씻어버리자꾸나. 그리고 다시는 그런 일이 생기지 않도록 여자들과 어린아이들도 잘 타일러주자꾸나."

긴 한숨을 내쉬던 이반은 아버님의 말씀이 옳다고 생각했다. 그러자 가슴속에 있던 응어리가 사라지며 마음이 한결 편안해지는 것 같았다. 하지만 그는 어떻게 화해해야 할지 방법을 몰라 망설였다. 그런 아들의 마음을 눈치 챈 듯 아버지가 말했다.

"어서 가거라. 미뤄서는 안 되는 일이다. 불은 처음에 끄지 않으면 나중에는 점점 커져 손을 쓸 수 없게 되는 법이니까."

아버지는 무언가 더 할 말이 있는 듯했으나 아낙네들이 들어와 떠들어댔기에 그만두어야 했다. 아낙네들은 가브릴로에게 태형이 선고된 것도, 가브릴로가 불을 지르겠다고 협박한 사실도 전부 알고 있었다. 또한 그녀들은 자신의 상상력까지 동원해 벌써 목장에서 옆집 아낙네들과 말싸움을 벌이고 왔던 것이다.

가브릴로의 아내가 예심 판사에게 뭔가를 들이밀며 협박했다는 얘기도 있었다. 확실하진 않지만 예심 판사가 가브릴로를 두둔하고 있기 때문에 조만간 상황이 바뀔 수도 있다는 얘기도 있었다. 게다가 학교 선생님이 이반의 일에 관해 직접 왕에게 소장을 냈는데, 거기에는 바퀴통과 채소밭에 대한 일까지 전부 다 세세하게 적었기 때문에 이반의 토지는 곧 옆집 사람들의 것이 될 거라는 말도 있었다. 그 이야기를 듣던 이반은 다시 돌처럼 굳어졌고, 가브릴로와 화해하려던 마음은 완전히 사라져버렸다.

농가의 주인은 항상 밖에서 관리할 일이 많았다. 아낙네들과 할 얘기가 없었던 이반은 자리에서 일어나 밖으로 나가 곳간 쪽으로 향했다. 그리고 그곳을 정리한 후 뒷마당으로 돌아왔다. 그때 젊은이들이 봄보리 씨앗을 뿌리기 위해 밭을 갈고 돌아오고 있었다. 이반은 그들에게 들일과 관련해 몇 가지를 물어보며 그들을 도와주려 했으나 이미 날은 어두워져 있었다. 그래서 이반은 통나무를 다음 날 아침까지 놓아두기로 했다. 그리고 마소에게 짚을 주고 난 뒤, 타라스카가 밤일을 하러 갈 수 있도록 말을 밖으로 끌고 나왔다. 그러고 나서 마구간의 문을 닫고 밑에 널빤지를 대어 틈을 막았다.

'이제 저녁을 먹고 자야겠다.'

이반은 그렇게 생각하며 말의 망가진 멍에를 들고 집 쪽을 향해 걸어갔다. 그 순간만큼은 가브릴로의 일도, 아버지의 말씀도 전부 다 잊을 수 있었다. 그가 문고리를 당겨 입구의 통로로 들어서려는 순간, 울타리 너머에서 옆집 주인이 욕하는 쉰 목소리가 들려왔다.

"빌어먹을 녀석! 그런 녀석은 실컷 두들겨 패야 돼!"

가브릴로가 누군가를 욕하고 있었다. 이 말을 들은 이반의 마음속에는 또다시 그에 대한 증오심이 불타올랐다. 하지만 이반은 가브릴로의 욕을 잠자코 듣고만 있었다.

얼마 후, 그의 목소리가 들리지 않게 되자 그제야 집 안으로 들어갔다. 며느리는 등불 아래에서 물레를 돌려 실을 잣고 있었고, 아내는 저녁 준비를 하고 있었다. 그리고 큰아들은 나무껍질로 만든 구두의 가장자리를 꿰매고 있었고, 둘째 아들은 테이블에 앉아 책을 읽고 있었으며, 타라스카는 밤일을 나갈 채비를 하고 있었다. 그렇게 집안은 평온하였고, 옆집에 사는 심술궂은 가브릴로만 아니면 온전히 행복할 것 같았다.

이반은 화가 나서 의자에 앉아 있는 고양이를 내려놓고, 대야를 잘못 놓아두었다며 여자들을 혼냈다. 그러고 나니 허탈한 생각이 들었다. 그는 자리에 앉아 씁쓸한 얼굴로 말의 멍에를 손보기 시작했으나 가브릴로가 하던 말이 계속 머릿속을 맴돌았다. 그가 재판소에서 했던 말과 조금 전에 '실컷 두들겨 패야 돼.'라며 누군가를 욕하던 쉰 목소리가 자꾸 떠올랐다.

늙은 아내가 타라스카에게 저녁밥을 차려주고 있었다. 타라스카는 식사를 마친 뒤, 짧은 겉옷 위에 긴 외투를 걸치고 허리띠를 맨 다음 빵을 가지고 말들이 대기하고 있는 큰길로 나갔다. 큰아들이 막냇동생을 배웅하려 했으나 이반이 일어나 입구 층계로 나갔다. 바깥은 칠흑같이 깜깜했고 하늘은 흐린데다 바람까지 불기 시작했다. 이반은 층계를 내려가 막내아들을 말에 태운 뒤, 뒤에 있는 망아지를 몰아세워 출발시킨 다음 한참을 서서 주위를 둘러보았다. 타라스카는 마을의 큰길로 가다가 동행하는 젊은이들과 만난 듯했으나 그 후에는 아무 소리도 들리지 않았다.

이반은 문 쪽에서 한참을 서 있었다. '내 등에 매가 떨어지게 하고도 무사할 것 같으냐! 네 등이나 불에 데지 않게 조심해라.'라고 했던 가브릴로의 말이 머릿속에서 떠나지 않았다.

'고약한 녀석이라 자기 몸이 다칠 수 있다고는 생각 못 하겠지.'라고 이반은 생각했다.

'가물었겠다, 바람도 불겠다, 몰래 울타리 뒤로 숨어 들어와 불을 지르고 도망간다면 아무도 모를 게 아닌가! 무슨 수를 써서라도 녀석을 현장에서 잡아야 돼. 절대 놓쳐서는 안 돼!'

이런 생각을 하며 이반은 층계 쪽으로 되돌아가지 않고, 곧장 나가 대문 뒤에서 길 모퉁이로 돌아왔다. 놈이 무슨 일을 벌일지도 모른다는 생각에, 그는 마당을 한 번 둘러보기로 마음먹고는 발소리를 죽이며 문을 따라 걸어갔다. 그리고 모퉁이를 돌아 울타리 근처에서 올려다보니 저쪽 모퉁이에서 무언가가 움직이는 것 같았다. 누군가가 엿보고 있다가 울타리 모퉁이에 몸을 숨긴 듯했다. 이반은 걸음을 멈추고 숨을 죽였다. 모든 정신을 집중하고 있었으나 주위엔 아무 소리도 들리지 않았다. 단지 바람이 버드나무 가지를 흔들고 밀짚을 바스락거리게 만들었을 뿐, 누군가가 눈을 뽑아가도 모를 만큼 주위는 칠흑같이 어두웠다.

얼마 후, 그의 눈은 어둠에 익숙해졌고, 기둥과 추녀, 그 밖의 것들이 보이기 시작했다. 그는 그렇게 한참을 서서 지켜보았으나 아무도 보이지 않았다.

'내가 잘못 봤나?'

이반이 생각했다.

'그래도 한 번 둘러보자.'

이반은 발소리가 나지 않도록 조심조심 곳간을 향해 걸어갔다. 그렇게 모퉁이까지 왔을 때, 저쪽 기둥 근처에서 무언가가 번쩍이다가 이내 꺼졌다. 이반은 몹시 놀라 가던 걸음을 멈췄다. 그러나 걸음을 멈출 새도 없이 그 자리에서 다시 한 번 조금 전보다 밝은 빛이 번쩍였다. 거기엔 모자를 쓴 한 남자가 이쪽을 향해 등을 구부린 채, 짚단을 손에 쥐고 불을 붙이고 있었다. 이반의 가슴은 세차게 뛰었다. 이반은 아랫배에 힘을 주며 걸음을 크게 떼어보았으나 땅 위를 걷고 있는 건지, 허공을 날고 있는 건지 분간할 수 없었다. 그는 현장을 꼭 잡고 말겠다고 마음먹었다. 하지만 이반이 두 개의 차양이 마주 닿은 곳까지 가기도 전에, 갑자기 그 주변이 몹시 밝아지더니 거센 불길이 일어 차양 밑의 밀짚이 타오르며 지붕으로 번졌다. 거기에는 가브릴로가 서 있었고, 불빛에 그의 몸이 완전히 드러나 보였다.

'이번엔 절대 놓치지 않겠다.'

그때 흐로모이(절름발이라는 뜻으로 가브릴로의 별명임)가 발소리를 들었는지 뒤를 돌아보았다. 그러고 나서 온 힘을 다해 다리를 절며 토끼처럼 뛰어서 달아나버렸다.

"거기 서!"

이반은 소리치며 가브릴로를 뒤쫓았다. 이반이 그의 멱살을 잡으려는 순간, 가브릴로는 간신히 그의 손에서 벗어났다. 이번에는 이반이 그의 외투 자락을 붙잡았으나, 옷이 찢어지는 바람에 넘어 져버렸다. 이반은 벌떡 일어나 다시 달려가며 소리쳤다.

"야, 저놈 잡아라!"

이반이 넘어지는 틈을 타 가브릴로는 재빨리 자기 집 마당으로 들어가 버렸다. 하지만 이반은 거기까지 쫓아갔다. 이반이 이젠 완전히 붙잡았다고 생각한 순간, 갑자기 무언가가 그의 머리를 세게 내리쳤다. 가브릴로가 마당에서 떡갈나무 막대를 주워 이반에게 내리쳤던 것이다.

이반은 순간 눈에서 불이 번쩍 나는 듯했고, 정신이 멍해지며 앞이 캄캄해졌다. 정신이 혼미해진 탓에 머리가 어질어질했다. 그러다 그가 겨우 정신을 차렸을 때쯤, 가브릴로는 이미 사라지고 없었다. 주위는 대낮처럼 환했고, 이반의 집 쪽에서는 덜컹거리는 기계 소리와 무언가가 탁탁 튀는 소리가 들려왔다. 이반이 돌아보니 뒷마당의 곳간 전체에 불이 붙어 있었고, 다른 쪽 곳간으로 옮겨 붙는 중이었다.

"아니, 이게 무슨 일인가? 맙소사!"

이반은 두 주먹을 불끈 쥐며 가슴을 마구 내리쳤다.

"아아, 그때 차양 밑에서 불붙은 짚단만 끌어내 껐어도 이렇게까지 되진 않았을 텐데! 대체 이게 무슨 일이람!"

그는 같은 말만 반복할 뿐이었다. 온 힘을 다해 소리를 쳤으나 목소리는 나오지 않았고, 달려가려 했으나 다리가 말을 듣지 않았다. 그는 다시 천천히 걸음을 떼어보았지만 비틀거리다가 다시 숨이 차올랐다.

그는 잠깐 멈춰 숨을 돌리고 다시 걸었다. 그렇게 간신히 곳간을 한 바퀴 돌아보니, 불이 옮겨 붙은 곳에서 불길이 솟아올라 마당 쪽으로는 걸어갈 수도 없었다. 수많은 사람들이 모여 있었으나 어찌할 도리가 없었다. 주변 마을 사람들은 가재도구를 끌어내고, 가축들을 다른 데로 옮기기 시작했다. 이반의 집채도 타기 시작했다. 때마침 바람마저 불었기에 마을은 반 이상 타버리고 말았다.

이반의 식구들은 간신히 옷만 걸친 채 빠져나왔으며, 다른 것들은 전부 타버렸다. 밤일을 나간 말을 제외하고, 가축들도 모두 타버렸고, 닭도 홰에 앉은 채 타 죽었다. 또한 가래도, 써레도, 여자들의 옷궤도, 뒤주에 보관해 두었던 곡식도 몽땅 타버렸다. 그래도 가브릴로의 집은 가축들을 옮겨놓을 수 있었고, 다른 것들을 더 챙길 수 있었다.

불은 밤새 타올랐다. 이반은 구석에 서서 멍하니 자기 집을 바라보았다.

"아, 대체 무슨 일이란 말인가! 그때 짚단을 끌어내 불을 껐더라면 이런 일은 없었을 텐데."

그는 혼자 중얼거렸다. 그러다 이반은 안채의 천장이 무너져 내리자 그곳에 뛰어들어 그을린 재목을 끌어내려고 했다. 여자들이 그것을 보고 말렸지만 이반은 재목을 하나 끌어냈고, 다시 들어가 하나를 더 끌어내려고 했다. 하지만 그는 몸을 제대로 가누지 못하고 비틀거리다가 불구덩이 속에 쓰러지고 말았다. 이를 본 이반의 아들이 뛰어 들어가 쓰러진 아버지를 구해 냈다. 이반의 턱수염과 머리칼은 타버렸고, 옷까지 타서 구멍이 났으며 두 손에는 화상을 입었다. 하지만 그는 아무것도 깨닫지 못한 듯했다.

"아주 정신이 나간 거 아냐?"

사람들이 혀를 차며 말했다. 불길은 차츰 사그라졌으나 이반은 멍하니 서서 "대체 무슨 일인가요? 그냥 끌어내기만 했으면 괜찮았을 텐데."라고 계속 반복할 뿐이었다.

다음 날 아침, 마을의 반장이 이반을 부르러 아들을 보냈다.

"이반 아저씨, 아저씨네 할아버지가 돌아가시게 됐어요. 아저씨를 찾고 계세요, 어서 가세요!"

이반은 미처 아버지 생각은 못 했는지, 그 말뜻을 이해하지 못했다.

"아저씨를 부르고 있어요. 이반 아저씨를 죽기 전에 한 번 보시겠대요."

반장의 아들이 그의 팔을 잡아끌었다. 이반은 그의 뒤를 따랐다.

이반의 아버지는 불이 붙은 짚이 떨어져 화상을 입었다. 그래서 멀리 떨어진 마을에 있는 반장의 집으로 실려 갔던 것이다. 이반이 아버지를 만나러 갔을 때, 그 집에는 늙은 반장의 아내와 벽난로 옆에 아이들만 있었다. 모두 불구경을 하러 나갔던 것이다. 아버지는 촛불을 손에 들고 침대에 누워 문가 쪽을 바라보고 있었다. 그러다 아들이 들어와 그의 곁으로 다가가자 조금 몸을 움직이며 말했다.

"어떠냐, 이반. 내가 진작 말하지 않았더냐? 누가 마을을 태운 것이냐?"

"그 녀석이에요, 아버지."

이반이 대답했다.

"그놈이라고요. 제가 이 눈으로 똑똑히 봤어요. 제가 보는 앞에서 불이 붙은 짚을 지붕으로 밀어 넣었다고요. 하지만 제가 불붙은 짚단을 바로 끌어내어 비벼 껐으면 아무 일도 생기지 않았을 거예요."

"이반!"

아버지가 말했다.

"나는 이제 죽을 때가 다 되었다. 그리고 너도 역시 언젠가는 죽는다. 도대체 이건 누구의 죄냐?"

이반은 잠자코 아버지를 바라보았다. 할 말이 없는 것 같았다.

"하느님 앞에 서 있다고 생각하고 말해 보아라. 도대체 누구의 죄냐? 내가 네게 뭐라고 했느냐?"

그제야 이반은 마치 잠에서 깨어난 듯 모든 일을 납득할 수 있었다.

"다 제 잘못입니다. 아버지!"

이반은 아버지 앞에 쓰러져 눈물을 흘렸다.

"아버지, 용서해 주십시오. 저는 아버지께도, 하느님께도 뭐라 드릴 말씀이 없습니다!"

아버지는 두 손을 움직여 왼손에는 촛불을 들고, 오른손으로는 이마에 성호를 그으려고 하다가 손이 닿지 않아 포기했다.

"주님께 영광이 함께하기를! 주님께 영광이 함께하기를!"

아버지는 그렇게 말한 뒤, 다시 아들을 바라보았다.

"이반!"

"네, 아버지."

"앞으로 어쩔 셈이냐?"

이반은 눈물을 흘리기 시작했다.

"모르겠어요, 아버지. 저는 앞으로 어떻게 살아야 합니까?"

아버지는 깊은 생각에 잠긴 듯 잠시 눈을 감았다가 서서히 뜨며 말했다.

"살아갈 수 있다. 하느님과 함께라면 아무 문제가 없을 것이다."

아버지는 잠시 멈추었다가 웃으며 말을 이었다.

"알겠느냐, 누가 불을 질렀는지 말해서는 안 된다. 남의 죄를 하나 감싸주면 하느님께서는 두 가지의 죄를 용서해 주신단다."

아버지는 촛불을 두 손으로 받쳐 들고 가슴에 갖다 대면서 가쁜 숨을 몰아쉬었다. 그리고 그렇게 세상을 떠났다.

이반이 가브릴로가 한 짓을 발설하지 않았기에 왜 불이 났는지는 끝내 밝혀지지 않았다. 그리고 이반에게서 가브릴로에 대한 미움은 사라져버렸다.

한편 가브릴로는 어째서 이반이 자기가 한 짓을 발설하지 않았는지 의아하게 생각하고 있었다. 그래서 한동안 가브릴로는 이반을 두려워했다. 그러다 그는 차츰 그런 마음이 사라지며 미안한 마음이 들기 시작했다. 양쪽 집안 주인들이 싸움을 하지 않았으므로 다른 식구들 역시 싸울 일이 없게 되었다. 그들은 집이 다 지어질 때까지 한 지붕 밑에서 살았다.

그리고 마을 전체가 새로 지어졌을 때, 이반과 가브릴로는 예전처럼 원래의 자리로 돌아가 이웃이 되었다. 이반과 가브릴로는 그 옛날 아버지들이 그랬던 것처럼 서로 다정하게 지냈다. 이반 쉬체르바코프는 아버지의 교훈이자 하느님의 가르침이기도 한 '불은 작은 불씨일 때 끄지 않으면 안 된다.'라는 말을 가슴 깊이 새겨두고 오래오래 간직했다. 누군가가 이반에게 짓궂은 장난을 걸어와도 그와 싸우려 하지 않았고, 오히려 그를 좋은 쪽으로 인도하려고 노력했다. 또한 누가 자기를 욕해도 맞서서 욕하지 않았고, 그런 짓을 하지 못하도록 가르침을 주려고 애썼다. 그렇게 이반 쉬체르바코프는 새로운 사람으로 거듭나게 되었고, 예전보다 더 풍요로운 가정을 이루었다.

세 은사

어느 주교가 배를 타고 아르항
겔스크에서 솔로베츠키예 섬으로 가고 있었다. 배 안에는 성자들
을 찾아가는 순례자들이 많이 타고 있었다.

바람도 적당하고 날씨도 맑았기 때문에 배는 순항했다. 어떤 순
례자는 누워 있었고, 또 어떤 순례자는 무언가를 먹고 있었다. 그
러다가 그들은 함께 모여 대화를 나누기도 했다.

주교도 갑판 위로 나가 주위를 거닐다가 뱃머리 쪽으로 향했다.
그곳엔 많은 사람들이 모여 있었는데 그들은 바다를 가리키며 무
언가를 이야기하고 있는 한 어부에게 귀를 기울이고 있었다. 주교
도 걸음을 멈추고 그가 가리키는 곳을 바라보았다. 그러나 그곳엔
햇빛에 반사된 반짝이는 바다만 보일 뿐이었다.

주교는 가까이 다가가 그들의 얘기를 들어보려 했으나 어부가
주교를 보고 모자를 벗으며 인사를 하더니 더 이상 아무 말도 하

지 않았다. 그러자 나머지 사람들도 모자를 벗고 주교에게 인사를 했다. 그러자 주교가 말했다.

"형제들이여, 어려워하지 마십시오. 나도 당신들의 이야기가 궁금하니 하던 이야기를 계속 해보세요."

"실은 이 어부가 세 명의 수도사에 관해 이야기하던 중이었습니다."

한 상인이 조심스럽게 말했다.

"어떤 수도사에 관한 이야기입니까?"

주교는 이렇게 묻고 난 후 뱃전으로 가서 궤짝 위에 앉았다.

"나도 듣고 싶군요. 좀 전에 당신이 가리켰던 것은 무엇입니까?"

"저기 작은 섬이 보이십니까?"

어부는 앞쪽의 오른편을 가리키며 말했다.

"저 섬에서 세 노인이 수도를 하고 있답니다."

"대체 작은 섬이 어디 있습니까?"

주교가 물었다.

"저쪽에 있는 구름이 보이십니까? 구름의 왼쪽 아래에 띠처럼 보이는 게 바로 그 섬입니다."

주교는 그가 가리키는 곳을 계속 바라보았으나 아무것도 보이지 않았다. 바다에 익숙지 못한 그의 눈에는 그저 햇빛에 반짝이는 바다만 보일 뿐이었다. 그래서 주교는 다시 물었다.

"제 눈에는 잘 보이지 않네요. 그런데 그 섬에 사는 수도사들은 대체 어떤 사람들입니까?"

"하느님이나 마찬가지인 분들입니다."

어부가 대답했다.

"그분들에 관해선 익히 알고 있었습니다만 만나 뵐 기회가 없었습니다. 그러다 작년 여름에 처음으로 뵙게 되었지요."

어부는 고기를 잡으러 갔다가 폭풍우에 휘말려 그 섬까지 갔던 이야기를 들려주었다.

"그곳에 도착해 아침부터 일찍 섬 주변을 둘러보았습니다. 그러다가 어느 움막을 하나 발견했는데 그 앞에 한 노인이 서 있었습니다. 잠시 후 또 다른 두 명의 노인이 움막에서 나왔습니다. 그들은 저에게 음식을 주었고, 젖은 옷을 말려주었으며 배를 수리하는데 도움을 주었습니다."

그러자 주교가 물었다.

"그들은 어떻게 생겼습니까?"

"한 노인은 키가 작고 등이 굽었으며 다 낡아빠진 수도복을 입고 있었습니다. 제 생각에 백 살은 넘은 듯했습니다. 턱수염은 새하얗고, 천사 같은 미소를 짓고 있는 분이었지요. 두 번째 노인은 키가 좀 더 컸고, 역시나 해진 누더기를 입고 계셨지요. 턱수염은 누르스름하고 덥수룩했으며 힘이 셌습니다. 제가 미처 손쓸 겨를도 없이 제 배를 마치 물통을 뒤집듯 순식간에 뒤집더군요. 그 노인 역시 밝은 성격이었습니다. 마지막으로 세 번째 노인은 백발의 턱수염이 무릎까지 길게 뻗어 있었지요. 눈썹은 길어 눈을 다 가리고 있었으며 다른 노인들과는 다르게 좀 우울해 보였지요. 그 노인은 옷을 거의 입지 않고 허리에 거적 같은 것을 하나 두르고 있었습니다."

"그들이 당신에게 무슨 얘기를 하던가요?"

주교가 물었다.

"그분들은 매우 과묵하셨습니다. 그저 묵묵히 일만 하시고는 서로 대화도 나누지 않더군요. 그들은 서로의 얼굴만 봐도 마음이 통하는 듯했습니다. 그래서 저는 키가 큰 노인에게 여기 사신 지 얼마나 되었느냐고 물었습니다. 그러자 그분은 인상을 찌푸리며 뭐라 말씀하셨는데 마치 화가 난 듯 보였습니다. 그러자 가장 연세가 많으신 키 작은 노인이 그분의 손을 잡고 미소를 짓자 평정심을 되찾은 듯했습니다. 그러고 나서 가장 연세가 많으신 노인께서 제게 미안하다며 웃음을 보이셨습니다."

어부가 이야기하는 동안에 배는 점점 섬을 향해 다가가고 있었다.

"이제 선명하게 보입니다. 주교님, 저기를 보십시오."

상인이 섬을 가리키며 말했다.

주교가 상인이 가리키는 곳을 바라보니 검은 띠처럼 생긴 작은 섬이 눈에 들어왔다. 주교는 섬을 한참 동안 바라보다가 배 뒤편에 있는 키잡이에게 가서 물었다.

"저 섬의 이름은 무엇입니까? 저기 보이는 저 섬이요."

"이름 없는 섬이지요. 이 부근엔 이름 없는 섬이 많습니다."

"저 섬에 수도를 하는 노인들이 있다는데 사실입니까?"

"저도 그런 얘길 들어보긴 했습니다만 사실인지는 모르겠네요. 어부들이 직접 봤다고도 하지만 하도 실없는 소리를 잘해서요."

"저 섬에 있는 노인들을 만나고 싶은데 어떻게 가야 합니까?"

주교가 다시 물었다.

"큰 배로는 들어갈 수 없으니 작은 배로 가야 합니다. 선장님께 한 번 물어보시지요."

키잡이가 대답했다.

잠시 후, 선장이 오자 주교가 물었다.

"저 섬에 사는 노인들을 만나러 가고 싶은데 나를 좀 데려다 줄 수 있겠습니까?"

그러자 선장은 주교를 말리며 말했다.

"갈 수는 있지만 시간이 오래 걸립니다. 제 생각엔 일부러 만나야 할 만큼 그들이 대단한 사람은 아닌 것 같습니다. 제가 들은 바로는 거기엔 아주 어리석은 노인네들이 살고 있는데, 무지할 뿐만 아니라 물고기처럼 말 한 마디도 제대로 못 한다더군요."

"그래도 꼭 만나고 싶군요. 사례는 할 테니 좀 데려다 주십시오."

주교가 말했다.

선장은 주교의 부탁을 거절할 수가 없었다. 그래서 선원들은 선장의 지시에 따라 돛을 바꾸었고, 키잡이도 배를 돌려 마침내 섬 쪽으로 향했다. 그리고 뱃머리 쪽에 의자를 내주어 주교가 앉을 수 있도록 했다. 의자에 앉은 주교는 앞쪽을 주시했다. 그러자 다들 호기심이 생겨 곧 많은 사람들이 뱃머리로 몰려와 섬을 바라보았다. 시력이 좋은 사람들은 섬에 있는 바위와 움막도 볼 수 있을 정도였다. 그들 중엔 벌써 세 노인을 발견한 사람도 있었다. 선장은 망원경을 꺼내 섬을 살핀 후 주교에게 건넸다.

"선명하게 잘 보이네요. 바닷가에 큰 바위가 있는 오른쪽에 세 사람이 있어요."

주교는 망원경으로 이곳저곳을 살펴보았다. 그의 눈에도 세 사람이 서 있는 게 확실히 보였다. 한 사람은 키가 컸고, 또 한 사람은 그보다 작았으며 또 다른 사람은 아주 작았다. 그들은 서로의 손을 잡고 바닷가에 서 있었다.

선장이 주교에게 다가가 말했다.

"이 배는 더 이상 들어갈 수 없습니다. 더 들어가시려면 작은 배를 타셔야 합니다. 저희는 이곳에서 닻을 내리고 기다리고 있겠습니다."

이윽고 닻이 던져졌고 돛도 내려졌다. 배가 정지되자 선체가 흔들렸다. 곧 작은 배가 내려졌고, 노를 저을 사람들도 함께 뛰어내렸다. 그리고 주교는 사다리를 타고 내려가 작은 배 안에 있는 의자에 앉았다. 그러자 노잡이들은 노를 젓기 시작했다. 그렇게 가다보니 돌을 던지면 닿을 만큼 섬 가까이에 도착했다. 세 노인은 좀 전과 마찬가지로 그대로 서 있었다.

키가 큰 노인은 허리에 거적 하나만 두른 채 아무것도 입지 않았고, 그보다 작은 노인은 낡아빠진 누더기를 입고 있었으며, 가장 나이 많은 등이 굽은 노인은 다 해진 수도복을 입고 있었다. 그들은 여전히 손을 꼭 잡고 서 있었다.

노잡이들은 바닷가에 배를 대고 밧줄로 묶었다. 그러고 나서 주교가 내렸다. 노인들이 고개를 숙여 인사하자 주교는 축복의 말을 건넸다. 그러자 그들은 좀 더 깊이 머리를 숙였다. 주교가 말했다.

"당신들이 이곳에서 구원받기 위해 수도하면서 사람들을 위해 하느님께 기도를 드리고 있다는 얘기를 들었습니다. 저 역시 하느님의 하찮은 종에 불과합니다만, 하느님의 은총으로 그분께서 제게 자신의 종들을 보살피라 명하셨습니다. 그래서 하느님의 종인 당신들을 만나 제가 할 수 있는 모든 것을 가르쳐주고 싶습니다."

노인들은 아무 말 없이 웃었고 그저 서로를 바라보았다. 주교가 계속 말을 이어갔다.

"구원을 받기 위해 당신들이 어떻게 수도를 하는지, 그리고 어떤 방식으로 하느님을 모시고 있는지 말씀해 주시겠습니까?"

그러자 중간 키의 노인이 한숨을 내쉬며 가장 나이 많은 노인을 바라보았다. 키가 큰 노인도 마찬가지로 인상을 찌푸리며 가장 나이 많은 노인을 바라보았다. 그러자 가장 나이가 많은 노인이 웃으며 이야기했다.

"우리는 하느님의 종이지만 하느님을 어떻게 섬겨야 하는지는 모릅니다. 그저 우리는 스스로를 보살피고 우리 자신을 부양하고 있을 뿐입니다."

"그렇다면 하느님께 어떻게 기도를 드리고 있습니까?"

주교가 물었다. 그러자 가장 나이 많은 노인이 말했다.

"이렇게 기도드리고 있습니다. 하느님, 당신도 세 분이시고 우리도 셋이니 부디 저희를 어여삐 여겨주시옵소서!"

가장 나이 많은 노인이 이 말을 마치자 세 노인은 모두 함께 하늘을 쳐다보며 말했다.

"당신도 세 분이시고, 우리도 셋이니 우리를 어여삐 여겨주시옵소서!"

그러자 주교는 웃으며 말했다.

"아마도 삼위일체三位一體라는 말을 들으셨나보군요. 하지만 기도는 그런 식으로 하는 게 아닙니다. 저는 하느님의 종인 당신들이 마음에 듭니다. 당신들은 하느님을 기쁘게 해드리고 싶어 하지만 그 방법을 모르고 있는 것 같습니다. 지금부터 제 말을 잘 들으십시오. 지금 제가 드리는 말씀은 제 생각이 아니라 책 속에 있는 하느님의 가르침입니다."

이윽고 주교는 하느님이 세상에 모습을 드러내신 이야기와 성부와 성자, 그리고 성령에 관한 이야기도 들려주었다.

"성자께서는 인류를 구원하기 위해 이 땅에 내려오셨고, 우리에게 기도하는 방법을 가르쳐주셨습니다. 제 말을 잘 듣고 따라서 외우도록 하십시오."

그러고 나서 주교는 말했다.

"아버지시여."

그러자 한 노인이 따라했다.

"아버지시여."

그러자 또 다른 노인이 따라했다.

"아버지시여."

"하늘에 계신 아버지!"라고 주교는 이어서 말했다.

노인들도 "하늘에 계신 아버지!"라고 따라했다.

그러나 이번에는 중간 키의 노인이 제대로 따라하지 못했다. 키가 큰 알몸의 노인도 마찬가지였다. 콧수염이 입을 덮고 있었기 때문에 말을 제대로 할 수가 없었던 것이다. 또한 가장 나이 많은 노인도 이가 없었기 때문에 우물거리기만 했다.

주교는 다시 한 번 되풀이했다. 노인들도 따라서 다시 되풀이했다. 주교는 바위 위에 걸터앉았고 세 노인은 그 둘레를 에워싸며 주교의 입을 바라보고 있었다. 그리고 주교가 말하면 그것을 따라했다. 이렇게 주교는 하루 종일 그들을 데리고 애를 썼다. 같은 말을 열 번, 스무 번, 백 번씩이나 되풀이했으며, 노인들은 그를 따랐다. 그들이 잘못하면 주교는 그것을 고쳐주었고, 처음부터 되풀이하도록 했다.

그렇게 주교는 노인들이 기도문을 다 외울 때까지 그들과 함께 있었다. 노인들은 먼저 주교의 말을 따라했고, 나중에는 자기들끼리 외웠다. 중간 키의 노인이 제일 먼저 기도문을 다 외웠다. 그래서 주교는 그가 계속 되풀이하도록 했다. 그러자 나머지 두 노인도 곧 기도문을 다 외웠다.

주위는 어느새 캄캄해졌다. 주교는 바다에 달이 떠오를 때쯤 큰 배로 돌아가기 위해 일어섰다. 주교가 노인들에게 작별 인사를 하자 세 노인은 코가 땅에 닿도록 절을 했다. 주교는 그들을 일으켜 세우고 한 명씩 키스해 주며 자기가 가르쳐준 대로 기도를 하라고 이른 다음, 작은 배를 타고 큰 배가 있는 곳으로 향했다.

주교가 큰 배를 향해 가는 동안 세 노인이 소리 높여 기도문을 외우는 소리가 들렸다. 그러나 작은 배가 큰 배에 가까워질수록 노인들의 목소리는 들리지 않게 되었고, 세 노인의 모습만이 달빛에 비쳤다. 가장 작은 노인이 가운데 서 있었고, 키 큰 노인이 오른편에, 중간 키의 노인이 왼편에 서 있었다. 주교가 큰 배로 다가가 갑판에 오르자 닻과 돛이 올려졌고, 배가 움직이며 항해하기 시작했다. 주교는 배의 뒤편에 앉아 계속 섬을 바라보았다. 조금 전까지 보이던 노인들의 모습은 어느새 사라지고, 섬만 보이게 되었다. 그러다 곧 섬도 사라지고 달빛에 반사된 바다만이 반짝이고 있었다.

순례자들은 다들 잠이 들어 갑판 위는 아주 조용했다. 그러나 주교는 잠이 오지 않아 혼자 배 뒤편에 앉아 사라진 섬 쪽을 바라보며 선량한 노인들을 생각하고 있었다. 그는 노인들이 기도문을 배우게 되어 얼마나 기뻐할까를 생각했다. 그리고 신과 같은 세 노인을 도우며 그들에게 하느님의 말씀을 가르칠 수 있도록 자신을 그 섬으로 인도해 주신 하느님께 감사를 드렸다.

주교는 그렇게 앉아 사라진 섬 쪽의 바다를 바라보며 생각에 잠겨 있었다. 그때 잔잔한 물결 위에서 달빛이 춤을 추는 사이로 무언가 반짝이는 것이 보였다.

'갈매기일까, 아니면 작은 배에서 비치는 빛인가?'

주교는 의아하게 생각하며 좀 더 자세히 보기 위해 눈을 크게 떴다.

"틀림없이 우리 배를 따라오던 작은 배일 거야. 속도가 엄청나게 빨라서 곧 우리를 추월하겠는데. 조금 전까지는 아주 멀리 있는 것 같았는데 지금은 아주 가까이에 있어. 그런데 가만, 배는 아닌 것 같아. 돛이 안 보이잖아. 저게 무엇이든 어쨌든 우리들을 따라오고 있는 것만은 확실해."

주교는 그것이 무엇인지 도저히 알 수 없었다. 배인 것 같다가도 새 같았고, 물고기 같다가 사람 같기도 했다. 하지만 사람치고는 너무 컸고, 사람이 바다 위에 서 있을 리가 없었기 때문에 주교는 자리에서 일어났다. 그리고는 키잡이에게 가서 물었다.

"저기 좀 보시오. 대체 저게 뭡니까?"

주교가 묻는 순간, 그는 이미 바다 위를 달려오는 노인들의 모습을 분명히 보고 있었다. 노인들은 흰 수염을 반짝이며 이 배를 향해 다가오고 있었다. 뒤를 돌아본 키잡이는 깜짝 놀라 키를 내동댕이치며 큰 소리로 외쳤다.

"세상에! 마치 땅 위를 달리듯 노인들이 바다 위를 달리며 우리를 따라오고 있다!"

이 말을 들은 다른 사람들은 모두 일어나 배 뒤편으로 달려갔다. 그러자 노인들이 서로 손을 잡고 달려오고 있는 것이 보였다. 양쪽에 선 노인들은 배를 멈추라는 듯 손짓하고 있었다. 세 노인들은 마치 땅 위를 달리듯 바다 위를 달리고 있었으나 발은 전혀 움직이지 않았다.

배를 멈출 새도 없이 노인들은 뱃전으로 다가와 고개를 들며 한목소리로 말했다.

"하느님의 종이시여, 우리는 당신의 가르침을 잊어버렸습니다. 반복하고 있는 동안은 외우고 있었으나 외우던 것을 멈추자 한 마디씩 잊어버리기 시작했고, 그러다 결국 나머지 구절도 모두 잊고 말았습니다. 이젠 다 잊어버려 하나도 기억이 나지 않으니 부디 다시 한 번만 가르쳐주십시오."

주교는 성호를 긋고 세 노인에게 말했다.

"하느님의 종이시여, 당신들의 기도는 이미 하느님께 닿았습니다. 당신들을 가르칠 사람은 제가 아닙니다. 그러니 당신들이 죄 많은 우리를 위해 기도해 주십시오."

주교는 노인들에게 코가 땅에 닿도록 절을 했다. 그러자 노인들은 돌아서서 다시 자신들의 섬으로 돌아갔다. 노인들이 사라진 곳에는 새벽이 될 때까지 한 줄기 빛이 비치고 있었다.

바보 이반

1

옛날 어느 나라에 부유한 농부가 살고 있었는데, 그에게는 세 명의 아들과 딸 한 명이 있었다. 한 명은 세몬이라는 군인이었고, 또 한 명은 타라스라는 배불뚝이였으며 나머지는 별로 똑똑하지 않아 바보라 불리는 이반이었다. 그러나 이반은 아주 부지런하고 성실했다. 그리고 딸 말라냐는 날 때부터 귀머거리에 벙어리였다.

군인인 세몬은 왕에게 충성하기 위해 전쟁터에 나갔고, 배불뚝이 타라스는 장사 기술을 배우러 상인을 찾아갔다. 그리고 바보 이반과 누이는 집에 남아 열심히 일했다.

그러다 군인 세몬은 높은 벼슬자리를 얻고 많은 땅을 소유하게 되었으며, 어느 귀족의 딸과 결혼하게 되었다. 그렇게 세몬은 많은 땅을 소유하고 수입도 넉넉했지만 아무리 돈을 벌어도 살림이 넉넉하지 않았다. 왜냐하면 그의 아내가 매우 사치스러웠기 때문이다. 그래서 세몬은 소작인들에게 더 많은 세금을 걷기 위해서 관리인을 찾아갔다. 그러자 그가 말했다.

"죄송하지만 더 올리긴 어렵습니다. 그렇잖아도 소작인들은 먹고 살기가 힘이 듭니다. 그들은 농사를 지어 번 돈의 대부분을 세금으로 내느라 농사를 짓는데 필요한 농기구나 말 또는 소도 살 수가 없는데 그런 사람들에게 세금을 더 내라고 하시는 것은 너무한 처사이십니다. 이런 것들이 제대로 갖춰져야 돈이 생기지요."

그래서 세몬은 아버지를 찾아갔다.

"아버지, 아버지는 그렇게 많은 재산을 소유하셨으면서 저에겐 아무것도 주지 않으셨어요. 그러니 아버지 재산의 3분의 1을 주세요. 제 명의로 이전하겠습니다."

그러자 아버지가 말했다.

"너는 날 위해 무엇을 했느냐? 내가 왜 재산의 3분의 1을 너한테 줘야 하지? 그렇게 하면 이반하고 네 여동생이 불평할 것이다."

그러자 세몬이 말했다.

"이반은 바보고 누이는 귀머거리에 벙어리인데 그 애들한테 무엇이 필요하겠어요?"

"그렇다면 이반한테 물어보자."

그러자 이반이 대답했다

"저는 괜찮으니 형님께 드리세요."

그렇게 해서 세몬은 재산을 받아 자신의 몫을 챙겼고, 왕에게 충성하기 위해 다시 길을 떠났다. 한편 배불뚝이 타라스도 꽤 많은 돈을 벌어 장사꾼의 딸과 결혼하였다. 그러나 여전히 부족하다고 느낀 그도 아버지를 찾아가 말했다.

"제게도 재산을 나눠주세요."

하지만 아버지는 그러고 싶지 않았다.

"넌 우리 가족을 위해 무엇을 했느냐? 우리 집 재산은 전부 이반이 벌어서 모은 것이다. 난 이반과 네 누이를 서운하게 하고 싶지 않다."

그러자 타라스가 말했다.

"바보 같은 녀석한테 무엇이 더 필요하겠어요? 그 애는 장가를 갈 수도 없을 텐데요. 누가 바보한테 시집을 오겠어요? 벙어리 누이도 마찬가지고요. 그 애들한테 더 이상 뭐가 필요하겠어요? 안 그래, 이반? 그러니 나한테 곡식의 절반을 다오. 그리고 농기구는 필요 없으니 회색 수말 한 마리만 가져가겠다. 저 말은 농사짓는데 필요하지도 않잖니?"

그러자 이반이 웃으며 말했다.

"그렇게 하세요. 말을 준비할게요."

그렇게 타라스도 자신의 몫을 챙겼다. 타라스가 곡식과 회색 수말을 가져갔기 때문에 이반은 예전처럼 늙은 암말로 농사를 지어 부모님을 모셔야만 했다.

2

악마 두목은 이반의 형제들이 아무런 다툼 없이 재산을 나눠 가진 것을 보며 화가 머리끝까지 치솟았다. 그래서 그는 작은 악마 셋을 불러 말했다.

"저기 세 형제를 보아라. 군인 세몬, 배불뚝이 타라스, 바보 이반을 말이야. 난 저들이 서로 싸우도록 만들고 싶다. 그런데 다들 사이가 좋으니 이를 어쩐다? 이건 다 저 바보 녀석 때문이야. 그러니 너희 셋이 저 세 녀석들에게 싸움을 붙여봐라. 무슨 수를 써서라도 말이야. 그럴 수 있겠지?"

"물론이지요."

악마 셋이 대답했다.

"어떻게 할 작정이냐?"

"우선 저 녀석들이 먹을 게 하나도 없도록 만들 생각입니다. 그러고 나서 셋이 모이게 만들면 분명 서로 치고 받고 싸우게 될 겁니다."

"괜찮은 생각이군. 너희들이 무슨 일을 해야 하는지 잘 알고 있는 것 같구나. 그럼 어서 출발해라. 세 형제의 사이를 갈라놓기 전에는 올 생각도 하지 말고. 만약 이 계획이 실패한다면 네놈들의 가죽을 죄다 벗겨버릴 테니 각오해라."

그렇게 해서 작은 악마들은 숲으로 갔다. 그리고 각자 무엇을 해야 할지에 관해 의논했다. 그들은 서로 쉬운 일을 맡으려다가 다툼이 벌어져서 결국 제비뽑기로 정하기로 했다. 그리고 일을 먼저 끝낸 자가 나머지를 도와주기로 했다. 그렇게 작은 악마들은 각자 맡은 임무를 충실히 수행하기로 결심하고 돌아갔다.

약속한 날이 되자 작은 악마들은 모두 숲에 모였다. 그리고 그들은 자신이 무슨 일을 했는지에 대해 말하기 시작했다. 제일 먼저 군인 세몬을 맡았던 첫째 악마가 말을 꺼냈다.

"일이 아주 잘 풀리고 있어. 세몬은 내일 분명 아버지한테 가게 될 거야."

그러자 두 악마가 물었다.

"어떤 방법을 썼는데?"

"세몬한테 자신감을 듬뿍 불어넣어 주었지. 그는 왕에게 세계를 정복하고 오겠다고 선언했어. 그러자 왕이 인도를 정복하기 위해 그를 보냈지. 그래서 군사들이 모인 그날 밤, 나는 그들이 갖고 있는 화약에 죄다 물을 뿌려 놓았어. 그리고 인도로 가서 짚단으로 군사들을 만들어 놓았지. 여기저기서 짚단으로 만든 군인들이 몰려오자 세몬의 군대는 몹시 당황했고, 그때 세몬이 발포하라는 명령을 내렸지. 하지만 대포도 총도 모두 젖어 있었기에 발포되지 않았어. 결국 세몬의 군대는 양떼들처럼 도망갈 수밖에 없었어. 그렇게 인도 왕은 세몬의 군대를 아주 쉽게 물리쳤어. 그 일로 세몬에 대한 왕의 신뢰는 무너졌고 가진 땅도 전부 몰수당했어. 그리고 전쟁에서 패한 대가로 내일 사형에 처해질 예정이지. 그러니 내게 주어진 시간은 단 하루뿐이야. 그가 죽기 전에 감옥에서 꺼내 집으로 돌아가게 만들어야 돼. 내가 맡은 일은 내일이면 다 끝나게 되니, 너희들 중에 내가 누구를 도와야 하는지 얘기해 봐."

그러자 타라스를 맡았던 악마가 말했다.

"나는 혼자서도 내 일을 잘하고 있으니 도움은 필요 없어. 타라스도 얼마 버티지 못할 거야. 난 그 녀석에게 온갖 욕심을 불어넣어 줬지. 그래서 그 녀석은 남의 재산도 탐내게 되었고 온갖 것들을 사들이고 싶은 욕심이 생기도록 만들었어. 그는 가진 돈을 몽땅 털어 물건이란 물건은 죄다 사들였고, 지금은 빚까지 지면서 사들이고 있지. 하도 물건을 사들이다 보니 이제는 그것들을 어떻게 처리해야 할지 고민하고 있더군. 그리고 일주일 안으로 빚을 모두 청산해야 하는데, 그 전에 나는 그 녀석이 사들인 물건들을 죄다 거름으로 만들어 놓을 작정이야. 그렇게 되면 그 녀석은 빚을 갚지 못하게 될 테고, 결국 아버지한테 달려가게 되겠지."

그러고 나서 그들은 이반을 맡은 악마에게 물었다.

"너는 어떻게 처리했어?"

"이상하게 내 일은 잘 풀리지 않고 있어. 나는 그 녀석이 배탈이 나도록 그 녀석의 크바스 병에다 침을 잔뜩 뱉어놓고, 밭에 있는 흙도 돌덩이처럼 딱딱하게 만들어 놓았어. 그렇게 하면 분명 그

녀석이 밭을 갈지 못할 테니까 말이야. 그런데 그 바보 녀석은 아랑곳하지 않고 쟁기로 밭을 갈더군. 배가 아파서 고통스러워하면서도 계속 밭을 갈았어. 그래서 난 그놈의 쟁기를 부러뜨렸지. 그러자 그 녀석은 집에 가서 새로운 쟁기를 가져와 계속 밭을 가는 게 아니겠어? 하는 수 없이 나는 땅속으로 들어가 그 녀석의 쟁기를 잡아당겼지. 그런데 그것도 잘 안 됐어. 그 녀석이 쟁기를 힘껏 누르고 있었고, 또 날은 어찌나 날카로운지 손만 다치고 말았다니깐. 결국 그 녀석은 밭을 다 갈았고 이제 한 고랑만 남았을 뿐이야. 그러니 너희들이 나를 좀 도와줘야겠어. 그 녀석을 골탕 먹이지 못한다면 모든 게 엉망이 되고 말 거야. 바보 녀석이 계속 농사를 짓는다면 그 녀석은 두 형들을 돌봐줄 테니까 말이야."

그래서 군인인 세몬을 맡았던 악마가 내일 그를 도와주기로 약속하고 헤어졌다.

3

이반은 묵혀두었던 밭을 거의 다 갈고 한 고랑만을 남겨두고 있었다. 그는 밭을 마저 갈기 위해서 말을 타고 왔다. 배가 몹시 아팠지만 끝내지 않으면 안 되었기에 그는 말고삐를 잡아당겨 쟁기를 돌리며 밭을 갈기 시작했다. 그렇게 고랑 끝까지 갈고 돌아오는데 마치 나무뿌리에라도 걸린 듯 쟁기가 나가지 않았다. 작은 악마가 쟁기에 찰싹 붙어서 힘껏 누르고 있었기 때문이었다. 이반은 이상하다고 생각했다.

'여기에 나무뿌리 같은 건 없었는데…….'

그래서 이반은 흙 속으로 손을 집어넣었다. 그러자 무언가 부드러운 감촉이 느껴졌다. 이반은 그것을 붙잡고 밖으로 잡아당겼다. 그것은 나무뿌리같이 검었으며 꿈틀거리고 있었다. 이반이 좀 더 자세히 살펴보니 그것은 살아 있는 작은 악마였다.

"이 지독한 녀석 좀 보게!"

이반은 악마를 잡고 쟁기부리에다 던지려 했다. 그러자 작은 악마가 외쳤다.

"제발 살려주세요. 무슨 일이든 다 하겠습니다."

"넌 뭘 할 수 있는데?"

"소원을 말씀해 보세요."

잠시 고민을 하던 이반이 말했다.

"난 지금 배가 너무 아파. 낫게 할 수 있겠어?"

"물론이죠."

"그럼 어디 해봐."

악마는 몸을 굽히고 여기저기를 뒤지며 무언가를 찾다가 줄기가 세 개 달린 풀뿌리 하나를 찾아냈다. 그리고 그것을 이반에게 건넸다.

"여기 이 뿌리 하나만 드시면 어떤 병이든 다 낫습니다."

그러자 이반은 그것을 받아 줄기 한 쪽을 뜯어먹었다. 얼마 후 거짓말처럼 통증이 사라졌다. 악마는 다시 간청했다.

"제발 저를 보내주세요. 땅속에 들어가서 다시는 나타나지 않을 테니까요."

"신의 은총이 함께하길, 그럼 잘 가거라."

이반의 말이 끝나자마자 악마는 물속에 던져진 돌멩이처럼 구멍 하나만 남기고 땅속으로 사라져버렸다.

이반은 남은 풀뿌리를 모자에 넣고 계속해서 밭을 갈기 시작했다. 그리고 고랑을 다 갈고 나서 쟁기를 엎어놓은 뒤 집으로 돌아왔다. 이반이 말을 풀어놓고 집 안으로 들어가니 군인인 세몬 형이 그의 아내와 함께 저녁 식사를 하고 있었다. 세몬은 재산을 몰수당하고 감옥에서 탈출하여 이 집으로 도망쳐온 것이다. 세몬이 말했다.

"당분간 너와 함께 살아야겠다. 일자리를 얻을 때까지 우리를 책임져다오."

"그렇게 할게요. 걱정 마시고 여기 있으세요."

이반이 자리에 앉으려 하자 세몬의 아내가 남편에게 말했다.

"난 이렇게 지독한 냄새가 나는 농부와는 같이 식사를 못 하겠어요."

그러자 세몬이 말했다.

"너한테 냄새가 난다니 식사는 밖에서 했으면 좋겠는데……."

"알겠어요. 어차피 오늘 밤에 순찰을 돌아야 하고, 말에게 풀도 먹여야 되니까요."

그렇게 이반은 외투와 빵을 가지고 밖으로 나갔다.

4

그날 밤, 세몬을 맡았던 악마는 자신의 임무를 완수한 뒤 이반을 맡은 악마를 찾아왔다. 그러나 구멍 하나만 보일 뿐 동료 악마는 보이지 않았다.

'나쁜 일이 생긴 게 틀림없어. 어쩔 수 없이 내가 이반을 맡아야겠군. 밭은 이제 다 갈았으니 풀밭에 가서 좀 괴롭혀야지.'

그래서 악마는 목장으로 가서 풀밭에 물을 잔뜩 채웠다. 풀밭은 금세 진흙투성이가 되었다. 잠시 후 순찰을 하고 돌아온 이반은 흙투성이가 된 바닥은 신경도 쓰지 않고 큰 낫으로 풀을 베기 시작했다. 그러나 여느 때와는 달리 한두 번만 낫질을 해도 날이 무뎌져서 풀을 벨 수가 없었다. 이반은 이리저리 애를 써보았으나 허사였다.

"낫이 너무 무뎌서 안 되겠어. 집에 가서 숫돌을 가져와야지. 그 길에 빵도 가져와야겠다. 며칠이 걸리든지 풀을 다 벨 때까지는 여기를 떠나지 않을 테다."

이 말을 들은 악마는 혼잣말로 중얼거렸다.

"저 녀석 진짜 바보였군. 이 방법으론 안 될 것 같으니 다른 방법을 찾아야겠어."

얼마 후, 이반은 다시 밭으로 돌아와 낫을 갈고 풀을 베었다. 악마는 풀밭에서 낫을 붙들고 날을 땅속에 박으려고 애를 썼다. 이반은 낫질이 힘들었지만 계속해서 풀을 베었다. 이제 거의 다 베고 늪에 있는 풀만 남게 되었다. 악마는 늪으로 뛰어 들어가 생각했다.

'손가락이 잘린다 해도 이번에는 절대 베지 못하게 만들어야지.'

이반은 늪에 있는 풀을 베기 시작했다. 그러나 보기에는 풀이 그다지 억세지 않은데 이상하리만큼 낫이 말을 듣지 않자 이반은 화가 나서 온 힘을 다해 낫질을 했다. 악마는 더 이상 피할 곳이 없게 되자 체념하고는 주변 덤불로 뛰어들었다. 그때 이반이 풀을 베다가 덤불을 스치며 악마의 꼬리를 잘라버렸다. 그렇게 풀을 다 벤 이반은 누이에게 풀을 모아두라고 말하고는 보리를 베러 갔다.

심술이 난 꼬리 잘린 악마는 이반보다 먼저 보리밭으로 달려가 밭을 온통 엉망으로 만들어 놓았다. 보릿대들이 서로 심하게 얽혀 있어서 이반이 가지고 간 낫으로는 도저히 벨 수가 없었다. 그래서 이반은 집에 가서 다른 낫을 가져와 보리를 베었다. 그렇게 이반은 보리도 다 베어버렸다.

"이제 귀리를 베어야지."

이반의 말에 악마는 생각했다.

'보리밭에서도 녀석을 골탕 먹이지 못했으니 이번에는 무슨 수를 써서라도 훼방을 놓아야지. 아침이 될 때까지만 참자.'

날이 밝자 악마는 귀리밭으로 갔다. 그러나 이미 귀리는 다 베어진 상태였다. 귀리의 낟알이 떨어질까 봐 이반이 밤새 다 베어 놓은 것이었다. 악마는 몹시 화가 났다.

'저 바보 녀석이 나를 이렇게 괴롭힐 줄이야. 세몬을 따라간 전쟁터에서도 이 정도로 힘이 들진 않았는데. 저 녀석이 밤에 잠도 안 자고 귀리를 몽땅 벨 줄 누가 알았겠어. 그래 두고 보자. 네가 베어 놓은 귀리를 몽땅 썩게 만들어줄 테다.'

악마는 귀리 더미 속으로 파고 들어가 그것들을 썩게 하려고 열을 내어 따뜻하게 만들었다. 그러는 사이에 몹시 피곤해진 악마는 자기도 모르게 잠이 들어버렸다.

그때 이반이 암말에 수레를 달고 누이와 함께 귀리를 나르러 왔다. 이반은 쇠스랑으로 귀리 다발을 찍어 올려 수레에 쌓았다. 이반이 세 번째로 귀리 다발을 찍었을 때 쇠스랑 끝의 감촉이 물컹해서 쇠스랑을 번쩍 들어 올렸더니 꼬리가 잘린 악마가 도망치려고 몸부림치고 있었다.

"요 못된 녀석 좀 보게! 다시는 나오지 않겠다더니 또 숨어 있었던 거냐?"

"아니에요, 저는 그 악마가 아니에요. 저는 당신 형 세묜과 있었던 악마예요."

"그게 무슨 상관이야? 똑같이 혼내주지."

그러고 나서 이반은 악마를 밭으로 내던지려고 했다. 그러자 악마가 애원하며 말했다.

"제발, 목숨만은 살려주세요. 이제 더 이상 나타나지 않을게요. 그리고 원하시는 모든 것을 다 들어드리겠습니다."

"네가 할 수 있는 게 뭔데?"

"어떤 것으로든 군인을 만들 수 있습니다."

"근데 군인으로 뭘 할 수 있지?"

"그들에게 무슨 일이든 다 시킬 수 있습니다."

"노래도 부르게 할 수 있나?"

"그럼요."

"그래? 그럼 어디 그렇게 해봐."

그러자 악마가 말했다.

"이 귀리 한 단을 곧게 세워놓고 흔들면서 이렇게 말하세요. '내 종이 명하노니, 너는 더 이상 짚단이 아니다. 짚단마다 모두 군인이 되어라.' 라고 말이에요."

이반은 귀리단을 세워두고 악마가 시키는 대로 했다. 그러자 귀리단이 하나하나 흩어지며 수많은 군인이 되어 북을 치고 나팔을 불었다. 이반은 웃으며 말했다.

"정말 대단하군. 여자들이 보면 좋아하겠어."

"그럼 이제 저를 놓아주세요."

"아직! 낟알도 털지 않은 곡식을 낭비할 수 없으니 군인들을 다시 귀리단으로 만드는 법도 가르쳐줘."

그러자 악마가 말했다.

"내 종이 명하노니, 군인들은 다시 짚단이 되어라."

이번에도 이반은 악마가 시키는 대로 했다. 그러자 군인들은 다시 귀리단으로 변했다. 다시 악마가 애원했다.

"그럼 이제 저를 놓아주세요."

"좋아, 그렇게 하지."

이반은 악마의 다리를 잡아당겨 쇠스랑에서 뽑아주었다.

"신의 은총이 함께하길, 그럼 잘 가거라."

이반이 말을 마치자 악마는 물속에 던져진 돌멩이처럼 땅속으로 사라졌고, 그 자리에는 구멍 하나만이 남아 있었다.

이반이 집으로 돌아와 보니, 둘째 형인 배불뚝이 타라스와 그의 아내가 저녁 식사를 하고 있었다. 타라스는 빚에 쫓기다가 이곳으로 도망쳐온 것이다. 타라스는 이반을 보며 말했다.

"난 이제 빈털터리다. 그러니 당분간 나와 네 형수를 먹여 살려다오."

"그래요, 그렇게 해요."

이반이 말했다. 이반은 외투를 벗고 식탁 앞에 앉았다. 그러자 타라스의 아내가 얼굴을 찌푸리며 말했다.

"난 바보와 식사하기 싫어요. 땀 냄새가 너무 지독하잖아요!"

그러자 타라스가 이반에게 말했다.

"너한테 지독한 냄새가 나는구나. 그러니 문간에 가서 밥을 먹어라."

"그렇게 할게요."

이반은 빵을 들고 밖으로 나가며 말했다.

"어차피 오늘 밤에 순찰을 나가야 해요. 말에게 풀도 먹여야 되고요."

5

그날 밤, 타라스를 맡았던 악마는 자신의 임무를 마치고 동료 악마가 이반을 괴롭히는 것을 도와주러 왔다. 그래서 악마는 밭으로 나가 동료를 찾아보았으나 악마는 어디에도 없었고 구멍 하나만이 보일 뿐이었다. 그래서 악마는 풀밭으로 가보았다. 그곳에서 악마의 잘린 꼬리가 발견되었다. 그리고 귀리밭에서도 또 다른 구멍을 발견했다.

"분명 무슨 일이 생긴 게 틀림없어. 아무래도 내가 바보 녀석을 혼내줘야겠다."

그래서 악마는 이반을 찾으러 나섰다. 이반은 집이 좁다는 형들의 부탁으로 새 집을 짓기 위해 나무를 하러 숲에 가 있었다.

이반은 나무를 베느라 땀을 뻘뻘 흘리고 있었다. 악마는 숲으로 가서 이반의 나무 베는 일을 방해하기 시작했다. 이반은 나무가 쓰러질 때 가지에 걸리지 않게 하기 위해 온 신경을 곤두세웠다. 그런데 이상하게도 나무는 계속 엉뚱한 방향으로 쓰러지며 나뭇가지에 걸리는 것이었다. 이반은 하는 수 없이 지렛대를 만들어 간신히 나무를 끌어내렸다. 나무를 한 그루씩 벨 때마다 이반은 다른 나뭇가지에 걸린 나무를 끌어내리느라 진땀을 흘렸다.

이반은 이상하다고 생각했지만 나무 베는 일을 멈추지 않았다. 애초에 50그루를 베려 했지만 10그루도 못 베고 날은 어두워졌고 체력도 바닥이 났다. 그러나 그는 멈추지 않고 계속 나무를 베었다. 얼마 후, 등이 쑤시고 지칠 대로 지친 이반은 나무에 도끼를 꽂아 놓고는 잠시 휴식을 취했다. 이반이 지쳐서 쉬고 있는 모습을 보자 악마는 몹시 기뻤다.

"드디어 체력이 고갈됐군. 이젠 포기한 것 같으니 나도 좀 쉬어야지."

큰 나뭇가지에 앉아 있던 악마는 낄낄거리며 웃어댔다. 그러나 이반은 곧 다시 일어나 나무를 베기 시작했다. 이반이 악마가 앉아 있는 쪽의 나무를 내리치자 나무가 쩍 갈라지더니 큰 소리를 내며 바닥으로 쓰러졌다. 미처 대비하지 못했던 악마는 나뭇가지에 손이 끼고 말았다. 악마를 발견한 이반은 깜짝 놀라며 말했다.

"이 지독한 녀석, 또 여기에 숨어 있었네!"

"아니에요, 저는 그 악마가 아니에요. 난 당신의 형 타라스를 맡은 악마라고요."

"누구든 무슨 상관이야? 너도 똑같이 해줄 테다."

이반은 악마에게 도끼를 휘두르려 했다. 그러자 악마는 이반에게 간청했다.

"제발, 목숨만은 살려주세요. 당신이 원하는 건 뭐든지 다 들어드릴 테니까요."

"뭘 할 수 있는데?"

"당신이 원하는 만큼의 돈을 만들어드릴게요."

"그래? 어디 해봐."

그러자 악마는 이반에게 말했다.

"이 떡갈나무 잎을 두 손으로 문지르세요. 그러면 금화가 되어 바닥에 떨어질 테니까요."

이반은 악마가 시키는 대로 했다. 그러자 금화가 바닥에 우르르 쏟아졌다.

"아이들이 보면 재밌어 하겠군."

"그럼 이제 저를 풀어주세요."

"그렇게 하지."

이반은 지렛대로 악마를 빼내주었다.

"신의 은총이 함께하길, 그럼 잘 가거라."

이반의 말이 끝나자마자 악마는 물속에 던져진 돌멩이처럼 땅속으로 사라졌고 구멍 하나만이 남게 되었다.

6

이반 형제들은 새 집을 지어 각자 살림을 꾸리게 되었다. 이반은 추수를 다 끝낸 뒤 맥주를 담가 잔치를 벌여 형들을 초대했다. 그러나 형들은 오지 않았다.

"농사꾼들 잔치야 뻔하지 뭐."

형들은 이렇게 말하며 이반의 말을 무시해 버렸다. 그래서 이반은 다른 농부들과 아낙네들을 불러 흥겹게 잔치를 즐겼다. 술에 취한 이반은 거리로 나가서 춤을 추고 노래를 부르는 여자들에게 다가가 자기를 칭찬해 주는 노래를 불러달라고 했다.

"당신들이 그렇게 해준다면, 지금껏 한 번도 보지 못한 선물을 줄게요."

여자들은 웃으며 그를 칭찬하는 노래를 불러주었다.

"그럼 이제 약속한 걸 주세요."

"금방 갖다 드리죠."

이반은 씨앗이 든 바구니를 가지고 숲으로 갔다. 그러자 여자들은 이반을 흉보기 시작했다.

"정말 바보라니깐."

그러고 나서 그들은 이반의 일을 까맣게 잊고 있었다. 잠시 후 이반이 돌아왔고, 이반의 씨앗 바구니에는 무언가가 가득 담겨 있었다.

"이걸 나눠줄까요?"

"그게 뭔데요? 어디 한 번 나눠줘요!"

이반은 금화를 꺼내 여자들에게 뿌렸다. 그러자 그곳은 순식간에 아수라장이 되어버렸다. 여자들과 농부들이 서로 금화를 주우려 몰려들었기 때문인데, 어떤 노파는 사람들한테 깔려 죽을 뻔했다. 그 모습을 본 이반은 웃기 시작했다.

"당신들, 할머니는 왜 쓰러뜨리는 거예요? 다들 진정하세요. 더 나눠줄 테니까."

이반이 또다시 금화를 뿌리자 이번에도 사람들이 벌떼처럼 몰려들었다. 이반은 씨앗 바구니에 있던 금화를 전부 다 뿌렸지만 사람들은 더 많은 금화를 원했다. 그러자 이반이 말했다.

"이제 더 이상은 없어요. 다음에 또 드릴게요. 이젠 춤을 추고 노래를 불러주세요."

여자들이 노래를 부르기 시작했다.

"노래가 별로 마음에 들지 않네요."

"그럼 어떤 노래를 원하세요?"

여자들이 물었다.

"내가 보여줄 테니 잠깐 기다려요."

이반은 헛간으로 가서 짚단을 세워놓고 말했다.

"내 종이 명하노니, 너는 더 이상 짚단이 아니다. 짚단마다 모두 군인이 되어라."

그러자 짚단이 흩어지며 군인이 되었고 그들은 북을 치고 나팔을 불었다. 이반은 군인들에게 노래를 부르라 명하고 그들을 데리고 거리로 나왔다. 그 모습을 본 마을 사람들은 모두 깜짝 놀랐다. 군인들은 즐겁게 노래를 불렀다. 얼마 후 이반은 아무도 그의 뒤를 따르지 못하도록 하고서는 군인들을 데리고 헛간으로 돌아와 다시 짚단으로 만들었다. 그리고 나서 그는 헛간에서 잠을 청했다.

7

다음 날 아침, 이 소식을 들은 맏형 세몬이 이반을 찾아왔다.

"그 많은 군인들을 어디서 데려왔으며 또 어디로 데려간 거야?"

"그게 형이랑 무슨 상관이 있는데요?"

"왜 상관이 없어? 군대만 있다면 뭐든지 다 할 수 있어. 나라도 세울 수 있다고."

그러자 이반은 형을 헛간으로 데려가며 말했다.

"그럼 군인들을 만들어드릴 테니 그들을 데리고 멀리 떠나주세요. 그 많은 군인들이 여기에 있다간 하루 만에 이 마을 식량이 바닥나고 말 테니까요."

세몬은 그렇게 하겠노라고 약속했다. 그러자 이반은 군인을 만들기 시작했다. 이반이 헛간 바닥에 귀리단을 내리치자 하나의 군대가 만들어졌고, 한 번 더 내리치니 또 다른 군대가 만들어졌다. 군인의 수가 너무 많아 밭을 채우고도 남을 정도였다.

"이 정도면 충분한가요?"

세몬은 몹시 기뻐하며 말했다.

"이 정도면 됐다. 고맙구나, 이반."

"뭘요, 군인들이 더 필요하거든 다시 찾아오세요. 더 만들어드릴 수 있어요. 짚단은 아직 많으니까요."

세몬은 군대를 만들어 명령을 내렸고 전쟁터로 떠났다. 세몬이 떠난 지 얼마 후, 배불뚝이 타라스가 이반을 찾아왔다. 타라스도 어제 있었던 일을 알고서 이반에게 부탁을 하러 온 것이었다.

"그렇게 많은 금화가 어디서 난 거냐? 나한테 그만큼의 돈이 있다면 이 세상의 돈을 다 끌어 모을 수 있을 텐데."

"미리 말해 주시지 그랬어요. 형이 원하는 만큼 돈을 만들어드릴게요."

타라스는 몹시 기뻐하며 말했다.

"세 바구니만 만들어다오."

"그럼 숲으로 가요. 형 혼자 들고 오기 힘들 테니 말을 끌고 가야겠어요."

타라스와 이반은 함께 숲으로 갔다. 그곳에서 이반은 떡갈나무 잎을 문질러 많은 금화를 만들었다.

"이 정도면 됐나요?"

그러자 타라스는 몹시 기뻐하며 말했다.

"일단 이 정도면 됐다. 고맙구나, 이반."

"뭘요. 더 필요하면 언제든 오세요. 나뭇잎은 충분하니까요."

타라스는 수레에 금화를 한 가득 싣고 장사를 하러 떠났다.

이반의 형들은 그렇게 각자 멀리 떠났다. 세몬은 군대를 지휘하며 전쟁터로 향했고, 타라스는 장사를 다시 시작했다. 그리고 얼마 후, 세몬은 나라를 정복하여 황제가 되었고 타라스는 엄청난 돈을 모으게 되었다.

어느 날, 오랜만에 만난 세몬과 타라스는 그동안 있었던 이야기를 나누었다. 세몬은 어떻게 군대를 얻게 되었는지, 또 타라스는 어떻게 돈을 벌었는지에 관해 서로 이야기를 나누었다. 세몬이 타라스에게 말했다.

"나는 나라를 정복했어. 이제 군인들한테 지급할 돈만 있다면 잘 살 수 있을 텐데."

그러자 타라스가 말했다.

"나는 돈은 꽤 많이 모았는데 그 돈을 관리할 사람이 없어서 걱정이에요."

그러자 세몬이 말했다.

"이반을 다시 찾아가 보자. 난 이반한테 군인들을 더 만들어 달라고 해서 그들에게 네 돈을 관리하라고 명할 테니, 너는 이반한테 돈을 더 만들어 달라고 해서 그 돈을 군인들에게 나눠주는 거야."

그래서 두 형제는 다시 이반을 만나러 갔다. 세몬이 말했다.

"이반, 군인이 더 필요하구나. 조금만 더 만들어다오."

그러자 이반은 고개를 저었다.

"그건 안 돼요. 더 이상은 군인을 만들 수 없어요."

"왜 안 되는데? 필요하면 언제든 오라고 했잖니."

"그렇긴 하지만, 그래도 안 돼요."

"이 멍청한 녀석아, 왜 안 된다는 거야!"

"형의 군인이 사람을 죽였다고요. 얼마 전 밭을 갈고 있는데 한 여자가 관을 옮기며 통곡을 하더군요. 대체 누가 죽었냐고 물으니 여자가 이렇게 말했어요. '세몬의 군대가 전쟁터에서 제 남편을 죽였어요.' 라고 말이에요. 난 군인이 노래하고 춤추는 사람들인 줄 알았는데 사람을 죽이다니. 그러니 다시는 군인을 만들지 않을 거예요."

이반은 자신의 고집을 꺾지 않았고, 세몬에게 군인을 만들어주지 않았다. 그러자 이번엔 배불뚝이 타라스가 금화를 더 만들어달라고 말했다. 그러나 이번에도 이반은 고개를 저었다.

"그건 안 돼요. 더 이상은 금화를 만들어드릴 수 없어요."

"무슨 소리냐? 필요하면 언제든 만들어주겠다고 했잖아."

"그러긴 했지만 그래도 안 돼요."

"이 바보 녀석아! 도대체 왜 안 된다는 거냐?"

"형의 금화가 미하일로프네의 암소를 빼앗아갔으니까요."

"대체 그게 무슨 소리야?"

"미하일로프네는 암소 한 마리를 갖고 있었어요. 그 암소 덕분에 아이들은 우유를 마실 수 있었죠. 그런데 얼마 전, 아이들이 저한테 와서 우유를 찾더라고요. 그래서 저는 그 애들한테 너희 집에 암소가 있지 않느냐고 물었죠. 그러자 아이들이 이렇게 말했죠. '배불뚝이 타라스가 엄마한테 금화 세 닢을 주고 암소를 데려갔어요. 이제 우리는 우유를 마실 수 없게 됐어요.' 라고 말이에요. 난 형이 금화를 갖고 놀 줄 알았는데 아이들의 암소를 빼앗다니요. 그러니 더 이상은 금화를 만들지 않겠어요."

이반이 자신의 뜻을 굽히지 않았기 때문에 결국 형들은 아무것도 얻을 수 없었다. 두 형들은 몹시 실망하며 돌아갔다. 그래서 세몬과 타라스는 이 상황을 해결할 방법을 생각해 보았다. 세몬이 말했다

"이러는 건 어떠냐? 네가 돈을 내 군사들에게 주면, 나는 네게 내 군사의 반을 주겠다. 그렇게 하면 내 군사들이 네 돈을 관리할 수 있지 않겠느냐?"

타라스는 세몬의 말에 동의했다. 두 형제는 자신의 것을 서로 나눠 가지게 되었고, 결국 두 사람은 부유한 왕이 되었다.

8

이반은 예전과 마찬가지로 누이와 함께 일하며 부모님을 봉양했다. 그러던 어느 날, 이반의 집에 있는 늙은 개가 병에 걸려 거의 죽게 되었다. 이반은 그 개가 가여워 누이에게 빵을 얻은 뒤 모자에 숨겨 두었다가 개에게 주었다. 그때 빵과 함께 작은 풀뿌리가 떨어졌고, 늙은 개는 그 뿌리를 주워 먹게 되었다. 그러자 그 개는 병이 다 나은 듯 기운이 넘쳐 여기저기 뛰어다니며 짖어대기 시작했다. 이를 본 이반의 부모는 몹시 놀라 물었다.

"어떻게 개의 병이 나은 거냐?"

이반이 대답했다.

"저한테 어떤 병이든 다 낫게 해주는 풀뿌리가 두 개 있었어요. 그런데 개가 그중 하나를 주워 먹었어요."

한편, 왕의 딸이 병에 걸렸다는 소문이 돌고 있었다. 왕은 공주의 병을 낫게 해주는 사람에게 큰 포상을 내리겠다고 선언했다. 또한 공주를 낫게 한 사람이 미혼이라면 자신의 딸과 결혼을 시켜주겠다는 약속도 덧붙였다. 이 소식은 이반의 마을까지 전해졌다.

그러자 이반의 부모가 이반에게 말했다.

"너도 왕이 말씀하신 얘기 들었지? 네가 가진 그 풀뿌리로 공주의 병을 치료해 주거라. 그렇게 하면 큰 상을 받게 될 테니까."

"네, 그렇게 하겠어요."

그래서 이반은 떠날 채비를 하였다. 이반의 부모님은 그에게 말끔한 옷을 입혀주었다. 그런데 이반이 밖에 나와 보니 손이 굽은 여자 거지가 문 밖에 서 있었다.

"당신은 어떤 병이든 다 고칠 수 있는 약초를 가지고 있다고 들었습니다. 그러니 제발 제 손을 고쳐주세요. 이 손 때문에 신발도 제대로 못 신고 있어요."

그러자 이반이 말했다.

"그렇게 하죠."

이반은 풀뿌리를 꺼내 여자에게 건넸다. 그것을 먹은 여자는 병이 말끔하게 나았다. 그때 이반을 배웅하러 나온 이반의 부모는 하나 남은 풀뿌리를 여자 거지에게 주어 공주의 병을 치료할 수 없게 된 것을 알고는 이반을 나무라기 시작했다.

"저 여자만 가엾고 공주님은 가엾지 않더냐?"

그러자 이반은 공주도 가엾다는 생각이 들었다. 그래서 그는 수레에 짚을 깔고 출발할 준비를 했다.

"어디로 가려는 거냐, 이 멍청한 녀석아!"

"공주님의 병을 고쳐야지요."

"이젠 풀뿌리도 없잖아."

"괜찮아요."

그렇게 이반은 길을 나섰다. 잠시 후 그는 궁에 도착했고, 그가 계단을 오르자마자 공주의 병은 씻은 듯이 낫게 되었다. 왕은 몹시 기뻐하며 신하에게 명하여 이반을 불렀다. 왕은 이반에게 좋은 의복을 입혀주며 말했다.

"내 딸과 결혼해 주게."

"황공하옵니다."

결국 이반은 왕의 딸과 결혼하게 되었다. 그리고 얼마 후 왕은 세상을 떠났고 이반이 새로운 왕이 되었다. 그렇게 하여 이반의 세 형제가 모두 왕이 되었다.

9

이반의 세 형제는 제각기 자신의 나라를 잘 다스렸다. 큰형 세몬은 짚으로 만든 군인들을 기반으로 해서 진짜 군인들을 모집했다. 그는 키가 크고 얼굴이 하얗고 말끔한 군인을 열 집마다 한 명씩 선발했다. 게다가 그는 군인들을 혹독하게 훈련시켰다. 만일 자신에게 반기를 드는 누군가가 있다면 어떻게 해서든 자신에게 복종하도록 만들었다. 그래서 모두들 세몬을 두려워했다.

세몬은 행복한 나날을 보냈다. 그가 생각하는 모든 것과 눈에 보이는 모든 것이 전부 다 그의 것이 되었다. 원하는 게 있으면 군인을 보내 빼앗아 오게 했던 것이다.

배불뚝이 타라스도 호화로운 나날을 보냈다. 그는 이반에게 받은 돈으로 더 많은 재산을 모으게 되었다. 그리고 돈궤를 만들어 돈을 관리했다. 그러고는 백성들에게 온갖 세금을 거두어들였다. 인두세뿐만 아니라 통행료, 신발, 의복 등에 대해서도 세금을 부과했다. 그러나 백성들은 가난했기 때문에 돈이 없었고, 돈 대신 어떤 물건이든 그에게 갖다 바쳤다. 대신 갖다 줄 물건조차 없는 사람들은 타라스 밑에서 일을 했다.

바보 이반 역시 여유 있는 생활을 했다. 그는 왕의 장례가 끝나자마자 입고 있던 의복을 벗어 아내에게 주며 옷장에 넣어두라고 일렀다. 그러고 나서 삼베옷과 짚신을 신고 일을 하러 갔다.

"몸이 둔해지니 입맛도 없고 잠도 잘 안 와."

이반은 부모님과 누이를 불러오고 옛날처럼 다시 일을 시작했다. 그러자 사람들이 말했다.

"당신은 왕이십니다."

"왕도 밥은 먹잖아."

잠시 후 신하들이 이반을 찾아와 말했다.

"신하들에게 지급할 돈이 부족합니다."

"그럼 안 주면 되지."

"그렇게 되면 아무도 전하를 모시지 않을 겁니다."

"그러라고 해. 그렇게 되면 오히려 각자 일할 시간이 많아질 테니까. 저기 거름이 많으니 그것 좀 나르라고 해."

그러던 어느 날, 백성들이 이반을 찾아와 재판을 해달라고 부탁했다. 그중 한 사람이 말했다.

"저 사람이 제 돈을 훔쳐갔습니다."

그러자 이반이 말했다.

"그래? 저자가 돈이 필요했나 보지."

모든 사람들은 이반이 바보라는 것을 알게 되었다. 그러자 왕비가 이반에게 말했다.

"사람들이 당신을 바보라고 불러요."

"그래요? 상관없어요."

왕비는 잠시 생각에 잠겼지만 그녀도 바보였기에 어쩔 수 없었다.

"남편의 뜻에 반대해서는 안 되겠지. 바늘 가는 데 실도 따라가야 하는 법이니까."

이반의 아내 역시 왕비 옷을 벗어 옷장에 넣어두고는 이반의 누이를 찾아가 농사일을 배웠다. 그래서 그녀도 일을 익히고는 이반을 도와 일을 했다.

이반의 나라에서 똑똑한 자들은 모두 떠나고 바보들만이 남게 되었다. 누구 하나 돈을 가진 사람도 없었다. 그래서 다들 일을 하면서 생계를 꾸려나갔고 서로 도우며 살아갔다.

10

악마 두목은 작은 악마들이 세 형제를 파멸시켰다는 소식을 갖고 오기만을 기다렸다. 그러나 아무 소식도 없었기에 악마는 어떻게 된 일인지 직접 알아보기로 했다. 그래서 악마는 작은 악마들을 찾아 여기저기 돌아다녔지만 결국 찾지 못했고, 단지 구멍 세 개만을 발견했을 뿐이었다.

"일이 잘 안 풀린 모양이군. 어쩔 수 없이 내가 나서야겠다."

그래서 악마는 세 형제를 찾아갔다. 그러나 세 형제는 옛날에 살던 집에 없었고 각기 다른 나라에서 왕으로 살고 있다는 것을 알게 되었다. 악마 두목은 장군으로 변신하여 세몬을 찾아갔다.

"전하, 전하께서 훌륭한 군인이시라는 말을 듣고 이렇게 찾아왔습니다. 저 역시 군인이니 전하를 모시고 싶습니다."

그러자 세몬은 악마에게 여러 가지 질문을 했다. 얼마 후 세몬은 그가 꽤 현명하다는 생각이 들어 그를 받아주었다. 악마는 세몬에게 지금보다 더 강한 군대를 만드는 방법이 있다며 이렇게 말했다.

"우선 더 많은 군인을 모집해야 합니다. 지금 수많은 백성들이 할 일 없이 돌아다니기만 하고 있습니다. 특히 젊은 남자들을 징집해야 합니다. 그리고 소총과 대포를 만들어야 합니다. 마치 콩을 흩뿌리듯, 한 번에 총알이 백 발씩 발사되는 소총을 소신이 만들 수 있습니다. 또한 그 어떤 것도 태워버릴 수 있는 대포도 만들수 있습니다. 그 대포만 있다면 어떤 것이든 모조리 불태워버릴수 있습니다."

세몬은 악마의 말을 받아들였고, 젊은 청년들을 모두 징집하였다. 그리고 새로운 공장을 세워 소총과 대포를 만들어냈다. 그러고 나서 그는 이웃 나라를 정복하기 위해 길을 나섰다. 전쟁이 시작되었고 시작과 동시에 이웃 나라 군대의 반 이상을 불태워버렸다. 이웃 나라 왕은 두려움에 떨며 곧 항복했고 나라를 내주었다. 세몬은 몹시 기뻐하며 말했다.

"다음은 인도를 정복할 차례다."

그러나 인도 왕은 이미 세몬의 전략을 파악했으며, 또 자신의 생각을 더해 새로운 전략을 세우고 무기도 갖추어 놓았다. 인도 왕은 젊은 남자뿐만 아니라 미혼 여성까지도 군인으로 모집하여 세몬의 군대보다 훨씬 더 규모가 큰 군대를 만들었다. 게다가 인도 왕은 소총과 대포를 만드는 법도 이미 알고 있었으며, 공중에서 폭탄을 떨어뜨리려는 계획도 갖고 있었다.

이윽고 세몬과 인도 왕의 전쟁이 시작되었다. 세몬은 이번에도 승리할 수 있을 거라 자신했다. 그러나 그것은 착각에 불과했다. 인도 왕은 세몬의 군대가 사정거리에 들어오지 못하도록 막았으며, 여군들은 공중에서 폭탄을 퍼부었다. 세몬의 군대는 겁에 질

려 뿔뿔이 흩어졌다. 결국 인도 왕은 세몬의 나라를 점령했고, 세
몬은 겨우 도망칠 수 있었다.

이렇게 세몬을 무너뜨린 악마는 이번에는 타라스 왕을 찾아갔
다. 악마는 상인으로 변신하여 타라스의 나라로 들어갔다. 그곳에
서 악마는 비싼 가격으로 사람들의 물건을 사주었고, 점점 더 많
은 사람들이 돈을 벌기 위해 악마를 계속 찾아왔다. 사람들은 돈
을 많이 벌게 되어 빚도 갚게 되었고, 세금도 꼬박꼬박 낼 수 있게
되었다.

타라스는 몹시 기뻐했으며, 그 상인 덕분에 더 많은 돈을 모을
수 있게 되어 그를 고맙게 생각했다. 그렇게 해서 타라스는 점점
더 많은 돈을 모으게 되었고, 그의 생활은 나날이 풍요로워졌다.

타라스는 새로운 궁궐을 짓기로 결심했다. 그는 사람들에게 목
재와 돌을 가져오라 이르고는 비싼 품삯을 주기로 했다. 예전에도
그랬기 때문에 타라스는 당연히 수많은 사람들이 몰려들 것이라
고 생각했다. 하지만 어떻게 된 일인지 사람들은 목재와 돌을 들
고 그 상인에게로 갔으며, 일꾼들도 마찬가지였다. 그래서 타라스
가 더 많은 품삯을 주겠다고 하자 상인도 더 비싼 값을 쳐주겠다
고 하는 바람에 결국 새로운 궁궐을 지으려던 타라스의 계획은 무
산되었다.

어느덧 가을이 되었다. 타라스는 새로운 정원을 짓기 위해 일꾼
을 불러 모으려고 했다. 그러나 아무도 오지 않았다. 다들 상인의

호수를 만드는데 동원되었기 때문이다. 그렇게 겨울이 되었다. 타라스는 새 외투를 만들기 위해 신하에게 담비 가죽을 사오라고 일렀다. 그러나 신하가 돌아와서 전하기를,

"그 상인이 죄다 사갔기 때문에 검은담비 모피가 없사옵니다. 그 상인이 비싼 값으로 검은담비 모피를 사들여 양탄자를 만들었다고 하옵니다."

이번에 타라스 왕은 종마를 사려고 신하를 보냈다. 그러나 이번에도 신하는 이렇게 말했다.

"그 상인이 괜찮은 종마를 죄다 사들였고, 종마들은 그의 호수에 채울 물을 나르고 있다고 하옵니다."

타라스의 모든 계획은 엉망이 되고 말았다. 타라스와 함께 일하려는 사람은 아무도 없었으며 모두 그 상인만을 위해 일할 뿐이었다.

타라스 왕은 모아들인 돈이 너무 많았기에 보관할 곳이 마땅치 않았다. 돈은 많았지만 날이 갈수록 그의 생활은 점점 더 힘들어졌고, 이제 그는 목숨만 부지할 뿐 어떤 계획도 세우려 하지 않았다. 그러나 그마저도 어렵게 되었다. 요리사며 마부며 하인들까지도 그 상인에게로 갔기 때문이다. 식료품을 사려 해도 상인이 죄다 사들였기에 아무것도 살 수가 없었다.

몹시 화가 난 타라스 왕은 결국 그 상인을 나라 밖으로 추방했다. 그러나 상인은 국경 앞에서 자리를 잡고 전과 똑같이 행동했

다. 사람들은 돈을 벌기 위해 그 상인에게 몰려들었다. 그리하여 타라스 왕의 상황은 점점 나빠졌다. 그는 이제 끼니마저 굶게 되었던 것이다. 게다가 그 상인이 왕비마저 돈으로 사려 한다는 소문이 퍼졌다. 그 소문을 들은 타라스는 몹시 놀랐지만 어찌할 도리가 없었다. 그때 맏형 세몬이 타라스를 찾아왔다.

"인도 왕이 내 나라를 빼앗아갔어. 그러니 나를 좀 도와주렴."

그러자 몹시 굶주린 타라스가 대답했다.

"나는 이틀이나 아무것도 먹지 못했어요."

11

악마는 이반의 형들을 파멸시키고 난 후 이반에게로 갔다. 그리고 장군으로 변신한 다음 이반에게 군대를 만들라고 설득했다.

"군대가 없다면 왕이라 할 수 없사옵니다. 그러니 분부만 내려주십시오. 소신이 전하를 위해 군대를 만들겠사옵니다."

그러자 이반이 말했다.

"그럼 한 번 만들어보시오. 그리고 그들이 노래를 잘 부르도록 가르치시오."

악마는 곳곳을 돌아다니며 군대에 지원하는 자에게 보드카와 빨간 모자를 지급하겠다고 말했다. 그러자 바보들은 웃으며 말했다.

"술은 우리가 직접 만들고 있어요. 또 모자도 만들 수 있어. 알 록달록한 모자나 수술이 달린 것도 말이에요."

상황이 이러했기에 입대를 하려는 사람은 아무도 없었다. 그래 서 악마는 이반을 찾아가 말했다.

"백성들이 죄다 바보들이라 군대에 지원하지 않고 있사옵니다. 그러니 그들을 강제로 불러 모아야겠습니다."

"그럼 어디 한 번 해보시오."

악마는 이 나라 백성이라면 누구든 입대해야 하며, 이를 어길 시 이반 왕께서 사형에 처한다는 말을 전했다. 그러자 바보들이 장군을 찾아와 말했다.

"당신은 우리가 군인이 되지 않으면 사형에 처한다는 말만 했을 뿐, 군인이 되면 어떻게 되는지는 말해 주지 않았어요. 군대에 들 어가면 죽을 수도 있다던데요."

"맞아, 그럴 수도 있지."

그러자 바보들은 자신의 고집을 꺾지 않았다.

"그럼 입대하지 않겠어요. 어차피 죽을 바에야 집에서 죽는 게 낫지요."

"당신들은 정말 멍청하군. 군인이 된다고 해서 다 죽는 건 아니 오. 하지만 군인이 되지 않으면 무조건 죽게 되는 것이지."

바보들은 잠시 생각에 잠겼다. 그러다가 이반 왕을 찾아갔다.

"어떤 장군이 말하길, 백성들이 군인이 되면 죽을 수도 있고 안

죽을 수도 있지만 군인이 되지 않으면 왕께서 무조건 사형에 처한다고 하는데 이게 사실이옵니까?"

이반은 웃으며 말했다.

"어떻게 나 혼자 당신들을 죽일 수 있단 말이오? 내가 똑똑하다면 당신들에게 설명할 수 있었을 텐데. 솔직히 나도 뭐가 어떻게 돌아가고 있는지 모르겠소."

"그럼 입대하지 않겠사옵니다."

"그렇게 하시오."

바보들은 장군에게 가서 군인이 되지 않겠다고 말했다. 악마는 자신의 계획대로 일이 잘 풀리지 않자 이웃 나라의 타라칸 왕을 찾아갔다.

"이반 왕의 나라를 정복하십시오. 돈은 없지만 곡식과 가축 등 모든 것을 다 갖춘 나라이옵니다."

그래서 타라칸 왕은 전쟁을 하기로 결심하고 군사를 모집했다. 그리고 소총과 대포를 준비하여 이반의 나라로 쳐들어갔다. 그러자 백성들이 이반에게 달려와 말했다.

"타라칸 왕이 쳐들어왔습니다."

"그렇군. 그냥 놔두시오."

타라칸 왕은 군사를 보내 이반의 군대를 살피라고 명했다. 그러나 아무리 찾아봐도 군사들은 보이지 않았고, 아무리 기다려도 군대는 나타나지 않았기에 싸울 상대가 없었다. 그래서 타라칸 왕은 군사들을 마을로 보냈다. 그들이 마을에 들어서자 바보들은 모두 나와 군사들을 쳐다보며 놀란 표정을 지었다. 군사들은 마을의 곡식과 가축을 빼앗아갔다. 바보들은 모든 물건을 다 내주었고 저항하지 않았다. 군사들은 다른 마을로 이동해서 그 마을도 수탈했다. 그러나 그곳도 마찬가지였다. 그래서 군사들은 매일 매일 다른 마을로 이동하면서 약탈했지만 가는 곳마다 똑같은 반응을 보였다. 바보들은 자신의 재산을 몽땅 다 내주었고, 이곳에서 함께 살자고 권유하기도 했다.

"당신들 나라에서 살기 어렵거든 여기 와서 같이 살아요."

군사들은 이곳저곳 돌아다녀 보았지만 이 나라의 군사들은 찾을 수 없었다. 그리고 사람들은 그저 묵묵히 자신의 일을 하며 서로를 도와주고 있었다.

점점 지쳐가던 군사들은 타라칸 왕을 찾아가 말했다.

"여기서는 전쟁을 할 수 없으니 다른 나라로 보내주십시오. 당당하게 맞서 싸우고 싶습니다. 이 나라에선 도저히 전쟁이 일어날 수 없사옵니다."

이 말을 듣고 화가 난 타라칸 왕은 군사들에게 이반의 나라에 불을 질러 집이며 곡식을 다 태워버리고 가축들을 죽이라고 명령했다.

"내 명령을 어길 시에는 반드시 죽음으로 대가를 치르게 될 것이다."

군사들은 모두 놀라 명령에 복종했다. 그들은 불을 질러 집과 곡식을 태워버렸고 가축들을 죽였다. 그러나 바보들은 그저 울기만 할 뿐 이번에도 저항하지는 않았다.

"왜 우리를 괴롭히는 겁니까? 원하는 게 있으면 그냥 가져가지 왜 다 없애려는 겁니까?"

이 말을 들은 군사들은 마음이 무거워졌다. 군사들은 더 이상 명령을 수행할 수 없었기에 모두 흩어져버렸다.

12

군대를 이용해서 이반을 괴롭히려던 악마의 계획은 이렇게 무산되었다. 그래서 이번에는 훌륭한 신사로 변해서 이반을 찾아왔다. 타라스를 돈으로 무너뜨렸던 것처럼 이반에게도 그렇게 할 생각이었던 것이다.

"나는 당신들에게 현명한 가르침을 주고 싶습니다. 그래서 이곳에서 집을 짓고 장사를 할 생각입니다."

"좋은 생각이오. 그럼 이곳에서 사시오."

이반이 대답했다.

다음 날 아침, 신사는 금화가 가득 든 자루와 종이를 가지고 광장으로 나가 말했다.

"당신들은 모두 돼지처럼 살고 있습니다. 그래서 나는 당신들에게 살아가는 방법에 대해 가르쳐주려고 합니다. 여기에 있는 설계도대로 집을 지어주십시오. 내가 지시하는 대로 따라준다면 당신들께 이 금화를 드리겠습니다."

신사는 사람들에게 금화를 보여주었다. 그러자 바보들은 그것을 신기해하며 바라보았다. 그들은 여태껏 금화라는 것을 가져본 적이 없었다. 필요한 게 있으면 서로의 물건을 교환하거나 도우며 살아왔기 때문이다.

"노리개로 쓰면 좋겠군."

사람들은 금화를 갖기 위해 물건을 들고 그를 찾아오기도 했고, 온갖 일을 해주었다. 악마는 속으로 쾌재를 부르며 생각했다.

'이제야 일이 잘 풀리는군. 타라스에게 그랬던 것처럼 이번에는 반드시 저 바보 녀석을 완전히 무너뜨려야지. 다시는 일어서지 못하게 만들 테다.'

금화를 갖게 된 바보들은 목걸이로 만들어 여자들에게 선물했고, 처녀들에게는 머리에 장식용으로 달아주기도 했다. 이제 금화는 아이들이 장난감으로 갖고 있을 정도로 흔한 물건이 되었다. 그렇게 대부분의 사람들이 금화를 갖게 되자 사람들은 더 이상 얻으려 하지 않았다. 하지만 신사의 집은 아직 절반밖에 완성되지 못했고, 일 년치의 곡식도 가축도 구비되지 않은 상태였다. 그래서 신사는 사람들에게 말했다.

"내 밑에서 일을 하시오. 곡식이든 가축이든 다 가져오시오. 무엇을 가져오든 다 금화로 바꾸어주겠소!"

그러나 일을 하러 오는 사람은 아무도 없었으며 물건을 들고 그를 찾아가는 이도 없었다. 가끔씩 어린아이들이 달걀을 들고 와 금화로 바꿔가긴 했지만 어른들은 아무도 오지 않았다. 이제 신사는 식량마저 부족해졌다. 그래서 신사는 암탉을 사기 위해 금화를 들고 어느 집을 찾아갔다. 그러자 주인 여자가 말했다.

"그런 건 우리 집에도 많아요."

신사가 이번에는 청어를 사기 위해 금화를 들고 어느 가난한 농가를 찾아갔다. 그러자 그 집 안주인이 말했다.

"우린 필요 없어요. 집에는 그걸 가지고 놀 어린애들도 없으니까요. 그래도 귀한 거라 이미 세 닢이나 갖고 있어요."

신사는 빵을 구하기 위해 어느 농부를 찾아갔다. 그러나 그도 역시 금화를 거부했다.

"우리는 필요 없어요. 하지만 하느님의 이름으로 구걸하는 거라면 잠깐 기다려 봐요. 아내에게 빵을 좀 가져오라고 할 테니."

'하느님'이라는 말을 들은 악마는 침을 한 번 뱉더니 도망치듯 그 집을 나왔다. 악마에게 '하느님의 이름'이라는 말은 칼보다도 더 두려운 것이었다. 그래서 악마는 빵도 구하지 못하게 되었다. 대부분의 사람들이 금화를 갖고 있었기 때문에 악마가 금화를 가져가도 다른 물건과 교환해 주지 않았던 것이다. 그러면서 그들은 이렇게 말하곤 했다.

"다른 것을 가져와요. 아니면 일을 하든지, 그것도 아니면 하느님의 이름으로 그냥 드리겠어요."

금화 외에는 아무것도 가진 게 없었던 악마는 일을 하기도 싫었고, 구걸을 하기도 싫었다. 그래서 악마는 몹시 화가 났다.

"대체 왜들 그러는 거야? 금화가 많으면 무엇이든 다 살 수 있고 일꾼도 얼마든지 부릴 수 있을 텐데."

그러나 바보들은 그의 얘기에 귀를 기울이지 않았다.

"아뇨, 더 이상 필요 없습니다. 이 나라에는 세금도, 내야 할 돈도 없으니 아무리 돈이 많아도 쓸모가 없어요."

그리하여 악마는 저녁도 거른 채 잠을 청했다. 백성들이 이반을 찾아가 물었기 때문에 이 일은 이반에게까지 전해졌다.

"전하, 이 일을 어찌해야 좋을지 모르겠습니다. 점잖은 신사 하나가 좋은 음식과 술, 옷을 찾으면서 일은 하지 않고 동냥도 하지 않으며 금화만 내미니 말입니다. 사람들이 금화를 갖기 전에는 그 신사에게 무엇이든 다 내주었지만 이제 다들 금화를 갖게 되니 그에게 물건을 주는 사람이 아무도 없습니다. 그 신사가 굶어죽지는 않을까 걱정이 되옵니다."

이 말을 듣고 난 이반이 말했다.

"그럼 도와줘야지. 목동처럼 집집마다 돌아다니게 하라."

그렇게 해서 악마는 이곳저곳을 돌아다니며 사람들의 도움을 받았다. 그러다가 이반의 집 차례가 되어 악마는 점심을 먹으러 궁궐에 갔는데, 그곳에서 이반의 누이가 점심을 차리고 있었다. 그녀는 그동안 게으름뱅이들한테 자주 속아왔다. 그들은 일은 제대로 하지 않으면서도 밥은 제일 먼저 먹으러 왔으며 모든 음식을 전부 먹어치웠다. 그래서 그녀는 사람들의 손만 봐도 그가 게으름뱅이인지 아닌지 구분할 수 있게 되었다. 그녀는 손이 거친 사람에게는 식사를 차려 대접해 주었지만 손이 고운 사람에게는 먹다 남은 음식을 주었다.

악마가 식탁에 앉자 그녀는 그의 손을 유심히 살펴보았다. 그의 손은 굳은살 하나 없이 부드럽고 깨끗했다. 그래서 그녀는 화를 내며 그를 식탁에서 끌어냈다. 이를 본 이반의 아내가 악마에게 말했다.

"언짢게 생각하지 마세요. 우리 시누이는 손에 굳은살이 없는 사람은 여기에 앉히지 않으니까요. 그러니 잠깐 기다렸다가 사람들이 식사를 마치고 나면 남은 것을 드세요."

악마는 이반의 집에서 자신에게 돼지의 먹이를 준다고 생각하니 몹시 화가 났다. 그래서 이반을 찾아가 말했다.

"전하의 나라에서는 모든 사람들이 손으로 일을 해야 하는 우스운 법이라도 있나 봅니다. 그것은 참으로 어리석은 생각이옵니다. 똑똑한 자들은 어떻게 일하는지 아십니까?"

"멍청한 우리들이 어떻게 알겠는가? 우리는 손과 허리를 써서 일을 하고 있다네."

"그들이 바보이기 때문에 그렇게 일을 하는 것이옵니다. 이제부터 소신이 머리로 일하는 방법을 알려드리겠사옵니다. 손보다 머리로 하는 일이 얼마나 더 중요한지 사람들도 알아야 합니다."

이반이 놀라며 말했다.

"그것 때문에 사람들이 우리를 바보라 부르는 것이로군."

그러자 악마가 말했다.

"하지만 머리로 일하는 것은 쉽지 않습니다. 사람들은 제 손에 굳은살이 없다는 이유로 음식을 주지 않았습니다만, 손으로 하는 일보다 머리로 하는 일이 백 배는 더 어렵습니다. 잘못하다가는 머리가 깨지는 수도 있으니까요."

이 말을 듣고 이반은 잠시 생각했다.

"그런데 어째서 그대는 그렇게 힘든 일을 하는 것인가? 머리가 깨질 수도 있다면 결코 쉬운 일은 아닐 터. 그냥 쉬운 일을 하는 게 낫지 않은가?"

그러자 악마가 대답했다.

"소신이 스스로를 괴롭히는 것은 바보라고 불리는 사람들을 가엾게 여기기 때문입니다. 백성들이 더 이상 바보가 되지 않도록 하기 위해 이제부터 백성들에게 머리로 일하는 법을 알려주겠습니다."

"그럼 알려주시오. 손이 힘들면 머리로 일해 볼 테니 말이야."

이반 왕은 훌륭한 신사가 백성들에게 머리로 일하는 방법을 알려준다며, 손으로 일할 때보다 훨씬 더 많은 돈을 벌 수 있으니 다들 배우러 오라는 방을 붙여 백성들에게 소식을 전했다.

이반은 신사를 높은 탑으로 데려가 많은 사람들이 볼 수 있도록 해주었다. 신사는 탑 꼭대기에 올라서서 연설을 시작했다. 바보들은 손 대신 머리로 일하는 방법을 보여줄 거라고 생각했지만, 신사는 일을 하지 않고도 살아갈 수 있다는 말만 계속 늘어놓을 뿐이었다. 신사의 말을 도무지 이해할 수 없었던 바보들은 그의 얘기를 듣다가 각기 흩어져 자신의 일을 하러 가버렸다.

악마는 온종일 탑 위에서 연설을 했고, 그 다음 날까지 계속 그곳에 서 있었다. 악마는 배가 고팠다. 그러나 머리로 일하는 법을 알고 있는 그에게 빵을 가져다주는 사람은 아무도 없었다. 그들은 신사가 머리를 써서 빵 정도는 쉽게 구할 수 있을 거라 생각했기 때문이다. 그 다음 날도 악마는 탑 위에서 떠들어댔다. 사람들은 다시 와서 잠시 관심을 갖다가 이내 돌아갔다.

어느 날 이반이 백성들에게 물었다.

"어떻게 되어가고 있는가? 그 신사는 머리로 일을 하고 있는가?"

"아니옵니다. 계속해서 뭐라 떠들고만 있사옵니다."

악마는 그렇게 온종일 탑 위에 서 있었다. 그는 날이 갈수록 기력이 쇠잔해져 몸조차 가눌 수 없게 되었다. 그러다가 악마는 기둥에 머리를 부딪치고 말았다. 이를 본 어떤 바보가 이반의 아내에게 이 사실을 알렸다. 그래서 그녀는 밭에서 일하고 있는 남편에게 이 소식을 전했다.

"어서 가보세요. 신사가 머리로 일을 하고 있나 봐요."

"정말이오?"

이반은 말을 몰아서 신사가 있는 탑으로 향했다. 악마는 하도 굶주려서 비틀거리며 계속 머리를 기둥에 부딪치고 있었다. 이반이 도착하자 악마는 고꾸라지면서 요란한 소리를 내며 사다리 아래로 굴러 떨어졌다.

"머리가 깨질 수도 있다는 말이 사실이었군. 허나 계속 머리를 써서 일하다간 큰일 나겠어."

악마는 사다리 계단에 머리를 계속 부딪치며 굴러 떨어졌다. 마치 계단의 개수를 하나하나 세기라도 하듯 쿵쿵 소리를 내며 구르다가 그대로 땅속으로 처박혔다. 그러자 이반은 그가 머리를 써서 얼마나 많은 일을 했는지 살펴보기 위해 그에게 다가갔다. 그때 갑자기 땅이 갈라지면서 그 사이로 악마가 떨어졌다. 그가 떨어진 자리에는 구멍 하나만이 남았을 뿐이었다. 이반은 머리를 긁적이며 말했다.

"이런, 지독한 놈들 같으니! 그때 그 녀석들의 애비가 분명해!"

그리하여 이반은 지금껏 잘 살고 있으며, 점점 더 많은 사람들이 이반의 나라로 몰려들었다. 그리고 이반의 두 형들도 그를 찾아와 함께 살았다. 먹을 것을 달라며 찾아오는 누구에게라도 이반은 자신의 나라에는 모든 게 충분하다며 그들을 도와주었다.

하지만 이반의 나라에는 한 가지 중요한 관습이 있었다. 그것은 손에 굳은살이 있는 사람은 식탁에 앉아 음식을 먹을 수 있지만, 그렇지 않은 사람은 먹다 남은 음식을 먹어야 한다는 것이었다.

세 죽음

1

어느 가을날, 두 대의 마차가 큰길을 따라 빠르게 달리고 있었다. 앞에 있는 마차에는 두 여인이 타고 있었는데, 한 여인은 마르고 창백한 얼굴이었고 다른 여인은 얼굴에 붉은 생기가 돌며 몸집이 풍만한 하녀였다. 하녀는 다 해진 장갑을 낀 손으로 색이 바랜 모자 아래로 삐져나온 짧은 머리카락을 연신 쓸어 올렸다. 숄로 가려진 풍만한 가슴은 건강하게 숨 쉬고 있었고, 검은 눈동자는 빠르게 움직이며 스쳐 지나가는 창문 너머의 들판을 바라보고 있었다. 그러다 하녀는 부인을 살펴보기도 했고, 걱정스러운 눈으로 마차의 구석구석을 둘러보기도 했다. 그녀의 바로 앞 그물 선반에는 부인의 모자가 흔들리고 있었고, 부인의 무릎 위에는 바닥에 놓인 여행 가방에 뒷발을 디딘 강아지가 누워 있었다. 마차 안에는 마차 바퀴의 용수철이 삐걱대는 소리와 유리창이 흔들리는 소리가 희미하게 들릴락 말락 했다.

부인은 두 손을 무릎 위에 모으고 눈을 감은 채 허리를 받치고 있는 쿠션에 의지하여, 마차가 움직일 때마다 힘없이 흔들리고 있었다. 그녀는 살짝 인상을 찌푸리며 밭은기침을 토해냈다. 머리에는 흰 모자를 쓰고 가녀리고 창백한 목에는 하늘색 스카프를 두르고 있었다. 모자 밑으로 곧게 탄 가르마가 보였고, 머릿기름을 많이 발라 단정해진 머리카락은 정확히 반으로 나뉘어 있었다. 가르마로 넓게 드러난 피부에 생기라곤 찾아볼 수 없었다. 거칠고 약간 누르스름한 피부가 섬세하고 아름다운 얼굴을 감싸고 있었고, 뺨과 광대에는 연하게 붉은 기운이 돌았다. 바짝 마른 입술은 씰룩였고, 속눈썹은 숱이 적고 뻣뻣했으며, 여행용 외투는 밋밋한 가슴 위에서 반듯하게 주름을 잡고 있었다.

부인은 눈을 감고 있었지만 그녀의 얼굴에는 피로와 불안, 그리고 일상이 된 고통이 드러나 있었다. 하인은 마부의 옆자리 등받이에 기댄 채 꾸벅꾸벅 졸고 있었고, 마차의 마부는 크게 소리치며 땀에 젖은 네 마리의 말을 몰았다. 그러다 자신과 똑같이 외치고 있는 또 다른 마부를 쳐다보기도 했다. 넓은 바퀴 자국은 재빠르고 정확하게 평행선을 그으며 석회질 토양의 진흙길을 따라 달리고 있었다. 하늘은 흐렸고 날씨는 추웠다. 축축한 안개와 함께 어둠이 주위를 뒤덮고 있었다. 마차 안은 몹시 더웠고 화장품 냄새와 먼지로 가득 차 있었다. 병을 앓고 있는 부인은 고개를 들며 서서히 눈을 떴다. 아름답고 커다란 검은 눈이 반짝이고 있었다.

그녀는 아름답고 가녀린 손으로 자신의 발에 닿을 뻔한 하녀의 낡은 외투 자락을 밀어내며 하녀에게 "또!"라며 신경질적인 어조로 말했다. 그녀의 입술은 고통으로 일그러졌다. 하녀 마트료샤는 자신의 외투 자락을 걷어 올리며 건강한 두 발로 일어나 부인과 조금 간격을 두고 앉았다. 그녀의 얼굴은 생기 있는 붉은 빛이 돌았다. 병든 부인은 아름답지만 생기 없는 눈으로 하녀의 움직임을 주시했다. 그러다 부인도 자세를 고쳐 앉으려고 두 손을 짚고 살짝 일어나려 했으나 힘이 없었다. 그러자 그녀의 입술과 얼굴은 무기력하고도 심술궂게 일그러졌다.

'좀 도와주지 그랬어! 아냐! 필요 없어! 나 혼자 할 수 있어. 하지만 내 뒤에 네 짐 좀 놓지 마라. 부탁이니 제발! 아냐, 못 알아들었으면 그냥 둬!'

부인은 눈을 감았다가 이내 다시 떠서 하녀를 쳐다보았다. 그런 그녀를 보며 마트료샤는 붉은 입술을 깨물었다. 부인은 깊은 한숨을 내쉬었는데 한숨은 이내 기침으로 바뀌었다. 부인은 몸을 돌리고 얼굴을 찌푸리며 가슴을 움켜쥐었다. 기침이 멎자 그녀는 눈을 감고는 그대로 움직이지 않았다. 두 대의 마차가 마을로 들어섰다. 그러자 마트료샤는 숄 밖으로 통통한 손을 내밀어 성호를 그었다.

"무슨 일이지?" 하고 부인이 물었다.

"역이에요, 마님."

"그래? 그런데 왜 성호를 긋고 있는 것이냐?"

"교회니까요, 마님."

부인은 창문 너머로 사륜마차가 돌던 큰 목조건물 교회를 눈을 크게 뜨고 바라보며 성호를 그었다. 마차 두 대는 역에서 멈추었다. 그러자 포장마차에서 병든 부인의 남편과 의사가 나와 마차로 다가왔다.

"몸은 좀 어떠십니까?"

의사가 맥박을 재며 물었다.

"여보, 기분은 좀 어때? 피곤하진 않아?"

남편이 프랑스어로 물었다.

"내리는 게 어때?"

대화에 방해가 되지 않게 마트료샤는 꾸러미들을 치우고 구석에 가서 앉아 있었다.

"그냥 그래요. 전과 마찬가지예요. 그리고 별로 나가고 싶지 않아요."

부인이 대답했다.

잠시 그곳에 서 있던 남편은 역 건물로 들어갔다. 마트료샤는 마차에서 훌쩍 뛰어내려 까치발로 역 정문을 향해 진흙탕 길을 달려갔다.

"내 기분이 좋지 않아도 아침 식사는 하셔야죠."

부인은 엷은 미소를 띠며 창가에 있는 의사에게 말했다.

"저들은 나를 신경 쓰지 않아."

부인은 의사가 서둘러 역 건물로 들어서서 계단을 오르자 혼자 중얼거렸다.

"자기들은 걱정거리가 없으니 남이야 어떻게 되든 신경 쓰지 않겠지."

"저기, 에두아르드 이바노비치 씨."

남편은 미소를 짓고 손을 비비며 의사에게 말했다.

"먹을 것을 좀 가져오라고 말했습니다. 괜찮으십니까?"

"좋지요."

의사가 말했다.

"저 사람은 좀 어떻습니까?"

남편은 한숨을 내쉬며 낮은 목소리로 물었다.

"말씀드렸지만 부인께서 이탈리아는 물론이고 모스크바까지 가시는 것도 힘든 일입니다. 더구나 날씨까지 이러니 말입니다."

"어쩌면 좋죠? 오, 하느님! 이를 어쩌나! 오!"

남편은 한 손으로 눈을 가리며 말했다.

"여기에 둬."

남편은 음식을 가져온 사내에게 말했다.

"그냥 거기에 계셨어야 했어요."

의사가 어깨를 움츠리며 말했다.

"하지만 저도 어쩔 수 없었습니다."

남편이 반박했다.

"아내를 말리기 위해 온갖 방법을 다 썼습니다. 재정 상태에 대해서도, 아이들과 떨어져 있어야 하는 것도, 또 내가 해야 할 일에 관해서도 얘기해 봤습니다만 저 사람은 들으려고도 하지 않더군요. 자신이 정말 건강한 사람인 것처럼 외국생활에 대해 계획까지 세워놓으면서 말이죠. 그런 사람에게 어떻게 그녀의 상태를 말할 수 있겠습니까?"

"하지만 명심하셔야 합니다. 부인께서는 이미 돌아가신 것과 다름없다는 것을요, 바실리 드미트리치 씨. 인간은 폐가 없이는 살 수 없습니다. 폐는 다시 생겨날 수도 없고요. 안타깝고 괴로운 일이지만 받아들이셔야 합니다. 당신과 제가 할 수 있는 일은 부인을 편안하게 보내드리는 것입니다. 지금 이 상황에서는 성직자가 필요합니다."

"오, 하느님! 유언을 남기라는 겁니까? 내 입장도 좀 생각해 주십시오. 어떻게 말을 꺼내야 할지 모르겠습니다. 저 착한 사람에게 어떻게 그런 말을 할 수 있겠습니까?"

"그렇다면 겨울 여행을 갈 때까지 기다리시라고 설득해 보세요. 그렇지 않으면 중간에 어떤 일이 생길지 모르니까요."

의사는 고개를 저으며 말했다.

"아크슈샤! 아크슈샤!"

역장의 딸이 짧은 외투를 입고 진흙투성이 현관 쪽에서 발을 구르며 외쳤다.

"쉬르키노 마님을 뵈러 가자. 가슴이 아파서 외국에 가신대. 난 아직 폐병 환자를 한 번도 본 적이 없어."

잠시 후 아크슈샤가 문 밖으로 나왔고, 두 사람은 손을 잡고 정문 쪽으로 달려갔다. 그러다가 그들은 걸음을 늦추고 마차 옆을 지나며 창 안을 들여다보았다. 그러자 부인이 그들을 쳐다보았다. 그러나 그들이 호기심 때문에 자신을 보러 왔다는 것을 알아챈 부인은 얼굴을 찌푸리며 고개를 돌렸다.

"세상에!"

역장의 딸이 고개를 돌리며 말했다.

"그렇게 고우시던 마님께서 저렇게 변하다니! 무서울 정도로 변했어. 너도 봤지, 아크슈샤?"

"그래, 너무 야위셨어."라고 아크슈샤가 말했다.

"우물 쪽으로 가는 척하면서 한 번 더 보고 오자. 고개를 돌렸지만 나는 이미 봤어. 정말 안되셨어. 안 그래, 마샤?"

"그래, 아유, 이 진흙 좀 봐!" 하고 마샤가 대답했다. 그러고 나서 두 사람은 다시 정문으로 달려갔다.

'내 꼴이 험악하게 변한 게 확실해. 하루라도 빨리 외국으로 가

고 싶다. 거기 가면 금방 나을 수 있어.'

부인은 생각했다.

"여보, 몸은 좀 괜찮아?"

마차로 다가온 남편이 음식을 입에 넣고 우물거리며 말했다.

'만날 같은 질문이군. 자기는 혼자 먹고 있으면서.'

부인은 생각했다.

"매일 그렇죠 뭐."

그녀는 무심하게 말했다.

"여보, 날씨까지 이래서 당신 몸 상태가 악화될까 봐 걱정이야. 에두아르드 이바노비치 씨도 그랬고. 그러니 여보, 그만 돌아가는 게 어때?"

화가 난 그녀는 아무 말도 하지 않았다.

"곧 날씨가 좋아질 거야. 길도 굳게 되고. 그러면 당신 몸 상태도 훨씬 좋아질 수 있어. 그러면 우리 다 함께 여행을 갈 수 있을 거야."

"그만하세요. 내가 예전부터 당신 말을 듣지 않았더라면 난 지금쯤 베를린에 있겠죠. 또 다 나았을 테고요."

"여보, 그땐 그럴 수밖에 없었어. 하지만 이번에는 달라. 한 달만 참으면 당신 건강도 훨씬 더 좋아질 거고, 내 일도 잘 마무리될 거야. 또 애들도 함께 갈 수 있을 거고."

"애들은 건강하지만 나는 아니에요."

"하지만 여보, 생각해 봐. 이런 날씨에 움직이다가 당신 건강이 더 나빠지기라도 한다면…… 차라리 집에 있는 게 낫지."

"무슨 뜻이에요? 집에서 죽으라는 거예요?"

부인은 몹시 화를 내며 말했다. 그녀는 자신의 입에서 튀어나온 '죽음'이라는 말에 스스로 놀라서 애원하는 듯한 눈빛으로 남편을 바라보았다. 남편은 시선을 떨구고 더 이상 아무 말도 하지 않았다. 곧 부인의 입술이 어린아이처럼 일그러지며 눈물이 뚝뚝 흐르기 시작했다. 남편은 손수건으로 얼굴을 가리고 마차에서 멀어져 갔다.

"아니요, 난 갈 거예요!"

부인은 하늘을 쳐다보며 말했다. 그러고 나서 그녀는 두 손을 모으고 두서없는 말을 내뱉기 시작했다.

"오, 하느님! 왜 저한테 이런 일이!" 흐르는 눈물을 주체할 수 없었던 그녀는 오랫동안 정성껏 기도를 드렸다. 그러나 여전히 가슴은 아프고 답답했다. 들판도 길도 온통 잿빛이었다. 그리고 더 이상 짙어지지도 옅어지지도 않는 가을 안개가 진흙탕인 길 위와 지붕에, 마차에, 그리고 힘찬 목소리로 즐겁게 대화를 나누며 바퀴에 기름을 바르고 말을 매는 마부들의 털외투 위에도 온종일 내리고 있었다.

2

마차에 말이 매어졌다. 그러나 마부는 꾸물거렸다. 그는 마부들의 숙소로 들어갔다. 숙소 안은 매우 무덥고 답답했으며 어두컴컴했다. 그곳은 사람 냄새, 빵 굽는 냄새, 양배추 냄새, 그리고 양가죽 냄새로 가득 차 있었다. 마부들 몇 명이 그곳에 있었고, 난롯가에서 식모가 부지런히 일을 하고 있었다. 그리고 벽난로 위의 다락에는 환자 한 명이 양가죽 외투를 덮고 누워 있었다.

"표도르 아저씨! 표도르 아저씨!"

양가죽 외투를 입고 허리에 채찍을 찔러 넣은 젊은 마부가 숙소 안으로 들어서면서 환자에게 말했다.

"이봐, 페치카(표도르의 애칭)한테 무슨 볼 일이라도 있어? 나리가 마차 안에서 널 기다리던데."

마부들 중에 한 명이 말했다.

"장화가 다 낡아서 좀 빌리러 왔어요."

젊은 마부가 머리를 뒤로 젖혀 머리칼을 가다듬고는 허리춤에 있는 장갑을 펴며 말했다.

"주무세요? 표도르 아저씨?"

젊은 마부가 벽난로 쪽으로 다가가 물었다.

"왜?"라고 묻는 기운 없는 목소리가 들리며, 야위고 불그스름한 얼굴이 벽난로 아래를 내려다보았다. 그러고 나서 그는 바싹 말라 핏기 없는 커다란 털투성이 손으로 외투 자락을 끌어다가 자신의 더러운 셔츠의 어깨를 덮었다.

"마실 것 좀 줘, 그런데 무슨 일이야?"

젊은 마부는 물 한 바가지를 건네며 말했다.

"저기, 표도르 아저씨."

그가 머뭇거리며 말했다.

"그러니까 그게 무슨 일이냐면, 아저씨는 이제 새 장화가 필요 없을 테니 저한테 주시면 안 될까요? 아저씨는 이제 걸을 일이 없을 거 아니에요?"

환자는 윤이 나는 바가지 쪽으로 머리를 숙여 듬성듬성 난 콧수염을 흐릿한 물에 적셔가며 기운 없이 물을 마셨다. 턱수염은 엉겨 붙어 지저분했고, 푹 꺼진 생기 없는 눈은 간신히 젊은 마부를 쳐다보고 있는 듯했다. 환자는 물을 다 마신 후 입을 닦기 위해 한 손을 올리려다가 그것마저 힘이 드는지 소맷자락으로 입을 닦았다. 그는 힘들게 거친 숨을 내쉬면서 온 힘을 다해 젊은 마부를 바라보았다.

"이미 다른 사람에게 주기로 약속했다면 할 수 없고요. 문제는 밖에는 저렇게 비가 오는데 난 일하러 가야 된다는 거예요. 그래서 갑자기 페치카 아저씨 생각이 났어요. 이제 아저씨는 장화가 필요 없을 테니 부탁해 볼까 하고요. 하지만 아저씨가 필요하시다면 어쩔 수 없고요."

환자는 가슴속에서 무언가가 끓어오르기 시작했다. 그는 몸을 숙이고 괴로워하며 계속해서 기침을 했다.

"필요하긴 무슨."

갑자기 숙소가 울릴 정도로 큰 목소리로 화를 내며 식모가 소리 쳤다.

"벽난로에서 안 내려온 지 벌써 두 달이나 됐어. 지금 저 꼴을 봐. 기침 소리만 들어도 마음이 너무 아프다고. 그런 사람한테 무슨 장화가 필요해? 저승 갈 때 신고 갈 것도 아닐 텐데. 벌 받을 얘긴지도 모르지만 이미 오래전부터 준비를 했어야 했어. 저 봐, 저렇게 몸 상태가 좋지 않으니. 다른 데로 옮겨야 돼. 도시에는 병원도 있다던데…… 그렇게 구석자리를 다 차지하고 있으면 어쩌라고? 빈자리가 있어야 말이지. 그러면서 깨끗한 것만 찾고 있으니."

"이봐, 세료가(세르게이의 애칭), 어서 마차로 가, 나리들이 기다리고 계셔."

역장이 문가에서 소리쳤다. 그래서 세료가는 환자의 대답을 듣지 않고 나가려 했으나 환자는 기침을 하면서 눈짓으로 그에게 말했다.

"이봐, 세료가, 장화 가져가."

그는 기침을 간신히 참으며 말했다.

"대신 내가 죽으면 비석 하나만 세워줘."

그는 갈라진 목소리로 말했다.

"감사해요 아저씨, 잘 쓸게요. 그리고 비석은 꼭 세워드릴게요."

"이봐, 다들 들었지?"

환자는 계속 말을 이으려 했으나 기침이 나와서 숨조차 쉬기 힘들어했다.

"물론, 다 들었지."

마부들 중 한 사람이 말했다.

"어서 가봐, 세료가. 저기 역장이 또 오고 있잖아. 쉬르키노 마님이 편찮으신가 봐."

세료가는 맞지도 않는 다 해진 장화를 벗어서 의자 밑에 던져두었다. 표도르 아저씨가 준 새 장화는 그의 발에 꼭 맞았다. 기분이 좋아진 세료가는 장화를 내려다보며 마차를 향해 걸어갔다.

"아주 멋진 장화네! 내가 좀 닦아줄까?"

세료가가 막 자리를 잡고 고삐를 잡으려는 순간 구둣솔을 든 마부 한 명이 말했다.

"공짜로 얻었어?"

"부럽지?"

세료가는 엉덩이를 살짝 들어 외투를 정리하며 말했다.

"이랴, 가자!"

그는 말들에게 채찍을 내리치며 외쳤다. 승객과 짐을 실은 마차와 포장마차는 흐린 가을 안개 속으로 사라지며 축축하게 젖은 길을 빠르게 달렸다.

한편 병든 마부는 답답한 숙소의 난로 위에 남아 있었다. 그는 더 이상 기침도 하지 않고 간신히 반대편으로 몸을 돌려 눕더니 이내 조용해졌다.

사람들은 밤늦게까지 숙소를 드나들며 식사를 했지만, 환자가 움직이는 소리는 들리지 않았다. 밤이 깊어질 무렵 식모는 벽난로 위로 올라가 환자의 양가죽 외투를 매만지며 잘 덮어주었다.

"나한테 너무 화내지 마, 나스타샤, 곧 자리를 비워줄 테니."

"됐어요, 그런 건 상관없어요. 아저씨! 그런데 어디가 아픈 거예요? 말씀해 보세요."

"속이 너무 아파. 어디가 나빠졌는지는 모르겠어."

"그렇게 계속 기침을 하니 목이 많이 상했을 거예요."

"안 아픈 데가 없어, 아무래도 죽을 때가 다 된 것 같아, 그러지 않고서야. 아, 아, 아!"

환자는 끙끙 앓았다.

"다리를 좀 덮으세요."

나스타샤는 환자의 외투 자락을 끌어서 덮어주고는 벽난로에서 내려왔다.

한밤중 숙소 안에선 희미한 등불이 비치고 있었다. 나스타샤와 열 명 남짓 되는 마부들이 마루며 긴 나무의자 위에서 코를 골며 잠을 자고 있었다. 벽난로 위에 있는 환자만이 앓는 소리를 내거나 기침을 하면서 몸을 뒤척였다. 그러다 날이 밝아오자 그는 조용해졌다.

"어제 이상한 꿈을 꿨어."

다음 날 아침 식모가 기지개를 켜며 말했다.

"표도르 아저씨가 벽난로 위에서 내려와 장작을 패러 가는 꿈이었어요. 아저씨가 '이봐, 나스타샤, 내가 뭐 도울 일 없어?' 라고 묻길래 나는 '아저씨가 어떻게 장작을 패러 가요?' 라고 말했지요. 그러자 아저씨가 도끼를 들고 나무를 베기 시작하는 거예요. 나무가 산산조각이 날 만큼 힘이 넘치더라고요. 그래서 내가 '어떻게 아픈 몸으로 그럴 수 있어요?' 라고 물었더니 아저씨는 '무슨 소리야, 이렇게 건강한데.' 라고 말하며 도끼를 휘둘렀어요. 난 너무 무서워서 소리를 질렀지요. 그러다 잠에서 깼어요. 혹시 아저씨가 죽은 건 아닐까요? 표도르 아저씨! 아저씨!"

그러나 표도르는 아무 반응이 없었다.

"진짜 죽은 거 아냐? 확인 좀 해봐."

잠에서 깬 한 마부가 말했다.

벽난로 아래로 늘어진 야위고 붉은 털이 무성한 손은 차갑고 창백해 보였다.

"역장에게 말해야겠어. 아무래도 죽은 것 같아."

마부가 말했다.

표도르는 타지에서 온 사람이라 그에게는 친척이 없었다. 다음 날 그는 숲 뒤에 있는 새 묘지에 안장되었다. 나스타샤는 한동안 사람들에게 자신의 꿈 얘기를 하며, 표도르의 죽음을 자신이 제일 먼저 알아챘다고 말했다.

3

봄이 되었다. 진흙투성이 거리에는 지저분한 얼음 사이로 도랑물이 빠르게 흐르고 있었다. 사람들은 모두 밝은 옷을 입었고, 그들의 목소리 또한 밝았다. 담장 너머 정원에는 새싹이 파릇파릇 돋아나고 나뭇가지는 산들바람에 살랑살랑 흔들리고 있었다. 곳곳에 물방울이 똑똑 떨어지다가 냇물이 되어 흘렀다. 참새들은 입을 모아 서툴게 노래 부르고, 작은 날개를 퍼덕이며 날아오르려고 했다. 담장과 집, 나무 등 햇빛이 비치는 곳이라면 모든 것들이 살아 움직이며 반짝이고 있었다. 하늘과 땅, 사람의 마음속에는 환희와 젊음이 넘쳐흘렀다.

큰길에 있는 대저택 앞에 새 짚이 깔려 있었다. 그 집에는 서둘러 외국으로 가려 했던 병든 부인이 죽어가고 있었다. 닫힌 문 앞에는 환자의 남편과 중년의 부인이 함께 서 있었다. 사제는 소파에 앉아 눈을 지그시 내리깔며 영대(성사를 집행할 때에, 사제가 목에 걸쳐 무릎까지 늘어뜨리는 헝겊 띠 - 옮긴이)에 싼 물건을 들고 있었다. 구석에 있는 의자에는 환자의 어머니인 노부인이 엎드려 서럽게 울고 있었다. 노부인 옆에는 하녀가 깨끗한 손수건을 들고 그녀의 시중을 들고 있었다. 또 다른 하녀는 노부인의 관자놀이에 무언가를 발라주며 모자를 쓴 그녀의 백발에 바람을 불어주고 있었다.

"신의 은총이 함께하기를."

남편은 자신과 함께 서 있던 중년 부인에게 말했다.

"아내는 당신을 많이 의지하고 있어요. 그리고 당신이 저 사람을 잘 아니까 잘 좀 설득해 주세요. 부디 얘기 좀 잘 해주세요. 부탁드립니다."

그는 중년 부인에게 문을 열어주려고 했다. 그러나 그녀는 그를 막아서며 손수건으로 눈물을 훔치며 고개를 저었다.

"이제 운 것 같지 않겠죠?"

그녀는 아픈 부인의 사촌 언니인데, 문을 열고 방으로 들어갔다. 환자의 남편은 몹시 흥분해서 혼란스러웠다. 그는 노부인에게 가려다가 방향을 돌려 사제에게 갔다. 사제는 그를 보자 눈썹을 위로 치켜뜨고는 한숨을 내쉬었다. 사제의 무성한 하얀 턱수염도 같이 올라갔다가 내려왔다.

"오, 신이시여! 오, 신이시여!"

남편이 말했다.

"이제 어쩔 수 없습니다."

사제는 한숨을 내쉬며 말했다. 그러자 다시 그의 눈썹과 턱수염이 올라갔다가 내려왔다.

"장모님도 이곳에 와 계십니다!"

남편은 절망적인 목소리로 말했다.

"장모님은 이 일을 감당하지 못하실 겁니다. 장모님만큼 자식을 사랑하는 사람이 또 있을지……. 나는 모르겠습니다. 사제님, 부탁드립니다. 제발 장모님을 위로해 주시고 나가 계시도록 말씀을 좀 잘 해주십시오."

그러자 사제는 자리에서 일어나 노부인에게로 갔다.

"어머니의 사랑은 그 어떤 것으로도 값을 매길 수 없습니다. 그렇지만 신께서는 자비로우십니다."

사제가 말했다. 그러자 갑자기 노부인의 안색이 어두워졌고, 이윽고 흐느끼기 시작했다.

"신께서는 자비로우십니다."

사제는 노부인이 좀 진정되자 계속 말을 이었다.

"한 가지 드릴 말씀이 있습니다. 제 교구에 어떤 환자가 있었습니다. 그 환자는 마리야 드미트리예브나 님보다 상태가 훨씬 더 나빴었죠. 그런데 그 환자는 어느 평범한 사람이 건네준 약초를 먹고 병이 완치되었습니다. 그 사람은 현재 모스크바에 있습니다. 바실리 드미트리치 님께도 말씀드렸습니다. 그를 한 번 찾아가 보는 게 어떻겠습니까? 환자에게 작은 희망이라도 주고 싶습니다.

신은 전지전능하시니까요."

"아니 그렇지 않아요. 저 애는 더 이상 가망이 없어요. 차라리 나를 데려가지, 신은 왜 저 애를 데려가는 건지."

이렇게 말하며 노부인은 점점 더 크게 흐느끼기 시작했고, 오래지 않아 의식을 잃었다.

환자의 남편은 손으로 얼굴을 감싼 채 방을 뛰쳐나왔다. 그러다 복도에서 그가 처음으로 마주친 사람은 누이를 쫓아다니며 뛰어노는 여섯 살 남자아이였다.

"애들을 마님께 데리고 갈까요?"라고 유모가 물었다.

"아냐. 저 사람이 애들을 만나고 싶지 않대. 얼굴을 보면 마음이 더 아플 거야."

남자아이는 걸음을 멈추고 아버지의 얼굴을 바라보았다. 그러고 나서 아이는 한 발로 서서 즐겁게 소리를 지르며 뛰어갔다.

"아빠, 쟤가 술래예요!"

남자아이는 누이를 가리키며 말했다.

한편, 방 안에는 사촌 언니가 환자와 대화를 나누며 그녀가 마음의 준비를 할 수 있도록 다독이고 있었다. 의사는 다른 쪽 창가에서 환자의 물약을 조제하고 있었다. 흰 잠옷을 입은 환자는 침대 위에서 등에 베개를 받치고 앉아 사촌 언니를 바라보고 있었다.

"언니."

그녀가 사촌 언니의 말을 끊으며 말했다.

"나한테 그런 준비 시키지 마요. 어린아이처럼 달랠 필요 없어요. 난 그리스도교 신자예요. 그리고 난 다 알아요. 나한테 시간이 얼마 남지 않았다는 것을요. 또 남편이 내 말을 들어 그때 이탈리아에 갔었더라면 아마도 지금쯤은 건강해졌겠죠. 다들 그 사람에게 그렇게 말했어요. 하지만 어쩔 수 없죠. 이 또한 하늘의 뜻이니까요. 우리는 전부 죄인이에요. 난 알아요. 그래도 난 신께서 자비를 베풀어주실 것을 믿어요. 분명 모두 다 용서해 주실 거예요. 확실해요. 난 내 자신을 이해하려고 노력 중이에요. 물론 나도 죄인이에요. 하지만 그만큼 나도 괴로웠어요. 난 그 괴로움을 견디며 지금껏 힘들게 버텨왔어요."

"신부님을 부를까? 성찬을 받으면 훨씬 마음이 편해질 거야."

사촌 언니가 말했다.

환자는 동의의 뜻으로 고개를 끄덕였다.

"신이시여, 저의 죄를 용서해 주시옵소서."

그녀가 조용히 읊조렸다. 사촌 언니는 방에서 나와 사제를 바라보며 들어오라는 눈짓을 보냈다.

"저 애는 천사예요!"

그녀는 눈물을 글썽이며 환자의 남편에게 말했다. 남편은 눈물을 흘렸다. 곧 사제가 방 안으로 들어갔다. 노부인은 아직도 의식을 못 찾고 있었다. 첫 번째 방은 완전히 조용해졌다. 5분쯤 지나자 사제는 방에서 나왔고, 영대를 벗으며 머리카락을 정돈했다.

"지금은 안정이 되셨습니다. 부인께선 두 분을 만나고 싶어 합니다."

사제가 말했다. 그러자 사촌 언니와 남편이 방 안으로 들어갔다. 환자는 성화를 바라보며 눈물을 흘리고 있었다.

"신의 은총이 함께하길."

남편이 말했다.

"고마워요. 지금은 마음이 편해졌어요. 마음이 한결 여유로워진 기분이에요."

라며 환자는 얇은 입술에 가벼운 미소를 띠었다.

"하느님은 정말 자비로우세요! 또 전지전능하신 분이시죠, 그렇지 않아요?"

그녀는 눈물을 글썽이며 성화를 바라보고 정성껏 기도를 드렸다. 그러다 갑자기 무슨 생각이라도 떠오른 듯 남편을 불렀다.

"당신은 내 부탁을 절대 들어주지 않겠죠."

그녀는 힘없이 다소 불만스러운 어조로 말했다.

남편은 그녀에게 가까이 다가가서 말했다.

"뭔데, 여보?"

"의사들은 아무것도 모른다고 내가 몇 번이나 당신에게 말했죠. 좀 전에 신부님께서 약효가 정말 좋은 약초를 갖고 있는 평범한 시민이 있다고 하셨어요. 그러니 사람을 시켜 그 사람을 데려오게 하세요."

"여보, 누구를 데려오라고?"

"오, 신이시여! 당신은 정말 아무것도 이해하지 못하는군요!"

환자는 인상을 찌푸리며 눈을 감았다. 잠시 후, 의사가 다가와 그녀의 맥을 짚었다. 맥은 눈에 띄게 약해지고 있었다. 의사는 남편을 바라보았다. 환자는 의사의 태도에서 무언가를 알아챈 듯 주변을 살폈다. 사촌 언니는 고개를 돌리고 눈물을 흘리고 있었다.

"울지 말아요, 언니. 우리 서로에게 고통을 주지 말아요. 마지막이라도 편하게 보내고 싶어요."

"넌 천사야!"

이렇게 말하며 사촌 언니는 그녀의 손에 입을 맞추었다.

"거기 말고 여기에 입을 맞춰요. 죽은 사람들에게나 손에 입맞춤을 하는 거예요. 오, 신이시여! 오, 신이시여!"

그날 저녁 환자는 시신이 되었다. 시신을 담은 관은 대저택의 홀에 안치되었다. 한 수도사가 굳게 닫힌 방 안에서 콧소리를 내며 다윗의 노래를 읽고 있었다. 높은 은촛대에 있는 양초의 환한 빛이 고인의 창백해진 이마 위를 지나 밀랍 같은 무거운 손을 비췄고 무릎과 발을 덮고 있는 무섭게 솟아오른 화석 같은 관 뚜껑의 주름을 밝히고 있었다. 수도사는 자신이 외고 있는 구절의 의미도 알지 못한 채 무미건조하게 성경 구절을 읽고 있었다. 그 목소리는 조용한 방에서 낯선 울림을 주며 사라져갔다. 간혹 멀리 떨어진 방에서 아이들이 떠드는 소리와 발소리가 들리곤 했다.

"당신이 얼굴을 가리시면 그들은 당황하옵니다."

시편의 말씀을 전하는 소리가 들렸다.

"당신이 그들의 숨을 거두시면 그들은 먼지가 되어 떠나가지만, 당신께서 숨을 불어넣으시면 그들은 다시 살아나 세상은 새롭게 변합니다. 하늘의 영광이여, 영원하라."

고인의 얼굴은 엄숙하면서도 평온하고 위엄 있어 보였다. 정결한 이마, 굳게 다문 입술도 더 이상은 움직이지 않았다. 고인은 그렇게 굳어 있었다. 하지만 그녀는 지금, 방 안에 울려 퍼지던 이토록 위대한 말들을 이해할 수 있을까?

4

한 달 뒤, 고인의 무덤 위에 작은 석조 예배당이 세워졌다. 그러나 마부의 무덤에는 아직 비석이 세워지지 않았다. 그의 무덤에는 그저 한 생명이 이 세상을 살다가 떠났다는 유일한 표지인 흙더미 위에 녹색 수풀만 무성할 뿐이었다.

"세료가, 그러다 너 벌 받는다."

어느 날 식모가 역에서 말했다.

"여태껏 표도르 아저씨 무덤에 비석을 세워주지 않았으니까. 겨울에 세워준다고 한 게 언젠데 아직도 약속을 지키지 않는 거야?

나 있는 자리에서 분명히 약속했잖아. 계속 그러면 표도르 아저씨가 꿈에 다시 나타날 거야. 아마도 그땐 네 목을 조를지도 몰라."

"무슨 말이야? 누가 약속을 안 지킨댔어?"

세료가가 말했다.

"비석을 살 거야. 약속은 반드시 지킬 거라고. 가져오는 게 문제긴 하지만, 시내에 나가게 되면 1루블 50코페이카짜리 비석을 사올 거야."

"정 안 되겠으면 나무 십자가라도 세워줘."라고 늙은 마부가 말했다.

"그것도 하지 않는다면 넌 정말 나쁜 사람이야. 어쨌든 넌 그의 장화를 신고 있잖아."

"십자가를 어디에서 구해요? 장작으로 만들 수도 없고."

"어디서 구하긴! 장작으로 못 만들면 아침 일찍 숲에 가서 베어오면 되잖아. 물푸레나무로도 십자가는 만들 수 있다고. 그것도 안 되겠으면 관리인한테 보드카라도 한 잔 대접하고 나무를 구해봐. 하지만 별 것도 아닌 일로 술을 대접하다가는 한도 끝도 없어. 나도 얼마 전에 끌채를 부러뜨려서 나무를 벤 적이 있어. 그래서 새로 하나 만들었는데 아무도 뭐라고 하는 사람이 없었어."

동이 틀 무렵, 세료가는 도끼를 들고 숲으로 향했다. 주위는 온통 햇빛을 받지 못한 차갑고 흐린 이슬로 덮여 있었다. 이윽고 아침이 되어 구름이 옅게 드리워진 하늘에는 햇살이 희미하게 비치

기 시작했다. 땅 위의 풀 한 포기도, 높은 나무 위의 잎사귀 하나
도 흔들리지 않았다. 다만 울창한 수풀 사이에서 새의 날갯짓 소
리가 들리고, 땅 위를 걷는 새들의 발자국 소리만이 이따금 정적
을 깰 뿐이었다. 그러다 갑자기 자연의 소리와는 거리가 먼 이상
한 소리가 들리더니 곧 사라져버렸다. 그 기이한 소리는 다시 한
번 반복되었다. 그 소리는 나무 밑동 부근에서 규칙적으로 반복되
었다. 소리가 울리자 나무는 흔들렸고 파릇한 잎사귀들도 파르르
떨렸다. 그러자 나뭇가지에 앉아 있던 꾀꼬리가 노래하며 날개를
퍼덕이다 꼬리를 움츠리며 다른 나무를 향해 날아갔다.

　나무 아래쪽에서는 둔탁한 도끼질 소리가 들려왔다. 이슬을 머
금은 하얀 나무 조각들은 젖은 풀 위로 떨어졌다. 나무는 도끼질
을 할 때마다 쩍쩍 갈라지는 소리를 냈다. 나무는 밑동부터 꼭대
기까지 흔들리다가 기울어졌고, 그러다 뿌리가 흔들리자 깜짝 놀
란 듯 다시 몸을 바로 세웠다. 순간 정적이 흘렀다. 그러나 이내
휘청거리며 기울었고, 쩍하고 갈라지는 소리를 냈다. 이윽고 나무
의 크고 작은 가지들이 부러지며 질퍽한 땅 위로 쓰러졌다. 주위
는 다시 정적이 흘렀다. 노래하던 꾀꼬리는 날개를 퍼덕이며 하늘
높이 날아갔다. 꾀꼬리가 날아가면서 스친 나뭇가지는 잠시 흔들
리다가 멈추었고, 곧 잎이 무성한 다른 나무들처럼 고요해졌다.
나무들은 넓어진 새로운 공간에서 기쁨을 누리며 움직이지 않는
가지들을 당당히 드러내고 있었다.

구름 사이로 아침 햇살이 비치며 땅과 하늘 사이를 재빨리 스쳐 갔다. 골짜기마다 안개가 스며들었고 풀 위에는 이슬이 반짝이고 있었다. 맑고 하얀 구름은 파란 하늘 위로 빠르게 흘러가고 있었다. 숲 속에는 새들이 기쁨에 가득 차 지저귀고 있었다. 이슬을 촉촉이 머금은 나뭇잎들은 나무 꼭대기에서 즐거워하며 조용히 살랑거렸고, 살아 있는 나뭇가지들은 죽은 나무 위에서 장엄하게 흔들리고 있었다.

대자 代子

1

어느 가난한 농부의 집에 아들이 태어났다. 농부는 몹시 기뻐하며 이웃 사람들에게 아들의 이름을 지어달라고 부탁했다. 그러나 다들 한사코 거절했다. 가난한 농부 아들의 대부나 대모가 되기 싫었기 때문이다. 그래서 농부는 다른 집을 찾아가 보았다. 그러나 역시 거절당했다. 농부는 아들의 이름을 짓기 위해 온 마을을 돌아다녔지만 아들의 이름을 지어줄 사람을 찾지 못했다. 결국 농부는 다른 마을로 가보기로 결심하고는 길을 떠났다.

농부는 길을 가다가 한 남자를 만났다. 농부를 본 남자는 가던 길을 멈추고 인사를 건넸다.

"안녕하십니까? 어디 가시는 길입니까?"

"하느님께서 제게 아들 하나를 점지해 주셨어요. 자식이란 젊었을 땐 기쁨이고, 나이 들면 의지가 되며 또 죽어서는 기도를 해주니까요. 헌데 저희 집이 가난해서 제 아들의 이름을 지어주겠다는 사람이 아무도 없네요. 그래서 이름을 지어줄 사람을 찾아가는 길입니다."

그 말을 듣고 남자가 말했다.

"그렇다면 내가 그 아이의 대부가 돼도 괜찮겠습니까?"

그러자 농부는 몹시 기뻐하며 말했다.

"그럼 대모는 누가 해야 될까요?"

"시내에 있는 장사꾼의 딸에게 부탁해 보십시오. 광장 쪽에 가면 돌집이 있는데 거기서 상인을 불러 그 딸에게 대모가 되어 달라고 청해 보십시오."

그러자 농부는 고개를 갸웃거리며 말했다.

"허나 저 같은 농부가 어떻게 부유한 상인을 부를 수 있겠습니까? 제 처지를 알면 딸을 보내주지 않을 겁니다."

"걱정하지 마십시오. 내가 말한 대로만 하십시오. 내일 아침까지 세례를 받을 수 있게 준비하세요."

그래서 농부는 집에 들렀다가 시내로 나가 상인을 찾아갔다. 농부가 그의 마당에 들어가 말을 매고 있을 때쯤 상인이 나타났다.

"무슨 일이시오?"

"어르신, 하느님께서 저에게 아들을 내려주셨습니다. 자식이란 젊어서는 기쁨이고, 나이 들어서는 의지가 되며 또 죽어서는 기도를 해주니까요. 그러니 부디 댁의 따님을 제 아들의 대모로 삼게 해주십시오."

"세례식이 언제요?"

"내일 아침입니다."

"좋소. 일단 집에 가 계시오. 세례식에 맞춰 딸을 보내드리겠소."

다음 날, 대부와 대모가 될 사람들이 그의 집을 찾았고 농부의 아들은 세례를 받았다. 그러나 세례식이 끝나자마자 대부는 사라졌기 때문에 그가 어디 사는 누구인지도 알 수 없었다. 그리고 그 후에도 아무도 그를 보지 못했다.

2

아이는 건강하게 잘 자랐기에 부모는 몹시 행복했다. 아이는 성실하고 영리했으며 성격도 온순했다. 어느덧 아이는 열 살이 되어 학교에 들어갔다. 그런데 오 년 동안 배워야 할 것을 아이는 일 년 만에 모두 익혔다. 더 이상 배울 것이 없게 된 아이 나이는 열한 살이었다.

부활절이 다가왔다. 아들은 대모를 찾아가 부활절 인사를 건네며 입을 맞추고는 집으로 돌아와 부모님께 물었다.

"아버지, 어머니! 제 대부님은 어디 계십니까? 그분께도 부활절 인사를 드리고 싶습니다."

그러자 아버지가 말했다.

"사랑스러운 아들아, 우리도 대부님이 계신 곳을 모른단다. 그분을 늘 그리워하고 있지만 만날 수 없으니 안타깝구나. 그분이 어디 사시는지도 모르고 생사조차도 모른단다."

아들은 부모님께 절을 올리며 말했다.

"아버지, 어머니! 제가 대부님을 찾아뵐 수 있게 허락해 주세요. 그분을 꼭 찾아뵙고 부활절 인사를 드리고 싶어요."

그의 부모는 허락해 주었고, 아들은 대부를 찾아 길을 떠났다.

3

아들은 그렇게 집을 나섰고 정처 없이 걸었다. 반나절을 걸었을 때쯤 한 남자를 만나게 되었다. 남자는 가던 길을 멈추고 물었다.

"얘야, 어디 가는 길이냐?"

"저는 대모님께 부활절 인사를 드리고 집에 돌아와 부모님께 대부님이 계시는 곳을 여쭈어보았습니다. 그러나 그분께서 어디에 사시는지, 또 그분의 생사조차 모르신다고 하셔서 그분을 만나 뵙기 위해 이렇게 길을 나섰습니다."

그러자 남자가 말했다.

"내가 바로 너의 대부란다."

아이는 몹시 기뻐하며 부활절 인사를 올리고 입을 맞추었다.

"대부님, 어디로 가시는 길이세요? 혹시 저희 마을로 가시는 길이시면 저희 집에 들러주세요. 그렇지 않고 그냥 돌아가신다면 제가 대부님을 따라가겠습니다."

"지금은 바빠서 너희 집에 들를 수가 없구나. 내일 집으로 돌아갈 예정이니 그때 우리 집으로 오너라."

"어떻게 찾아가야 되나요?"

"그래, 내가 알려주는 대로 잘 듣고 찾아오너라. 해가 떠오르는 쪽으로 곧장 걸어라. 걷다 보면 숲이 나오고, 숲 한가운데에 넓은 들판이 있을 것이다. 그곳에 앉아서 주변에서 무슨 일이 일어나는지 살펴라. 그리고 숲 밖으로 나오면 정원이 보이고, 그 정원에 황금색 지붕의 집이 보일 것이다. 거기가 바로 내 집이니 문 앞까지 오면 내가 마중을 나가겠다."

그렇게 말한 뒤 대부는 사라졌다.

4

아이는 대부가 가르쳐준 대로 길을 걸어갔다. 그렇게 한참을 걸어가니 숲이 보였다. 숲 속의 넓은 들판에 도착한 아이는 주위를 둘러보았다. 들판 한가운데에는 소나무 한 그루가 서 있었다. 소나무에는 줄이 매여 있었고, 줄에는 통나무가 매달려 있었다. 그리고 그 아래에는 꿀단지 하나가 놓여 있었다.

'왜 이런 곳에 꿀을 두고 통나무를 매달아 놨을까?' 라고 생각하며 머뭇거리는 사이에 숲 저쪽에서 바스락거리는 소리가 들려왔다. 곰 몇 마리가 아이가 있는 쪽으로 다가오고 있었다. 암곰 뒤로 한 살 정도 된 곰이 따라왔고, 또 그 뒤를 세 마리의 새끼 곰이 따라오고 있었다. 암곰은 무슨 냄새를 맡은 듯 쿵쿵거리며 꿀단지 쪽으로 다가갔다. 그러자 새끼 곰도 뒤를 따랐다. 암곰이 꿀단지에 얼굴을 파묻고 새끼들에게 신호를 보내자 모두들 달려와 꿀단지에 매달렸다.

그때 통나무를 건드리는 바람에 조금 흔들렸지만 금방 제자리로 돌아오면서 새끼 곰을 살짝 쳤다. 그것을 본 암곰은 발로 통나무를 세게 밀쳤다. 그러자 통나무는 조금 전보다 빠른 속도로 제자리로 돌아오면서 새끼 곰들을 세게 내리쳤는데, 등을 얻어맞은 놈도 있고 머리를 얻어맞은 놈도 있었다. 그러자 새끼 곰들은 소리를 지르며 모두 달아났다.

화가 난 암곰은 으르렁거리며 통나무를 잡고 있는 힘을 다해 던졌다. 통나무가 하늘 높이 올라가자 한 살짜리 곰이 달려와 꿀단지에 머리를 넣고 꿀을 먹기 시작했다. 곧이어 다른 새끼 곰들도 다가왔다. 그러나 그들이 꿀단지 가까이로 다가오자마자 통나무가 제자리로 돌아오면서 한 살짜리 곰의 머리를 힘껏 내리쳤고, 그 자리에서 죽고 말았다. 몹시 화가 난 암곰은 큰 소리로 으르렁대며 통나무를 가지보다 더 높이 올려 줄이 늘어질 정도로 힘껏 던졌다.

그러고 나서 암곰은 꿀단지 쪽으로 다가갔고 새끼들도 그 뒤를 따랐다. 높이 솟아오른 통나무는 제자리로 돌아오면서 가속도가 붙어 엄청난 힘으로 암곰의 머리를 내리쳤다. 암곰은 쓰러졌고 경련을 일으키다가 결국 죽고 말았다. 겁에 질린 새끼 곰들은 모두 도망가 버렸다.

5

이 광경을 본 아이는 너무 놀라 다른 곳으로 뛰어갔다. 곧 커다란 정원이 눈에 들어왔다. 정원 한가운데에는 황금색 지붕의 궁궐이 있었고, 문 앞에는 아이의 대부가 마중을 나와 미소를 짓고 있었다. 대부는 아이에게 정원을 구경시켜 주었다. 정원은 매우 아름답고 평화로웠다. 어디에서도 볼 수 없었던 환상적인 모습이었다.

대부는 아이를 궁궐 안으로 안내했다. 궁궐은 정원보다 더 아름다웠다. 대부는 이곳저곳을 보여주었고, 아이는 궁궐의 멋진 모습에 반해 몹시 즐거워했다. 그러다 그들은 문이 닫힌 방 앞에 이르렀다.

"이 문을 봐라. 이 문은 잠겨 있지 않고 그냥 닫혀 있어서 누구나 열 수 있다. 하지만 열지 마라. 어디든 구경하고 마음껏 놀아도 좋다. 하지만 이 방만은 절대 들어가지 마라. 내 말 명심해라. 만약 내 말을 어기고 방 안에 들어간다면 넌 방금 전 숲에서 본 일을 떠올리게 될 것이다."

말을 마친 대부는 어디론가 가버렸다. 혼자 남겨진 아이는 궁궐에서 살게 되었다. 궁에서의 생활은 매우 즐거웠기 때문에 아이는 그곳에서 세 시간 남짓한 시간을 보냈다고 생각했다. 하지만 실제로는 30년이란 세월이 흘러 있었다. 어느 날 아이는 굳게 닫힌 문 앞에서 잠시 생각에 잠겼다.

'대부님은 왜 이 방에 들어가지 말라고 하셨을까? 잠깐만 살펴봐야겠다.'

아이가 살짝 손을 대자 문이 열렸다. 아이는 방 안으로 들어갔다. 그 방은 다른 어떤 방보다 크고 아름다웠으며 방 한가운데에는 금으로 꾸며진 옥좌가 놓여 있었다. 아이는 방 안을 이리저리 돌아다니며 실컷 둘러보다가 계단 위로 올라가 옥좌에 앉았다. 옥좌 옆에는 홀笏이 있었고 아이는 그것을 잡았다. 그러자 갑자기 벽이 열리며 온 세상이 보였다. 사람들은 모두 열심히 일을 하고 있었다. 아이는 정면을 바라보았다. 바다가 보였고 배가 떠다니고 있었다. 오른쪽에는 이교도들이 살고 있었고, 왼쪽에는 그리스도 교인이긴 한데 러시아인이 아닌 사람들이 살고 있었다. 마지막으로 뒤를 돌아보니 러시아인들이 사는 마을이 보였다.

'우리 집 식구들이 뭘 하고 있는지 봐야겠다. 곡식은 잘 자라고 있겠지?'

아이는 자기 집 밭을 살펴보았다. 그곳에는 보릿단이 가득 쌓여 있었다. 아이가 보릿단을 살펴보고 있을 때쯤 누군가가 수레를 끌고 오는 것이 보였다. 아이는 분명 아버지가 밤에 보릿단을 가지러 왔을 거라고 생각했다. 하지만 자세히 살펴보니 그는 바실리 쿠드리야쇼프라는 도둑이었다. 도둑은 보릿단을 수레에 실었다. 아이는 화가 나서 소리쳤다.

"아버지, 도둑이 곡식을 훔쳐가요!"

그러자 아버지는 한밤중에 잠에서 깼다.

"도둑이 밭의 곡식을 훔쳐가는 꿈을 꾸었으니 한 번 둘러보고 와야겠다."

아버지는 곧 밭으로 나갔고, 도둑이 곡식을 훔치는 모습을 목격했다. 아버지는 사람들을 향해 큰 소리로 외쳤고, 바실리는 그 자리에서 붙잡혀 감옥살이를 하게 되었다.

이번에 아이는 대모가 사는 거리를 살펴보았다. 대모는 어느 상인과 결혼을 했다. 대모는 잠을 자고 있었는데, 그때 남편이 일어나 몰래 정부情婦에게 가려고 했다. 그러자 아이는 대모에게 큰 소

대자代子 **259**

리로 말했다.

"어서 일어나세요. 아저씨가 나쁜 짓을 하려고 해요."

그러자 대모는 잠에서 깨어 옷을 챙겨 입고는 남편의 정부가 사는 곳으로 달려갔다. 대모는 그 여자를 실컷 욕하고 때린 뒤 남편을 집에서 쫓아냈다.

이번에는 자신의 어머니를 찾아보았다. 어머니는 잠들어 있었다. 그런데 그때 집에 도둑이 들었고, 도둑은 잠겨 있는 상자를 열고 있었다. 잠에서 깬 어머니가 소리치자 도둑은 도끼를 꺼내 어머니를 해치려 했다. 더 이상 두고 볼 수 없었던 아이는 쥐고 있던 홀을 도둑에게 던졌다. 관자놀이에 홀을 맞은 도둑은 그 자리에서 죽고 말았다.

아이가 도둑을 죽이자 열려 있던 벽이 닫혔고 방은 원래대로 돌아왔다. 그때 문이 열리면서 대부가 들어왔다. 대부는 아이에게로 다가와서 그의 손을 잡아 옥좌에서 내려놓으며 말했다.

"넌 내 말을 듣지 않았다. 네가 저지른 첫 번째 잘못은 금지된 문을 연 것이고, 두 번째 잘못은 옥좌 옆에 있던 홀을 잡은 것이며, 세 번째 잘못은 세상에 악을 퍼뜨린 것이다. 만일 네가 한 시간만 더 그렇게 앉아 있었다면 인류의 절반을 망쳐놓았을 것이다."

대부는 아이의 손을 잡고 옥좌에 앉아 홀을 쥐었다. 그러자 다시 벽이 열리면서 온 세상이 보였다. 대부가 말했다.

"네가 너의 아버지한테 어떤 짓을 했는지 잘 보아라. 바실리라는 도둑은 일 년 동안 감옥살이를 하며 온갖 나쁜 짓을 익혔다. 잘 봐라, 저자는 방금 너희 집 말을 두 마리 훔쳐갔고, 곧 있으면 너희 집에 불을 지를 것이다. 이게 네가 네 아버지에게 한 짓이다."

곧이어 집이 타올랐다. 그러자 대부는 그것을 못 보게 하며 다른 곳을 보여주었다.

"자, 봐라. 네 대모는 남편이 벌써 일 년 전부터 딴 여자와 바람 피우는 걸 알고 온종일 술만 마시고 있었다. 네가 대모에게 고해 바쳤던 정부는 점점 더 타락하고 있다. 그 후에도 남편은 계속 다른 여자를 쫓아다니고 있다. 이게 네가 대모한테 한 짓이다."

대부는 곧 그 장면도 닫아버리고 이어서 아이의 집을 보여주었다. 그곳엔 아이의 어머니가 있었다. 어머니는 자신의 죄를 뉘우치며 울고 있었다.

"차라리 그때 도둑이 나를 죽였더라면 이렇게 많은 죄를 짓지는 않았을 텐데."

"이게 네가 어머니한테 한 짓이다."

대부는 이 장면도 닫아버리고 이번에는 아래쪽을 보게 했다. 거기엔 도둑이 있었다. 감옥 앞에서 간수 두 명이 그 도둑을 붙잡고 있었다. 대부가 말했다.

"저 남자는 아홉 명을 죽였다. 그래서 자신의 죗값을 모두 치러야 하는 운명이었다. 그런데 네가 저 남자를 죽였기 때문에 그의 죄를 네가 모두 떠안게 되었다. 그러니 지금부터 너는 저 남자가 지은 죗값을 치러야 한다. 네가 자초한 일이니 어쩔 수 없다. 암곰이 처음에 통나무를 건드렸을 땐 그저 새끼 곰을 살짝 스쳤지만, 두 번째로 밀쳤을 땐 한 살짜리 곰을 죽였다. 그리고 세 번째로 통나무를 힘껏 던졌을 땐 스스로를 죽게 만들었다. 네가 한 짓도 마찬가지다. 네게 30년이란 시간을 줄 테니 세상 밖으로 나가서 도둑의 죗값을 대신 치르도록 해라. 만약 그 일을 하지 못하면 그 남자 대신 네가 도둑이 될 것이다."

"어떻게 하면 도둑의 죗값을 치를 수 있습니까?"

"너의 죄만큼 세상에 나가서 악을 없애면 되는 것이다."

"어떻게 해야 악을 없앨 수 있습니까?"

"태양이 떠오르는 쪽을 향해서 곧장 걸어가거라. 걷다보면 밭이 나오고, 그 밭에는 많은 사람들이 있을 것이다. 그 사람들의 행동을 주시하면서 네가 아는 것들을 가르쳐주어라. 그러고 나서 계속 걸어가면서 눈에 보이는 것들을 기억해 두어라. 그렇게 걷다보면 나흘째 되는 날 숲에 도착할 것이다. 그 숲엔 암자가 있고 암자엔 은사가 살고 있다. 그분께 네가 겪은 모든 일들을 말씀드려라. 그러면 그분께서 어떤 가르침을 줄 것이다. 은사의 가르침대로 수행한다면 너는 도둑의 죗값을 치를 수 있을 것이다."

말을 마친 대부는 대자를 밖으로 내보냈다.

대자는 걸으면서 생각했다.

'어떻게 하면 세상의 악을 없앨 수 있을까? 악을 없애기 위해서는 악인을 추방하고 감옥에 가두거나 죽여야 하는데, 악을 없애면서 남의 죄를 떠안지 않는 방법은 무엇일까?'

대자는 곰곰이 생각해 봤지만 뾰족한 수를 찾지 못했다. 잠시후 대자는 밭에 이르렀다. 밭에는 보리 이삭이 누렇게 익어 추수하기에 알맞았다. 그런데 그 밭에는 송아지 한 마리가 뛰어다니고 있었다. 사람들은 송아지를 잡기 위해 자신의 말을 몰고 와 밭을 헤집어 놓았다. 송아지는 밭에서 나오려다가 말을 몰고 오는 사람을 보고는 놀라 다시 밭으로 들어갔다. 그러면 사람들은 다시 송아지를 몰아내려고 밭을 헤집고 다녔고 이것은 몇 번이고 반복되었다. 밭 옆에는 한 여자가 서서 사람들이 자신의 송아지를 힘들게 한다며 울고 있었다. 그러자 대자는 사람들에게 말했다.

"왜 당신들은 송아지를 힘들게 쫓아다니는 거죠? 다들 밭에서 나오세요. 저 아주머니가 송아지를 불러내게 하세요."

대자의 말에 따라 아주머니는 밭 근처에서 "누렁아, 이리와!"라고 외치며 송아지를 불렀다. 그 말을 들은 송아지는 귀를 쫑긋거리다가 잠시 후 아주머니에게로 뛰어가 그녀의 품에 와락 안겼고, 그 바람에 아주머니는 쓰러질 뻔했다. 사람들과 아주머니는 모두 기뻐했으며 송아지도 즐거워 여기저기 뛰어다녔다. 대자는 길을 나서며 생각에 잠겼다.

'악은 악으로 인해 퍼진다는 것을 깨달았다. 악은 질책할수록 점점 더 퍼진다. 그러니 악은 악으로 다스릴 수 없다. 하지만 어떻게 악을 없애야 하지? 송아지가 아주머니 말을 들었기에 망정이지 그렇지 않았다면 어떻게 송아지를 밭에서 꺼냈을까?'

대자는 곰곰이 생각해 보았으나 뾰족한 수가 떠오르지 않아 계속 걸어갔다.

8

한참을 걷던 대자는 어떤 마을에 이르렀다. 그는 가장 끝 집에 가서 하룻밤 묵게 해달라고 청했고, 주인아주머니는 흔쾌히 허락해 주었다. 집에는 아무도 없었고 아주머니 혼자 걸레질을 하고 있었다.

대자는 벽난로 위에 올라가 아주머니가 일하는 모습을 지켜보

앉다. 아주머니는 걸레로 방을 닦은 후 테이블을 닦고 있었다. 그런데 걸레질을 하고 나니 테이블 위에 얼룩이 남았다. 그래서 다시 닦아 얼룩을 지웠지만 또 새로운 얼룩이 생겼다. 그러자 한참을 지켜보던 대자가 말했다.

"아주머니, 뭘 하고 계세요?"

"보다시피 축제일 준비를 하느라 청소를 하고 있어. 그런데 아무리 닦아도 테이블이 자꾸 더러워지니 너무 힘이 드네."

"걸레를 깨끗이 빨아서 닦으면 되죠."

아주머니가 대자의 말대로 하자 테이블은 깨끗하게 닦였다.

"젊은이, 알려줘서 고마워."

다음 날 아침, 대자는 아주머니에게 인사를 하고 다시 길을 나섰다. 걷다보니 숲에 이르렀다. 거기에는 농부들이 수레바퀴를 만들기 위해 나무를 구부리고 있었다. 농부들은 열심히 나무를 구부렸지만 조금도 휘어지지 않았다. 자세히 살펴보니 나무 받침대가 고정되지 않아 바퀴를 구부릴 때마다 제각기 돌아갔던 것이다. 이를 지켜보던 대자가 말했다

"뭘 하고 계십니까?"

"수레바퀴를 만들려고 나무에 두 번이나 김을 쐬었는데도 휘어지질 않네. 완전 녹초가 될 지경이야."

"나무 받침대를 고정시켜 보세요. 아저씨들이 받침대와 같이 돌아가고 있잖아요."

대자의 말대로 농부들은 받침대를 고정시켰다. 그러자 문제가 해결되었다. 대자는 그곳에서 하룻밤을 보내고 다시 길을 떠났다. 걷다보니 새벽이 되었고, 대자는 목동들이 모여 있는 곳에 이르렀다. 대자는 그 옆에 누워서 잠시 그들이 하는 일을 지켜보았다. 그들은 소를 매어놓고 불을 피우는 중이었다. 그런데 그들은 나뭇가지를 주워 불을 붙이면서 그것들이 완전히 타기도 전에 젖은 나뭇가지를 올려 불을 꺼뜨리고 있었다. 목동들은 다시 마른 가지들을 주워 불을 붙이고는 그 위에 젖은 나뭇가지를 올려놓아 불을 꺼뜨렸다. 그들은 계속 불을 피우기 위해 노력했지만 허사였다. 그러자 지켜보던 대자가 말했다.

"너무 성급하게 불을 지피니 불이 안 붙죠. 나무가 완전히 잘 탈 때까지 기다렸다가 젖은 나뭇가지를 올려보세요."

대자의 말대로 그들은 나무에 완전히 불이 붙은 다음에 젖은 나뭇가지를 올리니 불은 활활 타오르기 시작했다. 대자는 그들과 한참을 같이 있다가 다시 길을 떠났다.

'무슨 이유로 이 세 가지 일을 보여준 것일까?'

대자는 곰곰이 생각해 보았으나 그 이유를 알 수 없었다.

9

대자가 부지런히 걷는 동안 하루가 지나고, 어느 숲에 이르렀다. 그곳엔 암자가 있었다. 대자는 암자의 문을 두드렸다.

"거기 누구요?"

"저는 대역 죄인입니다. 다른 이의 죗값을 대신 치르기 위해 떠돌고 있습니다."

그러자 은사가 밖으로 나오며 말했다.

"너는 무슨 죄를 지었느냐?"

대자는 자신에게 세례를 해준 대부의 이야기를 비롯해서 암곰에 대한 이야기, 닫혀 있던 방 안의 옥좌 이야기, 대부가 자신에게 시킨 일, 그리고 밭에서 송아지를 내몰기 위해 밭을 망치던 농부들과 송아지가 아주머니의 부름에 스스로 아주머니 곁으로 간 일 등에 대해 모두 말했다.

"악은 악으로 다스릴 수 없다는 것을 깨달았습니다. 하지만 악을 없애는 방법은 아직 찾지 못했습니다. 그러니 제발 저에게 깨달음을 주십시오."

그러자 은사가 말했다.

"네가 겪은 일에 대해 좀 더 자세히 말해 보아라."

대자는 아주머니가 걸레질을 하던 이야기와 수레바퀴를 만들던 농부들의 이야기, 불을 지피던 목동의 이야기를 모두 들려주었다. 이야기를 다 듣고 난 후, 은사는 암자 안으로 들어가 이가 빠진 도끼를 들고 나오며 말했다.

"어서 가자."

암자에서 십 리쯤 떨어진 곳에 도착하자 은사는 나무 한 그루를 가리키며 말했다.

"저 나무를 베어라."

대자는 나무를 베어 쓰러뜨렸다.

"나무를 세 토막으로 잘라라."

대자는 나무를 세 토막으로 잘랐다. 은사는 암자로 되돌아가 불을 가지고 와서 말했다.

"세 토막의 나무를 태워라."

대자는 불을 피워 나무를 태웠다. 그러자 그 자리엔 불에 탄 나무 세 토막이 남았다.

"그것을 흙에 심어라."

대자는 나무토막을 흙에 심었다.

"저기 보이는 산 아래의 냇가에서 물을 한 모금 입에 물고 와 이 나무토막에 뿌려라. 네가 그 아주머니에게 가르침을 준 것처럼 이 나무토막에 물을 주는 것이다. 그리고 두 번째 나무토막에는 네가 농부들에게 가르침을 준 것처럼 물을 주어라. 또 세 번째 나무토막에는 네가 목동들에게 가르침을 준 것처럼 물을 주면 된다. 세 개의 나무토막이 자라서 뿌리를 내리고 사과나무가 되면, 세상의 악을 없애는 방법을 깨닫게 될 것이다. 그때가 되면 너는 모든 죗값을 치르게 될 것이다."

이렇게 말한 뒤 은사는 다시 암자로 돌아갔다. 대자는 은사의 말을 곰곰이 생각해 보았으나 그 뜻을 이해할 수 없었다. 그는 그저 은사가 시키는 대로 일을 하기 시작했다.

10

대자는 냇가에 가서 입에 물을 가득 머금고 왔다. 그는 첫 번째 나무토막에 물을 뿌려주고, 다시 반복해서 두 번째, 세 번째 나무토막에도 물을 주었다. 물을 다 주고 나자 대자는 몹시 지쳤다. 그래서 그는 은사에게 먹을 것을 얻기 위해 암자로 갔다. 그런데 대자가 문을 열었을 때 은사는 이미 죽어 있었다.

주위를 살펴보니 마른 빵이 있어서 대자는 그것으로 대충 허기를 채웠다. 그러고 나서 삽을 찾아와 은사를 묻을 무덤을 파기 시작했다. 그때부터 밤에는 입에 물을 머금고 와 나무토막에 물을 주었고, 낮에는 은사가 묻힐 곳을 팠다. 이윽고 은사의 무덤이 마련되어 묻으려고 할 때쯤 마을 사람들이 찾아왔다. 그들은 은사에게 음식을 가져다주기 위해 온 사람들이었다.

은사가 죽었다는 말을 들은 그들은 대자에게 은사의 자리를 맡아달라고 부탁하고는 대자를 축복해 주었다. 그러고 나서 그들은 다 같이 은사를 묻었고, 대자가 먹을 음식을 놓아두고 또 오겠다는 말을 남기고 돌아갔다.

대자는 은사의 뒤를 이어 암자에서 지내며 은사가 시킨 대로 산 아래 냇가에 있는 물을 입에 머금어 나무토막에 뿌리는 일을 계속했다. 그는 이렇게 일 년이란 시간을 보냈다. 그러는 동안 많은 사람들이 대자를 만나기 위해 찾아왔다. 그 이유는 숲 속에 한 성자가 살고 있어, 산 아래 냇가에서 물을 머금어다 타다 남은 나무토막에 뿌리며 수행을 하고 있다는 소문이 퍼졌기 때문이다. 가난한 사람이든 부자든 권력자든 누구 할 것 없이 그를 보려고 찾아오는 것이었다.

부유한 장사꾼들은 그의 집에 여러 종류의 선물을 두고 갔다. 하지만 대자는 꼭 필요한 것 외에는 어느 것도 갖지 않았으며, 받은 물건들을 가난한 사람들에게 나누어주었다.

대자는 하루의 반은 물을 머금고 와서 나무토막에 뿌렸고, 나머지 반은 쉬기도 하고 방문객들을 만나기도 하면서 살고 있었다. 그는 이렇게 사는 것이 자신의 의무이며 세상의 악을 없애고 죗값을 치르는 길이라고 생각했다. 그 후 다시 일 년이 지났다. 대자는 그동안 하루도 거르지 않고 나무토막에 물을 주었다. 그러나 좀처럼 싹이 트지 않았다.

그러던 어느 날, 암자 안에 있던 대자는 한 남자가 노래 부르는 소리를 들었다. 대자가 궁금해서 밖을 내다보니, 건강한 젊은 남자가 고급스러운 옷을 입고 좋은 말을 타고 있었다. 대자는 그가 어디에 사는 누구이며 어디로 가는 길인지 물었다. 그러자 남자가 대답했다.

"나는 강도다. 여기저기를 돌아다니며 사람들을 죽이고 있지. 사람을 죽일수록 기분이 좋아지니 이렇게 노래가 나올 수밖에."

대자는 몸을 움츠리며 생각했다.

'이런 종류의 악은 어떻게 없애야 하는 것일까? 나를 찾는 사람들은 모두 자신의 죄를 뉘우치고 있는데 이 남자는 악행을 저지르고도 저렇게 자랑스러워하니……'

대자는 아무 말도 하지 않고 강도 곁에서 떨어져 생각했다.

'앞으로 무슨 일이 생길지 모른다. 강도가 계속 이 주위를 맴돌면 사람들은 겁이 나서 내게 오지 않으려 할 텐데. 오지 못하는 사람들도 불편하겠지만 대체 난 어떻게 살아가야 하지?'

대자는 강도에게 다가가 말했다.

"나를 찾아오는 사람들은 악행을 저지르고 자랑하지는 않소. 다들 죄를 뉘우치며 회개하려고 하지. 하늘이 두렵다면 당신도 뉘우치시오. 그렇게 못 하겠으면 다시는 이곳을 찾지 마시오. 괜한 사람들을 겁에 질리게 만들어 이곳에 오지 못하게 하지 말란 말이오. 내 말대로 하지 않으면 당신은 천벌을 받을 것이오."

그러자 강도는 큰 소리로 웃으며 말했다.

"하느님 따윈 두렵지 않으니 네 말을 들을 필요는 없어. 내 주인도 아니면서 무슨 말이 그렇게 많아? 넌 하늘에 기도를 하면서 살아가지만 난 강도짓을 해야 먹고 살 수 있어. 저마다 살아가는 방식이 있는 법이거늘. 그깟 설교는 아낙네들한테나 하라고. 나한텐 필요 없으니. 자, 네가 나한테 설교를 한 대가로 내일 난 두 사람을 더 죽이겠다. 이 자리에서 당장 널 죽일 수도 있지만 한 번은 참아주지. 다시는 눈에 띄지 마라."

강도는 이렇게 위협하며 떠났고 다시는 나타나지 않았다. 대자는 그 후 팔 년이란 세월을 무사히 지냈다.

11

대자는 새벽에 나무토막에 물을 준 뒤 암자로 돌아와, 곧 사람들이 자신을 찾아올 거라 생각하며 오솔길 쪽을 바라보고 있었다. 그런데 웬일인지 그날은 아무도 대자를 찾지 않았다. 그는 저녁이 될 때까지 멍하니 앉아 자신이 살아온 날들을 돌이켜보기 시작했다. 그때 문득 대자에게 하늘에 기도를 드리며 먹고 산다고 비아냥거렸던 강도의 말이 떠올랐다.

'그동안 내가 살아온 방식은 은사의 가르침과는 다른 것 같다.

그분은 내게 고행을 지시했지만 나는 그것을 음식으로 바꾸고 사람들의 찬사를 원하고 있었다. 사람들이 나를 찾지 않으면 우울해지고, 또 사람들이 찾아오면 그들이 나를 성자처럼 대접한다는 생각에 자만하고 있었다. 더 이상은 안 되겠다. 나는 세상의 평판에 휘둘려 지은 죄를 갚기도 전에 또 죄를 짓고 있다. 사람들의 눈에 띄지 않는 숲으로 들어가서 살아야겠다. 지은 죄를 갚고, 다시는 죄를 짓지 않도록 혼자서 살아야겠다.'

대자는 빵이 든 조그마한 자루와 괭이를 집어 들고 깊은 숲으로 향했다. 외딴 곳에 움막을 짓고 사람들의 눈에 띄지 않도록 살 생각을 하며 걸어가고 있을 때, 저쪽에서 말을 타고 강도가 달려오고 있었다. 놀란 대자는 달아나려다가 강도에게 붙들렸다.

"어딜 가나?"

대자는 사람들의 눈에 띄지 않는 곳으로 간다고 말했다. 그러자 강도는 비웃으며 말했다.

"아무도 찾아오지 않으면 대체 뭘 먹고 살 작정인가?"

거기까지 생각지 못했던 대자는 강도의 말을 듣고 곰곰이 생각해 보았다.

"하느님께서 내려주시는 것으로 살아가면 되오."

대자가 대답했다. 그러자 강도는 아무 말도 없이 떠났다.

대자는 대체 어떻게 된 일인지 생각했다.

'나는 저자가 살아가는 방식에 대해 아무 말도 하지 않았다. 어쩌면 저 남자도 이번엔 뉘우칠지도 모르지. 게다가 오늘은 태도도 훨씬 더 누그러지고 위협적이지도 않았으니까.'

잠시 후 대자는 강도의 뒷모습을 향해 외쳤다.

"당신은 반드시 죄를 뉘우쳐야 하오! 하느님을 속일 순 없소!"

그러자 강도가 다시 돌아와 허리춤에서 칼을 빼들고는 휘두르려 했다. 대자는 놀라서 숲으로 달아났다. 강도는 쫓아오지 않고 그에게 소리쳤다.

"한 번 더 용서해 주지. 하지만 세 번째로 내 눈에 띄는 날엔 그땐 결코 용서치 않겠다. 못된 영감 같으니! 기필코 죽일 테다!"

그리고는 자취를 감춰버렸다.

그날 밤, 대자가 나무토막에 물을 주러 가보니 놀랍게도 나무 하나에 싹이 트고 있었다. 마침내 사과나무 잎이 돋아나기 시작한 것이다.

12

대자는 사람들의 눈을 피해 홀로 살아갔다. 그러나 곧 빵도 다 떨어졌다. 그래서 그는 풀뿌리라도 캐서 먹어야겠다고 생각했다. 그러다 문득 나뭇가지를 보니 빵이 든 자루가 걸려 있는 게 아닌가. 대자는 하느님께 깊은 감사의 기도를 드리고는 그것으로 끼니를 해결했다. 그리고 빵을 다 먹으면 어느새 나뭇가지에 또 빵이 든 자루가 걸려 있었다.

대자는 그 빵을 먹으며 살아갔지만 한 가지 마음에 걸리는 게 있었다. 강도가 다시 찾아올까 봐 겁이 났던 것이다. 그는 인기척 이 들리면 서둘러 몸을 숨기며 생각했다.

'강도에게 붙잡히면 나는 영원히 죄를 갚지 못한다.'

그렇게 10년의 세월이 흘렀다. 사과나무는 단지 한 그루만 자랄 뿐 나머지는 여전히 그대로였다. 대자는 아침마다 나무토막에 물 을 주었다. 대자는 너무 지쳐 바닥에 앉아 잠시 쉬면서 생각했다.

'나는 죽음을 두려워하는 죄를 짓고 말았다. 그것이 하늘의 뜻 이라면 죽음으로 내 죗값을 치르자.'

대자가 그렇게 생각하는 순간 갑자기 강도가 말을 타고 나타났 다. 대자는 하느님 외에는 그 누구도 자신에게 해코지를 할 수 없 다고 생각하며 강도가 오는 쪽으로 나갔다. 강도는 말 뒤에 한 남 자를 태우고 어딘가로 가는 중이었다. 그 남자는 두 손이 묶여 있 고 재갈도 물려 있었다. 강도는 남자에게 욕설을 퍼붓고 있었다. 대자는 강도 앞을 막아서며 말했다.

"저자를 어디로 데려가는 것이냐?"

"숲으로 끌고 가는 중이다. 이 녀석은 상인의 아들인데 제 부모 의 돈이 있는 곳을 말하지 않으니 실토할 때까지 패줄 생각이다." 라며 강도는 가던 길을 가려 했으나 대자는 말고삐를 붙들었다.

"남자를 놓아주어라."

화가 난 강도는 대자를 내리치려 채찍을 들었다.

"너도 이렇게 되고 싶은 거냐? 좋다, 죽여주마! 어서 놔라!"

그러나 대자는 조금도 굽히지 않았다.

"절대 놓지 않겠다. 난 네가 두렵지 않다. 내가 두려워하는 건 오직 하느님뿐이다. 헌데 하느님이 이 짓은 절대 안 된다고 하시니 이 남자를 놓아주어라."

그러자 강도는 얼굴을 찌푸리며 칼로 줄을 끊었다. 그리고는 상인의 아들을 풀어주었다.

"내 눈앞에서 당장 사라져라! 한 번만 더 눈에 띄면 그땐 용서치 않겠다."

상인의 아들은 말에서 뛰어내려 부리나케 달아났다. 강도는 그냥 가려고 했으나 대자는 강도를 붙들고 이 생활을 청산하라고 말했다. 대자의 말을 끝까지 듣던 강도는 아무 말 없이 떠났다. 다음 날 아침, 대자가 나무토막에 물을 주러 가보니 두 번째 나무에도 사과나무 싹이 트고 있었다.

13

다시 10년의 세월이 흘렀다. 움막에 있던 대자는 이제 더 이상 부족한 것도 두려운 것도 없었다. 그의 마음은 오로지 기쁨으로 가득 차 있었다. 대자는 생각했다.

'하느님께서는 우리에게 커다란 행복을 주셨다. 사람들은 그 안에서 행복하게 살아갈 수 있는데도 스스로에게 고통을 주며 살고 있다.'

대자는 세상의 악에 대해 생각하며, 인간들 스스로가 자신에게 고통을 주고 있다는 생각이 들자 그들에게 연민을 느꼈다.

'계속 이렇게 생활해서는 안 되겠다. 내가 알고 있는 것들을 세상 사람들에게 가르쳐주자.'

대자가 이런 생각을 하고 있을 때쯤 강도가 타고 오는 말발굽 소리가 들렸다. 대자는 그 소리를 그냥 지나치며 생각했다.

'저자에게 아무리 얘기해도 이해하지 못하겠지.'

하지만 곧 마음을 바꾸고 밖으로 나갔다. 강도는 근심어린 얼굴로 바닥만 쳐다보며 말을 몰고 있었다. 대자는 갑자기 그가 측은하다는 생각이 들어 강도에게 다가가 그의 다리를 붙들고 말했다.

"사랑하는 형제여, 부디 자신을 사랑하게나. 자네 안에는 하느님이 계시다네. 자네는 스스로에게 고통을 주며 남을 괴롭히고 있어. 그리고 앞으로는 더욱더 괴로워질 걸세. 하지만 하느님께서는 자네를 사랑하시고, 자네를 위한 행복을 준비해 두셨다네. 그러니 제발 이 생활을 청산하고 더 이상 스스로를 파멸시키지 말게나."

그러자 강도는 얼굴을 찌푸리고 시선을 회피하며 말했다.

"비켜라."

대자는 더욱 힘껏 강도의 다리를 붙들고 눈물을 흘리며 그를 설득했다. 강도는 눈을 들어 대자를 물끄러미 바라보았다. 그러더니 이윽고 말에서 내려 대자 앞에 털썩 주저앉았다.

"당신이 이겼소. 나는 더 이상 아무것도 할 수 없소. 그러니 당신 마음대로 하시오. 당신이 처음 내게 설교했을 때는 화가 났소. 그러다 당신이 사람들을 피해 숨으며, 당신 스스로가 세상에 도움이 되지 못한다는 깨달음을 듣고 나서 당신이 했던 말을 떠올렸소. 그 후로 나는 당신을 위해 나뭇가지에 빵이 든 자루를 걸어 놓았던 것이오."

강도의 말에 대자는 그 옛날 농가의 아주머니가 걸레를 깨끗이 빨아서 닦았을 때야 비로소 테이블이 깨끗해졌던 것을 생각해 냈다. 그와 마찬가지로 자신의 마음을 깨끗이 한 후에야 다른 사람의 마음도 정화시킬 수 있었던 것이다. 강도는 계속 말을 이었다.

"그리고 당신이 죽음 앞에서 두려워하지 않을 때 내 마음이 흔들렸소."

그러자 대자는 깨달았다. 그 옛날 농부들이 받침대를 고정시키자 수레바퀴의 나무가 휘어졌던 것처럼 자신도 죽음을 두려워하지 않고 하느님 안에서 마음을 단단히 고정시켰을 때 비로소 악한 고집도 꺾을 수 있었던 것이다. 강도는 계속해서 말했다.

"또한 당신이 나를 측은히 여기며 나를 위해 눈물을 흘렸을 때 내 마음은 움직였소."

대자는 진정 기쁜 마음으로 나무토막이 있는 곳으로 강도를 데려갔다. 그들이 다가가 보니 하나 남은 나무토막에도 사과나무 싹이 자라고 있었다. 대자는 드디어 모든 걸 깨달았다. 그 옛날 목동들을 생각하며, 나무에 완전히 불이 붙고 난 후에야 젖은 나무를 올려도 불이 꺼지지 않았던 일을 떠올렸다. 그리고 그와 마찬가지로 자신의 마음이 완전히 타올랐을 때 다른 사람의 마음에도 불을 지필 수 있었던 것이다.

대자는 이제야 비로소 자신의 모든 죗값을 치렀다는 생각에 몹시 기뻤다. 그는 그동안에 있었던 일을 모두 강도에게 들려주고는 세상을 떠났다. 강도는 대자를 묻어주고 대자의 가르침대로 살아가면서 많은 사람들에게 깨달음을 주며 살아갔다.

작품
해설

1. 들어가며

　러시아의 소설가이며 사상가인 톨스토이는 1828년 러시아의 야스나야 폴라냐에서 명문 백작의 넷째 아들로 태어났다. 그러나 어려서 일찍 부모님을 여의고 친척집에서 자라게 된다. 그러다 1847년, 카잔 대학에서 법학을 전공하다 교육에 회의를 느끼고 중도에 자퇴한다. 그 후 고향 야스나야 폴라냐로 돌아와 농장 일을 하며 농민 계몽을 위해 애쓰지만 실패하게 되고, 귀족들과 어울리며 방탕한 생활을 한다.

　1851년에 형 니콜라스와 함께 캅카스 군대에 입대하고 1852년에 그의 첫 소설 <유년시대>를 발표한다. 그의 첫 작품은 문학성을 인정받으며 세간의 찬사를 받게 되고, 이어서 <소년시대>를 집필한다. 그 후 1856년 러시아와 터키의 전쟁이 끝나고 전역을 하게 된다. 그는 이 시기에 유럽 여행을 떠나지만 그곳 부르주아의 삶에 염증을 느끼고 돌아온다. 1857년에는 <청년시대>를 발표하고, 1859년 농민 계몽을 위해 농민학교를 설립하며 농노해방운동에도 적극 참여한다.

　그러던 중에 형 니콜라이가 사망하게 되고 1862년에는 궁정의사의 딸 소피야와 결혼하며 안락한 생활을 보낸다. 1869년에 장편소설 《전쟁과 평화》를 발표한다. 이 작품은 전쟁의 공포와 문명의 부조리를 비판하면서도 유토피아적인 삶을 꿈꾸는 내용을 다루었으며 당대 러시아의 현실과 민중들의 삶을 생생하게 묘사하고 있다. 톨스토이는 이 작품을 통해 세계적인 작가의 반열에 오르게 된다. 그 후 사랑과 결혼, 가족, 죽음이라는 소재를 다룬 장편소설《안나 카레니나》를 발표한다.

이즈음에 톨스토이는 정신적인 갈등을 겪게 된다. 당시 톨스토이는 러시아 귀족으로서 부유한 삶을 살았지만 민중들의 생활에도 관심이 많았고, 청렴한 삶을 꿈꾸었기에 현실과 이상의 괴리를 느끼며 정신적인 고뇌에 휩싸인다. 이러한 이유로 인생에 대한 무상함과 죽음에 대한 불안감을 느끼며 종교에 의지하게 된다. 그리하여 그는 이 시기에《참회록》(1882)과《나의 신앙은 무엇인가》(1884) 등을 집필하게 된다.

톨스토이는 타락한 교회의 권위를 부정하고 그리스도교의 도덕적인 가르침을 추구했다. 그는 이상주의자였다. 반면에 그의 아내는 현실주의자였기 때문에 두 사람 사이의 갈등은 매우 심했다. 그 후 톨스토이는 저작권을 아내에게 넘겨주고, 1885년 포스레드니크(중개인)라는 출판사를 설립하여 러시아 민화와 복음서를 각색한 작품들을 출간한다. 그는 러시아 민화를 기반으로 <사람은 무엇으로 사는가>, <바보 이반>, <사랑이 있는 곳에 신도 있다>, <사람에겐 얼마만큼의 땅이 필요한가> 등을 집필한다.

1899년에는 장편소설《부활》을 발표해 큰 반향을 일으킨다. 이 작품은 톨스토이가 4천 명에 달하는 성령부정파 교도들을 미국으로 이주시키기 위한 자금을 마련하기 위해 집필한 것으로서, 톨스토이는 이 작품에서 동방정교회에 비판을 가했다는 이유로 1901년 종무원으로부터 파문을 당하기에 이른다. 그러다 그의 건강은 점점 악화되고, 크림반도에서 요양을 하게 된다.

말년에도 그는 《신부 세르게이》(1898), 희곡 《산송장》(1900), 단편 <알료샤 항아리>(1905)와 다수의 논문들을 발표하며 활발한 창작활동을 한다. 하지만 아내와의 계속되는 불화로 다툼이 잦았던 그는 불현듯 여행을 떠나게 되고 1910년, 여행 도중에 철도역에서 숨을 거둔다. 이렇듯 톨스토이는 생전에 수많은 작품을 남겼으며 오늘날까지도 그의 작품은 세대를 아우르는 고전이 되고 있다. 여기에서는 톨스토이의 작품 중 러시아 민화를 각색한 주요 단편들을 살펴보기로 하겠다.

2. 내용 살펴보기

톨스토이의 단편은 평범한 민중들을 소재로 하여 단순하고 소박한 내용을 다루었다. 누구나 한 번쯤은 보고 들었을 법한 이야기들로, 어릴 때 할머니가 들려주시던 전래동화와 비슷한 느낌을 준다. 우리의 전래동화나 고전소설의 주제가 그러하듯 톨스토이의 단편 역시 착한 사람은 복을 받고 악한 사람은 벌을 받는다는 권선징악의 교훈을 다루고 있다.

그의 작품에는 '물질 만능 주의에 대한 경계'와 '신의 가르침을 실천하라'는 톨스토이의 사상이 반영되어 있으며, 모든 작품의 바탕에는 '인간에 대한 사랑'이 담겨 있다. 이 책에서는 독자들에게 가장 널리 사랑받는 톨스토이의 대표 단편 14편을 선정했다. 각각의 내용을 살펴보기로 하자.

1) 신의 뜻에 따르는 삶
– 자연에 순응하며 사랑을 실천하는 사람들

사람은 무엇으로 사는가

이 작품은 하느님의 뜻을 거역한 죄로 인간이 되어 지상에 버려진 천사 미하일이 구두 수선공 세묜의 도움으로 그의 집에서 살면서 하느님의 가르침을 깨닫게 되는 내용이다. 미하일에게 주어진 과제는 '사람의 마음에는 무엇이 있는가', '사람에게 주어지지 않은 것은 무엇인가', '사람은 무엇으로 사는가'에 대한 답을 구하는 것이었다.

미하일은 자신을 도와준 세몬과 마트료샤를 통해 사람의 마음에 있는 것은 '사랑'이라는 것을 깨닫게 되고, 값비싼 가죽을 가져와 장화를 지어달라고 했던 한 신사의 죽음을 통해 사람에게 주어지지 않은 것은 '자신에게 진정 필요한 것을 아는 능력'이라는 것을 알게 되며, 마지막으로 자신이 낳지 않은 두 쌍둥이를 사랑으로 키운 한 여인을 통해 '사람은 주위의 사랑으로 살아간다는 것'을 깨닫게 된다.

하느님의 세 가지 가르침을 모두 깨닫게 된 미하일은 다시 천사가 되어 하늘로 올라간다. 우리는 미하일을 통해 사람이 살아가는 데 있어 가장 중요한 것이 무엇인지 알게 된다. 그것은 누구나 다 알고 있지만 실천하기는 어려운, 보편타당한 진리인 '사랑'인 것이다. 이 작품을 읽고 난 독자들은 진정한 사랑의 의미를 되새겨 보며, 머릿속에만 담아두었던 사랑을 실천할 수 있기를 바란다.

뉘우친 죄인

어느 곳에 일흔 살의 노인이 살고 있었다. 노인은 온갖 죄를 지으며 살아오다가 어느 날 병에 걸려 죽게 된다. 그동안 노인은 잘못을 뉘우치지 않다가 마침내 죽음의 순간이 오자 울면서 기도한다. 노인은 천국으로 가는 길에 사도 베드로와 다윗 왕을 만나지만 그들은 노인의 죄를 용서해 주지 않고 천국의 문을 열어주지 않는다. 그러다 노인은 세 번째로 찾은 그리스도의 제자 요한을 찾아가 애원한다.

　목소리가 대답했다.
　"나는 그리스도의 사랑을 받던 제자 요한이니라."
　그러자 죄인은 기뻐하며 말했다.
　"이젠 정말로 나를 천국에 들여보내지 않을 수 없을 것입니다. 베드로와 다윗은 인간의 나약함과 하느님의 자비를 알고 계시기 때문입니다. 그리고 당신은 많은 사랑을 갖고 계십니다. 예언자 요한님, 당신은 당신의 책 속에서 하느님은 사랑이며, 사랑을 모르는 자는 하느님을 모른다고 하지 않으셨던가요? 또한 나이가 들어 '형제들이여 서로 사랑하라!' 라고 당신이 사람들에게 말씀하지 않으셨던가요? 그렇게 말씀하신 당신이 지금에 와서 어떻게 나를 미워하고 몰아낼 수 있겠습니까? 당신이 말씀하신 얘기들이 모두 거짓이라고 하시든가 아니면 나에게 사랑을 베푸시고 천국에 들여보내주십시오."
　그러자 곧 천국의 문이 열렸다. 요한은 뉘우치는 죄인을 끌어안으며 천국으로 맞이했다. (본문 76p)

요한은 진심으로 회개하는 노인의 잘못을 용서하고 사랑으로 감싸주며 그를 천국으로 인도한다. '죄는 미워해도 사람은 미워하지 말라.'는 말처럼 '용서할 줄 아는 삶', '사랑으로 모든 것을 포용하는 삶'의 중요성을 일깨워주는 작품이다.

세 아들

어느 곳에 세 아들을 둔 아버지가 있었다.

아버지는 첫째 아들에게 재산과 토지를 나누어주면서 "나처럼 살아가도록 해라. 그렇게 하면 행복이 무엇인지 알게 될 것이다."라고 말한다. 첫째 아들은 즐거움만 추구하며 멋대로 살다가 모든 재산을 탕진하고서 아버지를 찾아가 도움을 요청하지만 아버지는 거절한다.

둘째 아들도 자신의 몫을 받았지만 아버지가 말씀하신 "나처럼 살아가라."는 말의 뜻을 이해할 수 없었다. 결국 둘째 아들도 욕심 때문에 재산을 모두 잃고 자살하게 된다.

셋째 아들 역시 자신의 몫을 받고 "나처럼 살아가라."는 아버지의 말뜻을 이해하려고 노력한다. 그래서 셋째 아들은 그동안 아버지가 어떻게 살아왔는지를 기억해 내려고 애썼고, 그가 기억하는 건 아버지가 자식들을 위해 모든 것을 베풀어준 기억뿐이었다. 그래서 셋째 아들은 "나처럼 살아가라."고 한 아버지의 말은 '남에게 베푸는 삶을 살라.' 는 뜻임을 알게 된다.

여기에서 아버지는 하느님을 뜻한다. 즉 '나처럼 살아가라.' 고
했던 아버지의 말은 '하느님의 가르침대로 살아가라.' 는 뜻이다.
이 작품은 첫째 아들이나 둘째 아들처럼 자신의 이익이나 즐거움
만을 추구하지 말고 '베푸는 삶' 을 통해 삶을 풍요롭게 하라는 가
르침을 전하고 있다.

세 가지 물음

어느 날, 한 나라의 왕이 세 가지 의문을 품게 된다. 그는 '사람
에게 가장 중요한 때는 언제인가', '사람에게 가장 중요한 사람은
누구인가', '가장 중요한 일은 무엇인가' 에 대한 답을 찾고 싶어
한다. 왕은 세 가지 질문에 대한 답을 알려주는 사람에게 포상하
겠노라고 선포하지만 마음에 드는 답을 찾을 수 없었다.

그래서 왕은 산 속에 은거하는 은사를 직접 찾아가 그 답을 구
하려고 한다. 왕은 밭을 일구는 은사를 도와주며 그곳에서 만난
부상당한 한 남자를 통해 세 가지 질문에 대한 답을 찾게 된다.

톨스토이는 이 작품을 통해 '가장 중요한 때' 는 바로 '지금 이
순간' 이고, '가장 중요한 사람' 은 '자신의 곁에 있는 사람' 이며,
'가장 중요한 일' 은 '곁에 있는 사람에게 선행을 베푸는 것' 이라
는 가르침을 준다.

우리는 과거에 대한 후회로, 미래에 대한 불안함으로 종종 현재를 잊고 산다. 또 지금 내 곁에 있는 사람들이 언제까지나 나와 함께할 것이라 생각하며, 먼 타인들보다 오히려 그들을 서운하게 만들고 상처를 주기도 한다. '지금 이 순간'은 결코 다시 돌아올 수 없으며, 지금 내 곁에 있는 사람들도 영원히 함께할 수는 없다는 것을 잊지 말아야 한다.

사랑이 있는 곳에 신도 있다

어느 마을에 마르틴이라는 구두 수선공이 살았다. 그는 아내도 잃고 아들마저 잃어 절망에 빠져 살아가던 어느 날, 한 노인이 찾아와 마르틴에게 말했다.

"자네가 잘못 생각하고 있어. 우리는 하느님의 뜻에 대해 이렇다 저렇다 평가할 수 없으니까. 모든 일은 하느님의 뜻에 달려 있다네. 비록 자네 아들은 죽었지만 자네는 살아야 하는 것이 바로 하느님의 뜻이네. 자네가 이렇게 괴로워하는 것은 자네가 자신의 행복을 위해 살고 싶어 하기 때문이야."

"그렇다면 무엇을 위해 살아야 합니까?"

마르틴이 묻자 노인이 말했다.

"하느님을 위해 살아야 하네. 하느님께서 생명을 주셨으니 그분을 위해 살아야 하네. 하느님을 위해서 산다면 슬퍼할 일도 없고, 어떤 고난도 이겨낼 수 있다네."

마르틴은 한참을 가만히 있다가 다시 말을 꺼냈다.

"어떻게 사는 것이 하느님을 위한 것입니까?"

"어떻게 사는 게 하느님을 위한 것인지는 이미 하느님께서 다 가르쳐주셨네. 자네 글 읽을 줄 아나? 그럼 먼저 성경을 읽어보게. 그러면 하느님을 위해 사는 것이 어떤 것인지, 주님을 위해 해야 할 일이 무엇인지 알게 될 것이네. 성경에는 모든 것이 다 들어 있으니까."

(본문 122~123p)

마르틴은 노인의 말대로 성경을 구해서 읽기 시작한다. 성경을 읽으며 차츰 마음이 평온해지는 것을 느낀 마르틴은 매일매일 성경을 읽으며 마음을 다스린다.

그러던 어느 날 잠깐 잠이 들었던 마르틴은 자신을 찾아오겠다고 말한 하느님의 말씀을 듣게 된다. 혹시나 하느님이 오시지는 않을까 하며 창밖을 내다보던 중에 창가에서 눈을 치우던 노인을 발견하고 그에게 따뜻한 차를 대접한다. 또한 밖에서 찬바람을 맞으며 아기를 안고 있던 여자에게 외투와 돈을 준다. 마르틴은 일을 하면서도 그분이 오시지는 않을까 하는 생각에 계속 창밖을 주시한다. 그러다가 창밖에서 할머니의 사과를 훔치려던 소년을 발견하게 되고 할머니에게 소년을 용서해 달라고 부탁하며 할머니와 소년을 화해시킨다.

그날 마르틴을 찾아왔던 눈을 치우던 노인과 아이를 안고 추위에 떨고 있던 여인, 그리고 할머니와 소년이 바로 하느님이었다. 마르틴이 온 마음을 다해 진심으로 대접했던 사람들이 바로 하느님이었고 마르틴은 하느님의 가르침대로 수행했던 것이다. 현실의 고통 속에서 괴로워하던 마르틴은 성경을 읽으며 점차 마음을 치유하게 된다.

마르틴이 하느님의 가르침을 통해 새로운 삶을 살게 된 것처럼, 현실의 괴로움을 혼자서 극복하기 힘들 때는 신앙의 힘을 빌려 마음의 안정을 찾는 것도 좋을 듯싶다.

불을 방치하면 끄지 못한다

어느 마을에 이반이라는 부유한 농부가 살았다. 이반의 아버지 대代에는 사이가 좋았던 이반과 이웃집 가브릴로네 식구들은 사소한 일로 계속 다투게 된다. 이반네 닭이 가브릴로네 마당으로 넘어가 알을 낳았다고 주장하며 싸움은 시작된다. 그것을 되찾기 위해 싸움이 벌어지고, 여자들 싸움은 남자들 싸움으로, 또 아이들 싸움으로 번진다.

그러던 어느 날, 가브릴로네 수레바퀴통이 없어져 이반은 고소를 당하게 되고 이반도 가브릴로를 맞고소하면서 두 집안의 싸움은 골이 깊어진다. 급기야 임신한 이반의 아내와 가브릴로가 몸싸움을 벌이게 되고, 결국 가브릴로는 태형을 선고받는다.

"남의 허물은 잘 보아도 자신의 허물은 못 보는 법이지. 넌 지금 그가 나쁜 짓을 한다고 말했지? 만일 그 사람 혼자서 나쁜 짓을 했다면 싸움이 일어날 리가 없다. 싸움은 혼자서는 할 수 없어. 반드시 두 사람 사이에서 생기는 거란다. 상대방의 잘못은 크게 보이고 자기 잘못은 보이지 않는 법이지. 만약 그 사람만 심보가 고약하고, 너는 착한 사람이었다면 처음부터 싸움이란 건 시작되지도 않았을 것이야. (중략)

밭을 일구고 씨를 뿌려야 할 때, 너는 악마의 꾐에 속아 재판소다, 예심이다 하면서 이리저리 돌아다니기만 하지 않았느냐? 밭을 일구고 씨를 뿌리는 것도 다 때가 있는 법인데, 그때를 놓치니 아무것도 얻을 수 없는 것이다. 올해는 왜 귀리가 흉작인 것이냐? 네가 귀리를 언제 갈았는지 기억이나 하느냐? 거리에서 돌아왔을 때였다. 재판에 이겨서 무슨 이득이 생겼느냐? 쓸데없는 짐만 짊어진 셈이다. 사람은 자기의 본업을 잊어서는 안 된다. 아이들과 함께 땀 흘리며 밭일도, 집안일도 열심히 하고, 누군가 너를 화나게 만들지라도 하느님의 말씀에 따라 용서해 주어라. 그렇게 한다면 모든 일은 잘 풀리고 마음도 편안해질 것이다." (본문 151~154p)

"어서 가거라. 미뤄서는 안 되는 일이다. 불은 처음에 끄지 않으면 나중에는 점점 커져 손을 쓸 수 없게 되는 법이니까." (본문 155p)

처음에는 아버지의 말을 들으려고도 하지 않던 이반은 차츰 마음이 누그러져 가브릴로를 용서해 주려고 한다. 그러나 또 오해가 생기면서 이반은 그를 용서하려는 마음을 접는다.

한편, 태형을 선고받은 가브릴로는 이반에게 복수하기 위해 그의 집에 불을 지른다. 이반은 짚단에 불이 붙기 시작하는 것을 보고서도 불을 끄지 않고 가브릴로를 잡기 위해 달려가다가 때를 놓치게 된다. 결국 온 집안은 불에 타버리고 이반의 아버지도 죽게 된다.

하지만 이반은 가브릴로가 불을 지른 사실을 사람들에게 발설하지 않는다. 그를 용서하기로 한 것이다. 가브릴로는 의아하게 생각하면서도 이반에게 점점 미안한 마음이 들기 시작한다. 그리하여 두 집안은 이제 더 이상 싸울 일이 없게 되고 예전처럼 이웃으로 돌아가 사이좋게 지내게 된다.

이반이 때를 놓치지 않고 작은 불씨였을 때 불을 껐더라면 큰 화를 면했을 것이다. 그러나 이반은 적절한 시기를 놓쳐 돌이킬 수 없는 결과를 낳게 되었다. 하지만 그는 결국 가브릴로를 용서하고 두 집안은 서로 화해하게 된다. 모든 일에는 적절한 때가 있기 때문에 그 시기를 놓치지 않는 것이 무엇보다 중요하다. 하지만 이반의 경우처럼, 적절한 시기를 놓쳤다 해도 결코 좌절하거나 포기해서는 안 된다. 늦었다고 생각할 때가 가장 빠른 때라는 말처럼, 늦더라도 실행하는 것이 용기 있는 선택이기 때문이다.

세 은사

어느 날 배를 타고 순례를 하던 주교는 어느 섬에 신성한 세 은사가 살고 있다는 얘기를 듣고 그들을 찾아간다. 주교는 섬에 도착해서 세 은사를 만나게 되지만 그들은 허름한 옷차림에, 기도를 올리는 방법조차 제대로 알지 못하는 노인들이었다.

그래서 주교는 세 은사에게 주기도문을 가르쳐주고 그것을 외우도록 한다. 자신의 소임을 다했다고 생각한 주교는 섬에서 나와 배를 타고 본래의 목적지를 향해서 가는데 저 멀리서 세 은사가 다가오는 것이 보였다. 그들은 바다 위를 마치 땅 위를 걷듯이 오고 있었다. 세 은사는 주기도문을 잊어버렸다며 주교에게 다시 한 번 가르쳐 달라고 부탁하기 위해 찾아온 것이다. 그러나 주교는 가르침을 받을 사람은 오히려 자신이라며 세 은사에게 경의를 표한다.

세 은사는 주교 앞에서 기도를 올리며 "당신도 세 분이시고, 우리도 셋이니 우리를 어여삐 여겨주시옵소서!"라고 말한다. 여기서 세 은사는 '삼위일체三位一體'를 상징하는데, 삼위일체란 '하나의 목표를 위해 세 가지가 하나로 통일되는 것'을 뜻하며 성부聖父와 성자聖子, 그리고 성령聖靈이 하느님 안에 있다는 그리스도교의 가르침이다.

주교는 주기도문이라는 이론적인 교리를 가르침으로써 하느님을 섬기지만, 세 은사는 조난당한 어부에게 음식을 주고 그의 젖은 옷을 말려주며 배를 수리하는 것을 돕는 등 몸소 실천하는 삶을 통해서 하느님의 가르침을 수행한다. 이 작품은 세 명의 은사를 통해 이론보다는 실천하는 삶이 더욱 아름답다는 가르침을 전해 준다.

세 죽음

이 작품은 귀부인, 마부, 나무라는 세 종류의 죽음을 다루고 있다. 귀부인은 폐결핵이라는 불치병 진단을 받지만 자신의 죽음을 인정하지 못하며 괴로워한다. 그러다 결국엔 신부님의 설교를 통해 안식을 찾고 평온한 죽음을 맞이한다.

한편 일가친척 하나 없는 마부 표도르는 마부들의 숙소에서 쓸쓸히 죽음을 맞이한다. 그는 자신의 장화를 젊은 마부 세료가에게 내어주는 대신 자신이 죽고 난 뒤에 비석을 세워달라는 말을 남기고 숨을 거둔다. 앞서 등장한 귀부인과 달리 마부는 자신의 죽음을 담담하게 받아들이고 순응한다.

표도르의 비석을 세워주기로 약속한 세료가는 비석 대신 나무 십자가라도 세워주기 위해 숲으로 나무를 베러 간다. 나무는 십자 가로 다시 태어나기 위해 자신의 생명을 내어준다. 나무 역시 표 도르처럼 자신의 죽음에 순응하는 존재이다. 이 작품은 나무가 베 어지는 모습을 생생하게 묘사함으로써 의연하게 죽음을 맞이하는 나무의 모습을 보여주고 있다.

작가는 귀부인과 마부, 나무의 '세 죽음'을 통해 죽음을 받아들 이는 다양한 모습을 제시하고 있다. 만일 우리 앞에 죽음이 찾아 온다면 우리는 어떻게 그것을 받아들여야 할지 한 번쯤 생각하게 만드는 작품이다.

대자代子

가난한 농부에게서 아들이 태어났다. 그래서 그는 아들의 대부 와 대모를 찾으러 길을 나섰다가 한 남자를 우연히 만나게 된다. 가난한 농부의 아들이라 아무도 대부를 해주겠다고 나서는 사람 이 없었는데 남자는 흔쾌히 아이의 대부가 되어주겠다고 한다.

대자는 건강하고 영특하게 자랐다. 부활절이 되어 자신의 대부 에게도 인사를 하고 싶었던 대자는 대부를 찾아 무작정 길을 나서 고, 길에서 마주친 남자가 자신의 대부라는 것을 알고서 그를 따 라간다.

대부의 집은 몹시 화려하고도 훌륭했으며 호기심이 많았던 대자는 대부가 절대 문을 열지 말라고 당부했던 방의 문을 연다. 대자가 금지된 방에 들어가 옥좌에 앉아 홀을 쥐니 벽이 열리면서 온 세상이 한눈에 들어왔다. 그곳에는 자기 집과 대모, 어머니의 모습도 보였다. 대자는 도둑이 들어 집안의 곡식을 훔쳐가는 것을 아버지에게 알려주었으며, 대모 남편의 부정한 짓을 보고서는 대모에게 알려주었고, 어머니를 죽이려 했던 도둑을 그냥 두고 볼 수 없어서 홀을 던져서 도둑을 죽이게 된다. 하지만 이 모든 일은 오히려 나쁜 결과를 초래하게 되고 이 일로 인해 대자는 죄를 짓게 된다.

　이 사실을 알게 된 대부는 대자에게 죗값을 치르기 위해서 세상의 악을 없애라고 말한다. 대자는 대부가 알려준 대로 은사를 찾아 떠나고 은사는 대자에게 세 개의 나무토막에 싹이 나서 사과나무가 되면 죗값을 다 치른 것이라고 말한다. 그 말을 남기고 은사는 세상을 떠나고, 대자는 은사의 지시대로 하루도 거르지 않고 냇가에서 입에 물을 머금고 와 나무토막에 물을 준다.

　'그동안 내가 살아온 방식은 은사의 가르침과는 다른 것 같다. 그분은 내게 고행을 지시했지만 나는 그것을 음식으로 바꾸고 사람들의 찬사를 원하고 있었다. 사람들이 나를 찾지 않으면 우울해지고, 또 사람들이 찾아오면 그들이 나를 성자처럼 대접한다는 생각에 자만하고 있었다. 더 이상은 안 되겠다. 나는 세상의 평판에 휘둘려 지은 죄를 갚기도 전에 또 죄를 짓고 있다. 사람들의 눈에 띄지 않는 숲으로 들어가서 살아야겠다. 지은 죄를 갚고, 다시는 죄를 짓지 않도록 혼자서 살아야겠다.' (본문 272~273p)

그날 밤, 대자가 나무토막에 물을 주러 가보니 놀랍게도 나무 하나에 싹이 트고 있었다. 마침내 사과나무 잎이 돋아나기 시작한 것이다. (본문 274p)

대자는 자신이 은사의 가르침대로 살고 있다고 생각했지만 그것은 위선적인 삶이었을 뿐이었다. 그래서 대자는 욕심을 버리고 사람들의 눈을 피해 살면서 은사의 가르침대로 생활한다. 그러자 마침내 한 개의 나무토막에 싹이 텄던 것이다.

"절대 놓지 않겠다. 난 네가 두렵지 않다. 내가 두려워하는 건 오직 하느님뿐이다. 헌데 하느님이 이 짓은 절대 안 된다고 하시니 이 남자를 놓아주어라."

그러자 강도는 얼굴을 찌푸리며 칼로 줄을 끊었다. 그리고는 상인의 아들을 풀어주었다.

"내 눈앞에서 당장 사라져! 한 번만 더 눈에 띄면 그땐 용서치 않겠다."

상인의 아들은 말에서 뛰어내려 부리나케 달아났다. 강도는 그냥 가려고 했으나 대자는 강도를 붙들고 이 생활을 청산하라고 말했다. 대자의 말을 끝까지 듣던 강도는 아무 말 없이 떠났다. 다음 날 아침, 대자가 나무토막에 물을 주러 가보니 두 번째 나무에도 사과나무 싹이 트고 있었다. (본문 276p)

강도에게 죽임을 당할까 봐서 두려워하던 대자는 어느 날, 두려움을 버리고 강도에게 붙잡힌 남자를 풀어주라며 강도와 당당히 맞선다. 그날 두 번째 나무토막에 싹이 움트게 된다. 대자는 죽음을 두려워하지 않고 정의를 실현했던 것이다.

"사랑하는 형제여, 부디 자신을 사랑하게나. 자네 안에는 하느님이 계시다네. 자네는 스스로에게 고통을 주며 남을 괴롭히고 있어. 그리고 앞으로는 더욱더 괴로워질 걸세. 하지만 하느님께서는 자네를 사랑하시고, 자네를 위한 행복을 준비해 두셨다네. 그러니 제발 이 생활을 청산하고 더 이상 스스로를 파멸시키지 말게나." (본문 277~278p)

아무리 설교해도 강도를 설득시킬 수 없었던 대자는 결국 포기하려고 했지만 마음을 바꾸고 다시 한 번 진심어린 마음으로 강도를 위해 눈물을 흘리며 기도한다. 대자의 진심을 알게 된 강도는 마음을 고쳐먹고 새로운 사람으로 거듭난다.

대자는 강도와 함께 나무토막이 있는 곳으로 가보니 세 번째 나무토막에도 싹이 트고 있었다. 세 개의 나무토막에 모두 싹을 틔운 대자는 그렇게 자신의 죗값을 모두 치르고 세상을 떠난다. 강도는 회개하여 대자와 마찬가지로 사람들에게 가르침을 주는 삶을 살아간다.

대자는 악을 악으로 대응하지 않고 용서와 사랑으로 감싸며 마침내 악을 물리쳤다. 결국 세상의 악을 없애는 유일한 방법은 '사랑'이었던 것이다.

2) **욕심을 버리는 삶** – 탐욕에 대한 경계

사람에겐 얼마만큼의 땅이 필요한가

바흠이라는 농부는 싼 값에 많은 땅을 얻을 수 있다는 어느 상인의 말을 듣고 바슈키르인들이 사는 마을을 찾아간다. 그는 그곳의 족장에게 선물을 건네며 그의 환심을 사게 되고, 족장은 바흠에게 하루 동안 걸을 수 있는 만큼의 땅을 주겠다고 약속한다. 단, 해가 지기 전에 출발 지점까지 다시 돌아와야 한다는 조건이 있었다.

바흠은 많은 땅을 차지하기 위해 잠깐의 휴식을 취하고는 계속 걸었다. 걸으면 걸을수록 더 좋은 땅이 보였기에 욕심을 버릴 수 없었던 바흠은 잠시도 걸음을 멈추지 못하지만, 어느덧 해가 지고 있었다. 그는 출발점으로 돌아가기 위해 온힘을 다해 걷고 뛰는 것을 반복했지만, 출발점에 도착하자마자 쓰러져 죽고 만다. 결국 그가 차지한 것은 그가 묻힐 무덤 크기만큼의 땅이었다.

인간의 무리한 욕심이 얼마나 허망한 것인지, 지나친 욕심은 인간을 어떻게 파멸시키는지 여실히 보여주는 작품이라 할 수 있다.

달걀만 한 씨앗

어느 날 아이들이 길에서 달걀만 한 무엇인가를 발견하게 된다. 지나가던 한 남자가 신기해하며 아이들에게 그것을 사서 왕에게 바친다. 왕은 그것이 무엇인지 궁금해하며 그것에 대해 알 만한 사람들을 모두 부른다. 수많은 학자들을 불러보았지만 그들 역시 그것이 무엇인지 알지 못했다.

그래서 왕은 나이가 많은 농부들을 불렀다. 왕 앞으로 불려온 첫 번째 농부는 잘 모른다고 했고, 두 번째로 찾아온 첫 번째 농부의 아버지도 그 씨앗에 대해 자세히 모른다고 했다. 세 번째로 찾아온, 첫 번째 농부의 할아버지는 자신이 젊었을 때는 그런 씨앗으로 농사를 지었고, 사람들이 그것을 먹고 생활했다고 말했다. 그러자 왕이 물었다.

"그럼 두 가지만 더 말해 보시오. 먼저, 옛날에는 이런 씨앗이 있었는데 지금은 없는 까닭이 무엇인지, 또 하나는 그대의 손자는 지팡이를 두 개나 짚고 다니고, 또 그대의 아들은 지팡이 하나를 짚고 왔는데 그대는 어떻게 그렇게 가뿐히 혼자 걷고, 눈도 밝으며, 이도 튼튼하고, 말도 또렷하게 하며 상냥한 것이오? 노인, 어서 말해 보시오."

노인이 말했다.

"그 이유는 세상 사람들이 자신의 노력으로 살아가지 않고 남의 것을 탐하게 되었기 때문입니다. 옛날 사람들은 하느님의 뜻에 따르며 살았습니다. 제 것만 가졌을 뿐 남의 것을 결코 탐하지 않았기 때문입니다." (본문 94~95p)

이 작품에는 나이 든 세 명의 농부가 등장한다. 첫 번째 농부는 그중 가장 젊으며 두 번째 농부는 첫 번째 농부의 아버지이고, 세 번째 농부는 첫 번째 농부의 할아버지다. 여기서 의아한 점은 나이가 가장 젊은 첫 번째 농부의 몸이 제일 쇠약하며, 가장 나이가 많은 할아버지의 몸이 제일 튼튼하다는 것이다. 그리고 달걀만 한 씨앗의 정체를 알고 있는 사람도 가장 연로한 세 번째 농부이다. 그가 살던 시대에는 돈이란 것도 없었고 매매라는 개념도 없었기에 다툼이 생기지 않았다. 부족한 것은 서로 채워주며 하느님의 땅에서 달걀만 한 씨앗을 심고 수확을 하며 먹고 살았던 것이다.

그러나 경제관념이 생기고 자신의 사리사욕만을 채우려는 요즘 시대에는 달걀만 한 씨앗을 찾아볼 수 없게 된 것이다. 하느님의 땅에서 자라던 그 씨앗은 탐욕이 가득한 인간의 땅이 되어버린 곳에서는 결코 자랄 수 없었던 것이다.

이 작품은 물질 만능 주의 시대에 인간에 대한 탐욕을 경계하는 내용을 담고 있으며 욕심 없는 순수한 삶을 지향하고 있다. 이는 톨스토이가 꿈꾸던 이상향이었으며, 작가는 자신이 추구하는 삶을 작품 곳곳에 반영하여 사람들에게 교훈을 주고 있다.

머슴 예멜리안과 빈 북

예멜리안이라는 머슴이 길을 가다가 한 여인을 만나게 되는데 그녀는 선뜻 그의 아내가 되겠다고 말한다. 그래서 예멜리안은 그 여인과 결혼을 한다. 그러던 어느 날, 행차하던 왕이 예멜리안의 아내를 보고 첫눈에 반해 그녀에게서 예멜리안을 떼어 놓을 방법을 궁리한다. 신하들은 왕에게 예멜리안을 궁으로 불러 그를 혹사시켜 죽게 만들자고 제안한다.

그리하여 예멜리안은 궁에서 온갖 힘든 일을 하게 되지만 아무리 힘든 일도 척척 해냈다. 왕은 이 방법으론 안 되겠다 싶어서 예멜리안에게 하루 만에 성당을 지으라고 명하고, 또 배가 오갈 수 있는 강을 만들라며 불가능한 일을 지시한다. 그러나 예멜리안은 아내의 신통력으로 그 모든 일을 하루 만에 다 해낸다.

화가 머리끝까지 난 왕은 예멜리안이 도저히 할 수 없는 일을 명령한다. 그것은 어딘가에 가서 이름 모를 것을 가져오라는 것이었다. 예멜리안이 무엇을 가져오든 왕은 아니라고 말할 계획이었으며, 그렇게 되면 예멜리안을 없앨 수 있기 때문이었다. 이번에는 꼼짝없이 죽게 되었다고 생각한 예멜리안은 아내에게 모든 사실을 털어놓는다.

예멜리안의 아내는 남편에게 한 할머니를 찾아가라고 말한다. 그리하여 예멜리안은 할머니를 만나게 되고, 할머니는 그에게 실타래를 던져서 가리키는 방향을 따라 가라고 말한다. 그곳에 가면 어느 집이 나올 것이며, 그 집 아들이 부모의 말보다 더 말을 잘 듣는 무언가를 찾게 될 거라 일러준다. 할머니는 예멜리안에게 그것을 가지고 왕에게 가라고 말한다. 할머니의 말대로 그 집에 도착한 예멜리안은 그 집 아들이 부모님의 말은 듣지 않으면서도 밖에서 들리는 어떤 소리를 듣고는 벌떡 일어나 달려 나가는 것을 보았다. 그것은 다름 아닌 북소리였다. 한 남자가 북을 치며 걸어가고 있었던 것이다. 예멜리안은 어렵게 그 북을 구해서 왕에게 가져간다.

한편, 예멜리안의 아내는 이미 왕에게 붙잡혀 궁에서 지내고 있었다. 왕이 예멜리안이 가져온 것은 자신이 원하던 게 아니라고 말하자, 예멜리안은 그럼 이 북을 부수어 강에 버려야 한다고 말한다. 예멜리안이 북을 치자 왕의 군대가 모두 나와 예멜리안을 따랐고, 예멜리안은 그들을 강으로 유인한다. 예멜리안이 북을 깨뜨려 강에다 버리자 왕의 군대는 뿔뿔이 흩어져 어디론가 사라져 버렸다. 그 후 왕은 잘못을 뉘우치며 다시는 횡포를 부리지 않았다고 약속하고 예멜리안은 아내와 함께 행복하게 살았다.

이 작품은 자신의 권력이나 지위를 남용해 성실하게 살아가는 민중을 괴롭히는 사람들에 대한 경계를 다루었다. 이는 오늘날 '갑의 횡포'로 불거지는 세태와도 일맥상통하는 이야기다. 우리 사회에는 자신의 것을 남에게 베풀 줄 아는 사람이 필요하다. 물질이든 마음이든 나누는 마음은 세상을 아름답게 만들기 때문이다.

일리야스의 행복

어느 나라에 일리야스라는 부유한 농부가 살았다. 그러나 세월이 흐르면서 가진 재산을 다 잃게 되어 아내와 함께 남의집살이를 하게 되었다. 사람들은 그가 얼마나 괴로울지 걱정을 하지만 일리야스와 그의 아내는 모든 것을 잃고 난 지금이 훨씬 더 행복하다고 말한다.

　"나는 영감하고 오십 년 동안 함께 살면서 행복을 찾으려고 했지만 결국 찾지 못했지요. 지금 우리는 빈털터리가 되었고, 남의집살이를 한 지 두 해가 되었습니다. 그러나 이제야말로 진정한 행복을 찾은 것 같아요. 다른 무엇도 필요하지 않은 지금이 가장 행복합니다."
(중략)

　"당신들은 지금 무엇 때문에 그토록 행복한가요?" (중략)

　"지금은 아침마다 함께 일어나 항상 영감과 다정하게 이야기를 나누지요. 싸울 일도 없고 걱정거리도 없고요. 그저 한 가지 걱정이 있다면 어떻게 하면 주인집의 일을 더 잘 할 수 있을까 하는 것뿐입니다. 그래서 우리는 주인께 피해를 주지 않기 위해 힘이 닿는 데까지 최선을 다해 일을 하고 있어요. 일을 마치고 집에 돌아오면 점심도, 저녁도 다 준비되어 있고 마유도 마실 수 있지요. 추울 때 쓸 수 있는 땔감도 있고, 털외투도 있어요. 또한 서로 이야기를 나눌 시간도 있고, 영혼에 대해 생각하며 하느님께 기도드릴 여유도 있어요. 우

리가 지난 오십 년 동안 찾고 있던 행복을 이제야 찾았답니다."(본문 117~119p)

일리야스의 아내는 진정한 행복은 물질적인 것이 아니라 정신적인 여유로움에서 비롯된다고 말하고 있다. 아무리 많은 것을 가졌다 해도 그것을 잃을까 봐 전전긍긍하는 과거의 삶보다는 비록 가진 것은 적지만 영혼이 풍요로운 현재의 삶이 더 행복하다고 말한다. 이 작품을 읽은 독자들은 '진정한 행복은 무엇인지' 다시 한 번 생각해 보기를 바란다.

바보 이반

어느 마을에 세몬, 타라스와 이반이라는 바보와 말라냐라는 벙어리 여동생이 부모님과 함께 살고 있었다. 형 세몬과 타라스는 각각 군인과 상인이 되어 떠났으며 이반과 말라냐는 집에 남아 농사를 지으며 부모님을 모시고 살았다.

그러던 어느 날 아버지의 재산에 욕심이 난 세몬과 타라스는 차례로 아버지를 찾아와 이반과 누이가 모아 놓은 재산을 챙겨갔다. 이반은 흔쾌히 형들에게 재산을 내어주었다. 이를 지켜보던 세 악마는 세 형제의 우애를 갈라놓고 싶어서 계략을 꾸민다. 세몬과 타라스는 악마의 꾐에 쉽게 넘어가 둘 다 파멸하게 되고 결국 쫓기는 신세가 되어 아버지의 집으로 돌아온다. 형들은 이반에게 부양을 받으면서도 그를 멸시하고 이반은 그런 형들의 요구를 모두 받아준다.

악마들은 이반을 파멸시키기 위해 수단과 방법을 가리지 않는다. 첫째 악마는 이반을 배탈 나게 만들어 밭을 갈지 못하게 하려 했으나 이반은 고통을 참아내며 자신의 일을 끝까지 해냈고, 숨어 있던 악마를 찾아내 죽이려고 했다. 그러나 악마는 목숨을 살려달라고 애원하며, 자신을 살려주는 대가로 이반의 복통을 낫게 하는 풀뿌리를 구해 준다. 이반은 악마를 놓아주며 '신의 은총이 함께하길.'이라고 말하자 악마는 그대로 땅속으로 사라져버린다.

둘째 악마 역시 이반을 방해하기 위해 밭에 숨어서 이반의 밭을 망쳐놓고, 낫을 붙들며 밭가는 일을 방해한다. 그러나 이반은 악마의 훼방에도 밭을 다 갈고 보리와 귀리를 수확한다. 화가 난 악마는 귀리를 썩게 하려고 열을 내어 따뜻하게 만들다가 잠이 들고, 그러다 이반에게 들키게 된다. 악마는 이반이 살려주는 대가로 짚단으로 군인을 만드는 방법을 알려주고는 땅속으로 사라진다.

세 번째 악마는 이반이 나무를 베지 못하도록 방해를 하지만 결국엔 붙잡힌다. 그러나 이반은 악마를 살려주었고, 악마는 그 대가로 나뭇잎을 비비면 금화가 되는 방법을 알려준다. 그리고 나서 셋째 악마도 첫째, 둘째 악마와 마찬가지로 땅속으로 사라져버린다.

이반은 악마에게서 얻은 비법으로 군사와 금화를 만들어 형들에게 나눠주었고 형들은 모두 왕이 된다. 이반 자신도 악마에게서 받은 풀뿌리로 병이 든 공주를 낫게 하여 장차 왕이 된다. 이를 본 우두머리 악마는 분노하여 이번에는 직접 이반을 혼내주러 나선다. 악마는 장군으로 변신해서 맏형인 세몬을 파멸시키고, 상인이 되어 둘째 형 타라스를 망하게 한다.

마지막으로 악마는 이반의 나라를 파멸시키기 위해 그곳의 백성들을 괴롭히지만 이반과 마찬가지로 바보처럼 순수했던 백성들에겐 악마의 술수가 통하지 않는다.

악마는 일은 하지 않고 좋은 옷과 음식만 찾으려 했다. 사람들은 그런 그를 위해 신의 이름으로 적선을 하려 하지만 악마는 거부한다. 그러다가 결국 악마는 집집마다 돌아다니며 밥을 얻어먹게 된다. 그러나 이반의 누이는 손에 굳은살이 없는 사람에겐 남들이 먹고 남은 밥을 주겠다고 말한다. 화가 난 악마는 음식을 먹지 않고 그 집을 나온다. 악마는 그렇게 자신의 고집을 굽히지 않고 살다가 끼니도 챙기지 못하는 신세가 된다.

그러던 어느 날, 탑 꼭대기에 올라가서 일하지 않고도 먹고 살 수 있는 방법을 알려주겠다며 사람들을 현혹시키기 위한 연설을 하다가, 계속되는 허기로 몸이 휘청거려 쓰러진 악마는 그대로 굴러 떨어져 땅속으로 사라져버린다.

악마의 술수는 탐욕스러운 이반의 두 형에게는 통했지만 착하고 성실한 이반을 무너뜨릴 수는 없었다. '악은 결코 선을 이기지 못한다.'는 진리를 되새겨볼 수 있는 작품이다. 그리고 진정한 바보는 이반이 아니라 일하지 않고 먹기만 하려는 무위도식無爲徒食하는 사람들이며, 악마의 술수에 넘어간 어리석은 두 형들이라는 것을 말해 준다. 또한 이반의 나라에서는 손에 굳은살이 없는 사람들에겐 먹다 남은 밥을 주는 관습이 생길 만큼, <바보 이반>은 노동의 중요성을 일깨워주는 작품이라 할 수 있다.

3. 마치며

앞서 톨스토이의 여러 단편들을 살펴봤지만 공통된 주제는 '인간에 대한 사랑'이다. 하느님의 뜻에 따르는 삶, 탐욕을 버리는 삶이 지향하는 것은 결국 '사랑'인 것이다. 톨스토이는 인간을 사랑하고 하느님의 가르침을 실천하는 삶을 살았으며, 이러한 사상이 그의 작품에 오롯이 담겨 있다.

톨스토이의 단편들은 모두 단순하고 간결한 이야기로 구성되어 있어 독자들에게 보다 쉽고 편안하게 다가온다. 또한 그의 단편에는 '인간에게 반드시 필요한 덕목'과 '어떻게 살아가야 하는가'에 대한 답이 제시되어 있다.

톨스토이의 단편들은 어린이들을 위한 그림동화책으로도 출간되었지만 현재 청소년과 성인 독자들을 위해서도 많은 책들이 새롭게 출간되고 있다. 이것은 톨스토이의 단편들이 시간이 흐르고 세대가 바뀌어도 변하지 않는 가치를 담고 있기 때문이다. 무거운 고민들은 잠시 내려놓고 톨스토이가 들려주는 편안하고 따뜻한 이야기에 귀를 기울여보자. 마음을 다스리는 방법은 결코 어렵지 않다.

작가
연보

1828년	톨스토이 백작의 4남 1녀 중 넷째 아들로 야스나야 폴랴나에서 출생.
1830년(2세)	어머니 마리야 톨스타야 사망.
1837년(9세)	모스크바로 이주, 아버지 사망.
1844년(16세)	카잔 대학교 동양어학부에 입학.
1845년(17세)	법과대학으로 전과.
1851년(23세)	형 니콜라이를 따라 캅카스 포병부대에 입대. <유년 시대> 집필.
1852년(24세)	<유년시대> 발표. 그 외 다수 작품 집필.
1853년(25세)	단편소설 <습격> 발표.
1854년(26세)	다뉴브군에 종군. 크림반도 수비대로 전속. <소년시 대> 발표.

1856년(28세)	군대에서 전역. <눈보라>, <두 경기병>, <지주의 아침> 발표.
1857년(29세)	중편소설 <청년시대> 발표. 독일, 프랑스, 이탈리아, 스위스로 유럽 여행을 떠남.
1858~1859년 (30~31세)	<알베르트>, <세 죽음> 발표. 농민학교 설립.
1860년(32세)	맏형 니콜라이 사망. 독일, 프랑스, 이탈리아 등으로 두 번째 유럽 여행을 떠남. 유럽의 교육제도를 연구.
1862년(34세)	<국민교육론>, <읽기와 쓰기를 어떻게 가르칠 것인가>, <훈육과 교육> 등을 발표. 9월에 모스크바 궁정의사 집안 출신 소피야 안드레예브나 베르스와 결혼. 교육 잡지 <야스나야 폴랴나> 발간. <카자흐 사람들>, <폴리쿠슈카> 발표.
1863년(35세)	장편소설 《전쟁과 평화》(첫 제목은 《1805년》) 집필(1, 2권), 맏아들 세르게이 출생.
1864년(36세)	딸 따찌야나 출생.

1866년(38세)	둘째 아들 일리야 출생.
1867년(39세)	《전쟁과 평화》집필(3, 4권).
1868년(40세)	《전쟁과 평화》집필(5권).
1869년(41세)	《전쟁과 평화》집필(6권) 완간. 셋째 아들 레프 출생.
1871년(43세)	둘째 딸 마리야 출생.
1874년(46세)	장편소설《안나 카레니나》집필.
1876년(48세)	장편소설《안나 카레니나》탈고.
1877년(49세)	넷째 아들 안드레이 출생.
1878년(50세)	장편소설《안나 카레니나》발표.
1879년(51세)	다섯째 아들 미하일 출생.
1880년(52세)	모스크바로 이주, <교리적 신학의 비판>, <사람은 무엇으로 사는가> 발표.

1882년(54세)	<참회록>을 발표했으나 출판 금지됨.
1885년(57세)	아내에게 저작권을 이전함. <무엇을 할 것인가>, <바보 이반>, <두 노인> 발표.
1886년(58세)	<이반 일리치의 죽음>, <달걀만 한 씨앗>, <사람에겐 얼마만큼의 땅이 필요한가>, <세 은사>, <대자>, <뉘우친 죄인> 발표.
1887년(59세)	<머슴 예멜리안과 빈 북>, <세 아들> 발표.
1888년(60세)	여섯째 아들 이반 출생.
1889~1890년 (61~62세)	<크로이체르 소나타>, <악마> 발표. 희곡 <계몽의 열매> 집필, 중편소설 《신부 세르게이》 집필.
1895년(67세)	<주인과 하인> 발표. 여섯째 아들 이반 사망.
1899년(71세)	장편소설 《부활》 발표.
1900년(72세)	희곡 《산 송장》 발표, 고리키와 교류함.

1901년(73세)	러시아 정교회에서 파문당함, 건강 악화로 크림반도에서 요양.
1902년(74세)	신앙에 관한 다수의 논문 발표, 건강 악화로 야스나야 폴랴나로 되돌아옴.
1903년(75세)	<노동과 죽음과 병>, <세 가지 물음> 등 발표. 셰익스피어에 관한 논문 집필.
1904년(76세)	<다시 생각하라> 발표, 형 세르게이 사망.
1905년(77세)	<알료샤 항아리>, <표도르 꾸지미치 노인의 유서> 집필.
1906년(78세)	둘째 딸 마리야 사망.
1907년(79세)	농민 자녀 교육 운동 다시 시작, <독서계> 창간.
1910년(82세)	10월에 편지를 남기고 가출, 11월에 철도 간이역 관사에서 사망. 출생지인 야스나야 폴랴나에 안장.